Sina Blackwood

Prinzenraub

Bibliografische Informationen der Deutschen Nationalbibliothek:
Die Deutsche Nationalbibliothek verzeichnet diese Publikation in der Deutschen Nationalbibliografie; detaillierte bibliografische Daten sind im Internet über http://dnb.de abrufbar.

Coverbild: Epic Golden Dragon
                              © Tonis Pan
Umschlaggestaltung: Sina Blackwood
Layout: Sina Blackwood

Herstellung und Verlag:
BoD – Books on Demand, Norderstedt
ISBN: 9783751906203

Der Dritte im Bunde

Seit sich Sir Bill im Zorn in einen weißen Drachen verwandelt und den intriganten Sir Paul zur Strecke gebracht hat, leben Menschen und Drachen meist friedlich zusammen.

Die Prinzessinnen Ashley und Amara, welche sich schon als Säuglinge verwandeln konnten, wachsen, wie ihre Mama, Königin Tessa, erheblich schneller als andere Kinder. König Cedric hat deshalb seine Ritter Ian und Dan mit weitreichenden Vollmachten ausgestattet, die ungeheuren Kräfte der beiden in die richtigen Bahnen zu lenken. Das beinhaltet auch, dass die jungen Damen Knappendienst leisten müssen, um von der Pike auf zu lernen, was gute Kampfdrachen auszeichnet.

Sir Bill fiebert seiner Hochzeit mit Lady Tara entgegen. Einer der ewigen Junggesellen, Sir Patrick will Lady Rosa heiraten und dem Herrscherpaar des alten Drachenlandes, Lady Maya und Sir Vincent, soll endlich der ersehnte Nachwuchs geboren werden. Der klirrend kalte Winter könnte also eine heiße Zeit werden.

„Noch eine Woche, dann wird es hektisch", erklärte Sir Bill beim Frühstück.

Sir Marc, einer seiner dienstbaren Ritter, schmunzelte. „Die Dame Eures Herzens läuft schon seit Tagen wie eine eingesperrte Tigerin durch die Burg, weil sie es kaum noch erwarten kann, die Eure zu werden."

„Sir Ian hingegen wirkt seit Tagen nachdenklich und in sich gekehrt", fügte Sir Ben hinzu. „Nicht einmal Lady Ashley schafft es, ihn aufzuheitern."

„Ja, das ist mir auch schon aufgefallen", murmelte Sir Bill. „Wenn Ihr es sogar schon gemerkt habt, dann ist die Lage richtig ernst. Mein Drachengespür sagt mir, dass ich in Lady Tessas Gegenwart mit ihm darüber sprechen sollte. Das werde ich auch gleich tun." Er erhob sich. Wenige Augenblicke später startete er als strahlend weißer Drache, ganze Schneewolken aufwirbelnd.

„Sir Bill ist im Anflug", meldeten kurz darauf die Turmwachen der königlichen Burg.

Man führte den Ritter in den kleinen Saal, wo das Frühstück soeben beendet worden war, die Hofdamen mit den Prinzessinnen den Raum aber schon verlassen hatten. Perfekt für das, was Bill vorhatte. So begrüßte er lächelnd das Königspaar, die Ritter Ian und Dan hingegen durch Schulterschlag.

„Ihr seht sorgenvoll aus", stellte Lady Tessa sofort fest.

Bill atmete tief durch. „Ich mache mir auch welche, genau wie meine beiden Ritter. Weil sie die gleichen Gedanken hegen, bin ich sofort losgeflogen."

„Setzt Euch und erzählt!", forderte der König.

Das tat Sir Bill und begann: „Es geht um Sir Ian, der seit Tagen eine schwere Last mit sich zu tragen scheint."

Ian zuckte deutlich sichtbar zusammen, starrte Bill überrascht an, sagte aber nichts.

Dan seufzte: „Darauf habe ich ihn gestern Abend angesprochen. Seine Reaktion: wie gerade eben, ein Erschrecken und kein Kommentar."

„Wir machen uns ernsthafte Sorgen", betonte Bill eindringlich. „Ich habe den Zeitpunkt absichtlich so gewählt, dass zumindest Lady Tessa dabei anwesend ist, die Einzige, die Euch vielleicht helfen kann."

„Mir kann niemand helfen", flüsterte Ian resigniert.

„Unsinn!", rief Bill. „Heraus, mit der Sprache! Oder muss es Euch erst befohlen werden?! Ihr wisst, dass ich jederzeit bereit bin, alles für Euch zu tun!"

Ian schloss für einen Moment die Augen. „Wenn ein weißer Drache so heftig reagiert und solch einen ungewöhnlichen Weg wählt, will ich mich beugen", erklärte er mit fast tonloser Stimme. „Es geht um meine Verbindung mit Lady Ashley. Darum, dass sie die Enkelin meiner eigenen Großmutter, Lady Fran, ist."

„Wenn es weiter nichts ist!", atmete Lady Tessa auf. „Ich war, als ich noch nicht wieder über all mein Wissen verfügte, derselben Sache aufgesessen, mit Sir Cedric zu nah verwandt zu sein."

„Ja, ich erinnere mich!", rief der.

„Wir sind Drachen! Egal, ob so geboren oder durch den Drachenkeim dazu geworden. Wir leben nur schon seit unzähligen Jahrhunderten nach den Regeln der Menschen. Begonnen hat es damit, um unter ihnen nicht aufzufallen. Das Blatt hat sich schon lange gewendet. Was wir tun, ist Gewohnheit. Denn auch wir Drachen sind nicht frei davon. Nach uraltem Brauch findet sich bei uns zusammen, was zusammengehört. Nur leibliche Geschwister sind und bleiben tabu. Auch bei uns Drachen. Alles klar?"

„Ich glaube ja", strahlte Ian und drückte Bill fest die Hand. „Danke!"

„Tz, tz, tz", machte die Königin. „Leidet wie ein geprügelter Hund, statt gleich eine Frage zu stellen.

5

Ohne Sir Bill wärt Ihr glatt an Euerem Kummer erstickt, vermute ich."

„Gut möglich", murmelte Sir Ian. „Ich mag mir ein Leben ohne die kleine Zauberin gar nicht vorstellen."

„Schwer erwischt", schmunzelte Sir Bill. „Aber das ist gut so. Ich zähle doch auch schon die Tage."

„Wie macht sich Euer Knecht Alf?", fragte der König.

„Nicht übel", gab Sir Bill Auskunft. „Er arbeitet akkurat, ist zuverlässig, in jeder Weise unauffällig und überdies froh, dass ich ihm die Missetaten seines Vaters nicht anrechne. Es ist wohl das Gleiche, wie bei der Familie des verflossenen Königs: Sie wurden von allem fern und in Unwissenheit gehalten. Nur hat Alf Befehle seines Vaters befolgt, die ihn nun alles, außer das nackte Leben, gekostet haben."

„Habt Ihr ihn befragt?", hakte Lady Tessa ein.

Bill schüttelte den Kopf. „Ich habe es in verschiedenen Varianten auf den Märkten aufgeschnappt." Er deutete auf seine Ohren. „Man spricht darüber, wenn man mich sieht, und weiß, dass er mein Knecht ist. Dass ich über große Entfernungen hören kann, was man sich zuflüstert, daran denkt ja kaum einer."

„Was immer wieder zum Vorteil ist", schmunzelte Sir Dan.

Das Königspaar wechselte einen kurzen Blick, dann mit einem vergnügten Blinzeln der Befehl an Ritter Bill: „Wenn Ihr schon mal da seid, könnt Ihr zur Abwechslung die Prinzessinnen trainieren. Die Waffen wird man Euch sogleich bringen."

Ritter Bill nickte erfreut. „Herzlichen Dank, mein König. Bin schon unterwegs, um mich den Damen zu widmen."

„Tut das, mein Lieber!", lachte die Königin. „Sie brennen darauf, Euch wieder einmal necken zu können."

„Was ich mir gut vorstellen kann", schmunzelte Bill, sich auf den Trainingsplatz begebend, welchen soeben auch die kampfbereit gerüsteten Prinzessinnen erreichten. Sir Bill grüßte lächelnd, bekam strahlendes Lächeln zurück und erklärte den Plan für den heutigen Morgen. Streitaxt, Morgenstern und Dolch sollten die Waffen sein, deren Umgang die jungen Kampfdrachen noch verfeinern und im Fall der Morgensterne erlernen sollten.

Dass die Kämpferinnen gut in Übung waren, bekam die sich bewegende Attrappe zu spüren. Lady Ashley warf den Dolch beidhändig mit solcher Wucht, dass er bis zum Heft ins Holz fuhr und Bill ihn, ebenfalls mit Drachenkraft, herausziehen musste. Dabei hatte die Prinzessin das Herz der Holzfigur zwar nicht mittig, aber tödlich getroffen. Beide Waffen steckten direkt am inneren Rand des Ringes, der es symbolisierte. Auch die anderen zwei Versuche endeten mit Treffern, was der jungen Dame großes Lob von Lehrer Bill einbrachte.

Amara warf mit der rechten Hand ins Zentrum des Ringes, traf mit links aber die Nasenspitze der Attrappe. Ashley kicherte und über Bills Gesicht flog ein heiteres Lächeln. Beim zweiten Versuch genau das gleiche Trefferbild und die beiden Zuschauer begannen zu ahnen, dass dies Absicht gewesen war. So wunderte sich Ritter Bill auch kein bisschen, dass beim dritten Versuch, nur mit der jeweils anderen Hand, haargenau das Gleiche geschah. Ashley blinzelte vergnügt. „Der war doch beim ersten Dolch sowieso schon tot."

Das gab Bill mit herzlichem Lachen zu und bescheinigte ihr, die gleiche hervorragende Treffsicherheit wie ihre Schwester zu haben. Das machte ihm aber auch klar, dass beide die Attrappe heute zu Kleinholz verarbeiten würden, sobald sie ihre anderen Waffen in den Händen hielten. Max, wie die menschlichen Knappen die Holzfigur nannten, wurde buchstäblich verhackstückt. Wobei die Damen jetzt etwas mehr Mühe hatten, die schweren Waffen ins angegebene Trefferfeld zu setzen. Das aber wieder mit solcher Wucht, dass Bill sie diesmal stecken ließ.

Amara warf ihre dritte Axt versehentlich direkt auf den Punkt der ersten. Es gab ein scharfes knirschendes Geräusch, weil Metall auf Metall traf, dann raste die Waffe als Querschläger davon, statt zu Boden zu fallen. Die Prinzessinnen hechteten aus der Gefahrenzone direkt in den tiefen Schnee am Rande des Platzes, um dem tödlichen Geschoss zu entgehen. Sir Bill besaß die Kaltblütigkeit, stehen zu bleiben und nach dem herumwirbelnden Griff zu fassen, als das Mordwerkzeug direkt an ihm vorbei flog. Ein heftiger Ruck, dann stand er mit erhobener Streitaxt und zufrieden grinsend auf dem Platz. „Nicht zum Nachmachen empfohlen, meine Damen!"

„Es tut mir leid", murmelte Amara schuldbewusst.

Lady Tessa und Sir Cedrik hatten, wie schon so oft, zusammen mit den Rittern Ian und Dan, die

Kampfausbildung ihrer Töchter vom Fenster aus beobachtet.

„Er ist unglaublich!", staunte der König.

Sir Ian rieb sich die Hände. „Ich bin unglaublich stolz auf ihn!"

„Das wiederum glaube ich Euch aufs Wort!", rief Lady Tessa, während Sir Dan heftig nickte.

Unten zog derweil Sir Bill scheinbar unbeeindruckt die Übungen mit den Prinzessinnen durch. Er hatte nicht einmal Lady Ashley zur Ordnung gerufen, als die ihrer Schwester etwas in jener Zischelsprache zuraunte, die nur die beiden selber verstanden. Ashley und Amara hatten ihrem Lehrer versprochen, sich nicht ihrer geheimen zischenden Sprache zu bedienen, solange sie sich im Training befanden, nur klang das für Bill diesmal so, als habe die eine die andere hart zur Achtsamkeit gemahnt.

„Oh, verzeiht mir!", murmelte Ashley erbleichend, es selbst erst jetzt bemerkend, das Versprechen soeben gebrochen zu haben.

Amara zog den Kopf ein, in der Annahme Ritter Bill werde nun Strafübungen verhängen.

„Entschuldigungen angenommen", sagte er kurz, zum Tagesordnungspunkt Kettenmorgenstern übergehend. Er hatte unterschiedliche Typen vor sich liegen und wählte einen, bei dem sich an einem kurzen Griff fünf Eisenketten mit metallgespickten Kugeln, jede so groß wie ein mittlerer Apfel, befanden. „Die Kunst besteht zu allererst darin, ihn sich nicht selber um die Ohren zu schlagen", erklärte er sehr ernst.

Die jungen Damen horchten auf, stellten kurz darauf fest, wie recht Sir Bill hatte und wie unglaublich schwer es war, sich nicht zu verletzen. Einfach nach hinten ausholen und zuschlagen, wie bei anderen Waffen, gab es tatsächlich nicht. Ashley krachten beim ersten Versuch die gefährlichen Kugeln in den Rückenpanzer, was nur der dick gesteppte Wintergambeson etwas abmilderte. Amara versuchte es langsamer, hatte aber beim nach vorn Schleudern den Arm nicht weit genug gestreckt und schlug sich den Helm vom Kopf.

„Ich möchte Euch nicht dazu verdammen, perfekt im Umgang hiermit zu werden", sprach Sir Bill. „Ich möchte nur, dass Ihr Euch zu helfen wisst, falls man Euch zu einem Kampf mit so etwas zwingt."

Er demonstrierte seine Art der Handhabung mit seitlich ausgestrecktem Arm, wobei er die Ketten immer schneller kreisen ließ und das Ganze schließlich vor seinen Körper bewegte. Die Schwestern erschraken heftig, als er die rotierende Waffe ohne Vorwarnung auf die Attrappe krachen ließ, welche völlig zerfetzt wurde.

„Nur gut, dass wir Frieden haben", wisperte Amara, „und uns als Drachen in den Kampf stürzen könnten, wenn wir es müssten."

Der König und die anderen beiden Ritter traten zu ihnen auf den Kampfplatz. „Die Frage ist immer, wie lange der Frieden hält. Menschen sind gierig und unsere über Jahrhunderte angehäuften Schätze wecken bei ihnen Begehrlichkeiten. Selbst aus den eigenen Reihen droht immer wieder Ungemach. Lasst Euch von Eurer Mutter erzählen, wie sie in den Besitz der Burg Wolkenfels gekommen ist, die auf König Vincents Ländereien liegt." An Sir Bill gewandt: „Fahrt mit dem Unterricht fort!"

Der junge Ritter pickte nun einen Kettenmorgenstern mit nur einer Kugel heraus, deren Gewicht es locker mit der Gesamtheit der metalldornengespickten Kugeln des Vorgängermodells aufnahm. Die Prinzessinnen setzten ihr ganzes Geschick ein, um diesmal ungeschoren davonzukommen.

Dafür war der letzte Typ dann eine dornenbewehrte Keule, welche die Damen leichter handhabten, obwohl sie ein nicht zu unterschätzendes Gewicht hatte. Der letzte Max war schließlich nur noch ein Häufchen Späne, die sich der Koch von seinem Küchenjungen zum Anfeuern bringen ließ. Bill beendete das Training.

„Dolch oder Schwert?", fragte König Cedric.

„Beides!", erwiderte Bill sofort.

„Dürfen wir zuschauen?!", rief Lady Ashley, worauf die Schwestern die Erlaubnis von ihrem Vater erhielten und sich von einer Dienerin Pelzmäntel und -stiefel bringen ließen.

Ein Knappe rüstete den König ein, ein anderer brachte dessen Lieblingswaffen und wenige Minuten später trat er seinem jüngsten Ritter zum Kampf entgegen. Keiner der beiden hielt seine Drachenkräfte hinterm Berg und schon bald konnten die Knappen den rasend schnellen Bewegungen der Kämpen nicht mehr folgen, während die vier anderen Zuschauer begeistert fachsimpelten.

Wobei es noch viel mehr Beobachter des Spektakels gab. Die Königin und ihre Hofdamen spähten aus den Fenstern, die Wachen lugten über die Brüstungen der Türme und Mauern, oder schauten heimlich um Ecken. Das Gesinde sperrte Mund und

Augen auf, wenn es am Kampfplatz vorbeigehen musste.

„Weiße Kampfdrachen sind wirklich etwas Besonderes", gab der König neidlos zu, als er seinen Ritter zwar mehrmals in die Enge treiben, aber am Ende nicht besiegen, konnte.

„Tapfer gefochten, mein Lieber!", lobte Sir Ian. „Wenn man Euch in der Falle wähnt, kommt die Bestie durch und macht jeden Triumph zunichte."

„Eine treffende Erklärung. Ich habe wohl nicht umsonst rote Augen", lachte Sir Bill. „Wenn ich merke, dass ich gleich unterliege, sehe ich buchstäblich rot und explodiere innerlich."

„Mich wundert es nicht", schmunzelte der König, „waren doch zwei drachengestaltig geborene Damen, direkte Nachkommen des mächtigsten Drachens auf Erden, Eure Geburtshelferinnen für die Verwandlung. Zudem legt Ihr den Dolch mit der Asche der Urdrachen niemals für längere Zeit ab. In Euch fließen ungeheure Kräfte. Deshalb werdet Ihr der persönliche Beschützer des Königspaares des alten Drachenlandes sein, auch, wenn es Euch ein wenig bei Euren eigenen Feierlichkeiten stören wird."

Sir Bill verbeugte sich sehr tief. „Es ist mir eine unvergleichliche Ehre!" Dass er damit zum dritten Mann nach den Herren Ian und Dan aufgestiegen war, begriff er augenblicks. Die anderen merkten schnell, dass sich soeben etwas verändert hatte, denn der König legte Ritter Bill einen Arm um die Schulter, während sie zum Palas zurück schlenderten.

Lady Tara hauchte ein erstauntes: „Oh!", was die Königin hellauf lachen ließ. „Richtig erkannt! Er ist damit in den Beraterkreis aufgenommen. Was nicht unbedingt nur Vorteile bringt, wenn man die Stunden rechnet, in denen er Euch fern sein wird."

„Das schreckt mich nicht, meine Königin!", erwiderte Tara lächelnd. „Ich werde stets alles tun, ihm dabei keine Last zu sein." Lady Lia, die dasselbe immer für ihren geliebten Gatten, Sir Dan tat, drückte fest die Hand ihrer kleinen Schwester.

„Verdammt kalt da draußen!", erklärte Sir Cedric, als Lady Tessa erstaunt feststellte, dass auf den paar Schritten bis zur Tür die schweißnassen Gambesons beider Kämpfer zu gefrieren begannen.

Die Prinzessinnen hatten sich mit Drachenkraft warm gehalten, als ihnen beim Zuschauen die Kälte langsam unter die Bärenpelzumhänge gekrochen war. Auch die Herren Cedric und Bill bedienten sich jetzt dieser Möglichkeit, ihre feuchten Gewänder erträglich werden zu lassen, solange sie sich nicht umziehen konnte.

„Ihr habt Glück, mein Lieber, dass Drachennasen empfindlich sind", kicherte Lady Tessa. „So bekommt Ihr neue Rechte und Pflichten im Schnelldurchgang erklärt. Das heißt, Ihr habt ab sofort das Recht, im Namen des Königs Streitereien unter Edelleuten zu schlichten, sitzt im Rat, und seid von der Steuer befreit, wobei wir Euch einen kleinen Obolus auf die neue Stellung zahlen werden. Der Rest ergibt sich fast von allein. Und nun rasch nach Hause, damit Ihr Euch nicht doch noch erkältet!"

Sir Bill dankte hocherfreut, verabschiedete sich und startete direkt von der Außentür den Flug zur heimatlichen Burg, die man der vielen edlen Pferde ihres Herrn wegen, die Rossburg nannte, wo er mit Sorge erwartet wurde.

„Alles bestens!", rief er sofort nach der Rückver-
wandlung. „Füllt den Badezuber meterhoch mit
Schnee, ich heize mir das Wasser selber warm! Lasst
mir frische Kleider zum Badehaus bringen!" Und
während die Herren Marc und Ben noch erstaunt
schauten, trug er bereits seine Waffen ins Haus.
Marc rief nach dem Knecht, der eilends mit der höl-
zernen Wanne nahte, Ben hielt schon Schaufeln für
den Schnee bereit. Kaum war der Zuber gefüllt,
schleppten sie ihn zu dritt ins Badehaus, wo sich Bill
sofort der nassen Kleidung entledigte.

„Trocknen und reparieren!", befahl er Alf. „Aber
vorher einen Krug Wein und drei Becher herbrin-
gen!"

„Wir mimen die Bademägde!", gab Ben breit grinsend bekannt, als Bill in Drachengestalt den rasch
schmelzenden Schnee weiter erhitzte, bis das Wasser
die richtige Temperatur hatte. „Was ist passiert und
was gibt es Neues? Wer so nass von einem Besuch
im Haus des Königs wiederkehrt, ein heißes Bad und
Wein ordert, hat sicher eine Menge zu berichten."

„Darauf könnt Ihr wetten, meine Herren!", rief
Bill, bis zum Hals im angenehm warmen Wasser sitzend. „Meine Blitzmission war ein voller Erfolg. Sir
Ian ist glücklich, ich durfte die Prinzessinnen trainieren, habe einen heftigen Waffengang mit dem König
bestanden und bin als neuer Ratsherr mit weitreichenden Vollmachten ausgestattet worden. Abgesehen davon, dass ich keine Steuer mehr bezalen
muss und Euch beiden nun sogar ein Handgeld
zukommen lassen kann."

„Das sind fürwahr Gründe, mit einem Krug Wein anzustoßen", staunten die Ritter, den edlen Tropfen von Alf entgegennehmend.

„Es wird aber sicher nicht nur Vorteile haben", überlegte Ben laut.

„Richtig. Ich werde bei den Feierlichkeiten der nächsten Tage als persönlicher Wächter des anderen Königspaares fungieren. Nur ist diese Ehre auch jede Widrigkeit wert. Ich möchte Euch bitten, an meiner statt, für die Sicherheit meiner Liebsten zu sorgen."

„Ich schwöre es!", antworteten beide Ritter zugleich.

„Schenkt noch einmal Wein nach, und gebt mir, wenn die Becher leer sind, das Handtuch, denn ich habe für heute langsam genug Wasser gefühlt." Bill prostete seinen Männern zu.

Beim Mittagessen an der Tafel des Königs, ging es um die würdige Unterbringung der zahlreichen Gäste, die wahrlich nicht alle in der Burg schlafen konnten und um das Heizmaterial für die vielen Zelte. Man hatte nicht bedacht, dass auch Menschen kamen, die sich auf andere Weise vor der Kälte schützen mussten, als es die Drachen taten.

„Ich habe eine Idee!", platzte Sir Dan heraus. „Ihr wisst doch, dass ich aus einem winzigen Ort stamme und meine ersten Jahre inmitten der Menschenkinder verbracht habe. Wir Knaben haben uns aus Schnee Rundhütten gebaut, die man woanders auf der Welt, wo es immer kalt ist, Iglu nennt. Sie halten perfekt den Wind ab und können mittels eines sehr kleinen Feuers erträglich erwärmt werden."

„Natürlich! Genial!" Lady Tessa erinnerte sich, so etwas mit eigenen Augen in ihrem ersten Leben gesehen zu haben. „Nur haben wir nicht mehr viel Zeit."

„Dann ruft die Kinder dazu auf", schlug Sir Ian vor. „Versprecht ihnen Kuchen und Zuckerwerk. Jeder Erwachsene, der hilft, weil er im Augenblick auf seinem Bauernhof untätig herumsitzt, soll eine warme Mahlzeit, wie die Kleinen, aber ein Krüglein Wein pro Familie zusätzlich bekommen. Sir Dan wird die Arbeiten anweisen und beaufsichtigen. Und jeder ist willkommen, der sich noch beteiligen möchte."

„Klingt nach Spaß", wisperte Lady Ashley ihrer Schwester ins Ohr. „Erst fliegen wir Heroldsdienst, dann stürzen wir uns ins Getümmel."

„Einverstanden", hörten sie ihren Vater sagen.

„Wirklich?!" Amara glaubte, sich verhört zu haben!

„Alle Knappen müssen sich beteiligen", blinzelte Lady Tessa verschwörerisch. „So können sie lernen, im Winter zu überleben, wenn sie sich einmal in der Wildnis verirren sollten."

Die beiden Knappen am Tisch in der Ecke rieben sich stumm, aber höchst erfreut die Hände. Nach dem Essen brachen vier Drachen auf, um alle Gehöfte und Siedlungen in unmittelbarer Nähe anzufliegen. Die Prinzessinnen besuchten die Edelleute und Rittergüter, die Herren Ian und Dan das Volk. Am nächsten Morgen sollten alle pünktlich vor dem Tor der Königsburg erscheinen.

Auf dem Rückweg huschten die Königstöchter noch zu Sir Bill und dessen Rittern, um ihnen zu berichten.

„Wir sind dabei!", lachte der Burgherr, auf sich und die beiden anderen zeigend.

16

Noch mehr lachte Drache Ian, der denselben Weg wie die Damen, nur etwas später, eingeschlagen hatte. „War ja klar, dass Ihr Euch den Spaß nicht entgehen lasst." Er brach mit den beiden schwarzen Drachen im Formationsflug nach Hause auf, was vor dem weißen Hintergrund phänomenal aussah.

Am Abend hockten die drei Ritter in der Küche, dem im Augenblick wärmsten Raum der kleinen Burg und schwelgten in Erinnerungen aus frühen Kindertagen, wo sie sorglos Schneemänner gebaut hatten. Marc war schon in sehr jungen Jahren zur Knappenausbildung gegeben worden, weil seine verarmte Familie so sicher sein konnte, dass er ein Dach überm Kopf und etwas zu essen hatte. Davon, wie schlecht es ihm dort ergangen war, hatte sie keine Ahnung, denn er beklagte sich nie. Die Brüder Bill und Ben waren völlig auf sich gestellt gewesen, als ihre Mutter starb, und so erzählten sie Marc von ihren Überlebensabenteuern, deren eines sie schließlich auch zu Knappen machte. Nur, dass sie das riesengroße Glück hatten, bei wirklich edlen Herren und zudem am Königshof zu landen.

„Pferde brauchen wir morgen nicht", gab Bill bekannt, „Ihr habt doch mich."

„Noch standesgemäßer kann ein Ritter wirklich nicht zu seinem Einsatzort gelangen", schmunzelte Marc, sich auf den Ritt freuend. Zumal man für diesen Einsatz keine schwere Kampfkluft anlegen musste.

Mit dem Sonnenaufgang fanden sich alle drei am Herdfeuer der Küche zusammen, stärkten sich für einen langen Tag und steckten etwas Trockenfleisch und Kräuter für Tee ein. Ohne Becher und Besteck

17

wäre ein anständiger Mann niemals aus dem Haus gegangen, sodass man sich schon irgendwie behelfen konnte.

„Einer oben, einer unten!", grinste Bill kurz vor der Verwandlung.

Marc war der Schnellere, weil er blitzartig auf den Rücken des Drachen kraxelte. Ben nahm schmunzelnd den Pferdeplatz ein, was hieß, dass er sich von seinem Bruder mit den schuppigen Klauen greifen ließ. Auf dem Rückweg werde man wechseln, das war eine ungeschriebene Regel beider Männer.

„Oha, hier ist doch die halbe Landesbevölkerung versammelt!", rief Ben, als sie sich dem Tor näherten.

Bill gab ein tiefes belustigtes Grollen von sich. Mit einem derartigen Ansturm hatten sie nicht gerechnet. Kaum waren sie unter den bewundernden Blicken der Menschen gelandet, erschienen die Herren Dan und Ian mit den Prinzessinnen und Knappen.

Die Männer hatten am Vortag die einzelnen Areale gekennzeichnet, auf denen die Iglus errichtet werden sollten, die Feuerstellen und Tribünen. Sir Ian erklärte mit einfachen Worten, was er von jedem erwartete und wie das zu bewerkstelligen war. Dann zogen die Massen in die Schlacht, um dem Schnee die besten Blöcke zum Bau abzutrotzen.

Keiner wurde allein gelassen, lief es nicht nach Plan, denn die Drachen fassten mit ihren Bärenkräften überall mit an, besonders wenn es darum ging, weiter entfernte Blöcke zur Baustelle zu tragen. Sie entdeckten manch bekanntes Gesicht, das sonst vom Visier eines Ritterhelms bedeckt wurde. Keiner der Männer war sich zu schade gewesen, im Auftrag des

Königs hier mit anzupacken, was das Gefühl, zusammenzugehören, deutlich wachsen ließ. Schnell sprach sich herum, dass sogar die Prinzessinnen mitarbeiteten und das adelte all die einfachen Leute gewaltig.

Marc und Ben hatten sich einer Gruppe angeschlossen, die das Schneedomizil für die Pferde der Einheimischen bauen sollte. Fast jeder trug ein Tuch um Mund und Nase, weil sich so die Kälte besser ertragen ließ. An den Dolchen und der Art der Kleidung wurden die beiden sofort als Ritter identifiziert und man folgte ihren Anweisungen. In einer Verschnaufpause gingen sie gemeinsam zum großen Kessel, aus welchem der König heißen Tee ausschenken ließ.

Marc unterhielt sich mit einem Mann, mit dem er schon die ganze Zeit perfekt und ohne viele Worte zusammengearbeitet hatte, über die Sorgen und Nöte der ärmeren Menschen, die der Winter Jahr für Jahr mit sich brachte. Manches kam ihm aus Kindertagen seltsam vertraut vor und Bilder entstanden in seinem Kopf, die immer mehr Gestalt annahmen. „Klingt, als kämst du aus der nördlichen Siedlung", sagte er schließlich.

„Das ist richtig, mein Herr", bekam er zur Antwort. „Ihr scheint sie gut zu kennen."

„Ein wenig." Marc zog sein Tuch herunter, um trinken zu können.

Der andere tat es ihm gleich. Marc überflog mit einem kurzen Blick dessen Gesicht, dann gab er einen Laut von sich, der eine merkwürdige Mischung aus Seufzen, Schluckauf und Lachen war. „Vater?!"

„Marc? Mein Sohn?!"

Ben schüttelte ungläubig den Kopf, als sich die Männer halb weinend, halb lachend in den Armen lagen. Den Drachen blieb die Aufregung nicht verborgen und so fanden sich die Herren Bill, Ian und Dan ein, um zu schauen, ob Hilfe benötigt werde.

Die Herren Ian und Dan führten eine schnelle telepathische Unterhaltung mit Sir Bill, dann erklärte dieser, dass er Sir Marc und dessen Vater zum Feierabend zur nördlichen Siedlung bringen werde. Ritter Dan sicherte Sir Ben den Heimflug zu.

„Wie bist du denn hierher gekommen?", fragte Marc seinen Vater.

„Ich bin gelaufen. Bestimmt drei Stunden, vielleicht auch mehr. Wenn unser Drachenkönig ruft, bin ich pünktlich zur Stelle. Dann ist es nämlich wichtig und nicht für sinnlosen Krieg, wie früher immer." Sie hoben gemeinsam einen Schneeblock auf die nächste Ebene. Dass ein Ritter namens Marc beim weißen Drachen im Dienst stand, hatte er gehört, nur nicht geahnt, dass es sein eigener Sohn sein könnte. Den hatte er doch zu einem Lehrherrn geben müssen, der von Grund auf nichts taugte.

„Morgen noch ein halber Tag, dann sind Lager- und Festplatz perfekt!", gab Sir Ian am Abend bekannt, als er die versprochenen Lebensmittel austeilen ließ und alle ermahnte, die leeren Krüge bei nächster Gelegenheit wieder an die Königsburg zurückzugeben. Die leuchtenden Kinderaugen sprachen Bände, wenn Jungen und Mädchen Zuckerwerk und Kuchen entgegennahmen.

„Ist für morgen noch genug da?", fragte Sir Marc blinzelnd.

„Auf jeden Fall!", schmunzelte Sir Ian, ein Bündel mit mehreren Stücken Kuchen und Zuckerwerk packend, das er ihm in die Hand drückte. „Bis morgen und guten Flug!"

Familienbande

Im Nu verwandelte sich Sir Bill in den weißen Drachen, ließ Marc aufsteigen, fasste dessen Vater und schwang sich mit rauschenden Schwingen in den dunklen Abendhimmel. Nach einer Viertelstunde tauchten die Lichter der kleinen Siedlung auf und Rufe: „Ein Drache kommt! Ein Drache kommt!", schallten bis zu ihnen hinauf. Alle, die im Winter zu Hause bleiben mussten, eilten ins Freie, um den Drachen vorüberziehen zu sehen.

Nur zog der nicht vorbei! Er begann zu kreisen, tiefer zu gehen, und fand schließlich einen Fleck zum Landen, wo er keinen Schaulustigen verletzen konnte. Auch vor Marcs Elternhaus standen zwei dick eingemummte Gestalten, weil solch ein Anblick vielleicht nie wiederkehren werde. Der Ort lag nicht auf den üblichen Flugrouten der Giganten. Erst jetzt bemerkten die Menschen, dass der Riese je einen Mann auf dem Rücken und in den Klauen getragen hatte. Doch das war nicht alles. Er verwandelte sich und schritt mit den anderen die Gasse entlang, genau auf die beiden Frauen zu!

„Wir sollten lieber verschwinden!", hauchte die Tochter, und wollte ihre Mutter an der Hand ins Haus ziehen.

„Warum? Alle sagen, die Drachen seien mildtätig, weise und freundlich. Sie werden uns bestimmt nicht gram sein, wenn wir sie bestaunen." Sie starrte angestrengt ins Dunkel, wo sich auf hellerem Schnee die drei Männer rasch näherten. Kopfschüttelnd flüsterte sie plötzlich: „Du kannst mich für verrückt erklären, aber der eine bewegt sich wie dein Vater!"

„Stimmt!", gab die Tochter irritiert zu. „Aber wie soll das gehen, dass er auf einem Drachen hierher geflogen kommt?"

Die Mutter lachte leise. „Ich glaube, das werden wir gleich erfahren. Es ist dein Vater. Jeglicher Zweifel ist ausgeschlossen."

„Guten Abend, meine Damen!", hörten sie da auch schon die Stimme des einen Fremden. „Ich habe mir erlaubt, Vater und Sohn einen kleinen Flug zu gönnen."

Die Frauen verbeugten sich fast bis zum Boden. Mit dem Wort Damen waren sie schon seit vielen Jahren nicht mehr angesprochen worden. Der Jubelschrei aus zwei Kehlen, als sie Marc erkannten, war sicher noch im letzten Haus der Siedlung zu hören. „Tretet ein, tretet ein!"

Bill hatten wenige Blicke genügt, die Baufälligkeit des Häuschens zu erfassen, die fast an die seiner Burg vor dem Ausbau grenzte.

Dem Vater war dies nicht entgangen und Marc kleidete es soeben in Worte: „Ich hätte das Haus nicht wiedererkannt. Es hat schon bessere Zeiten gesehen. Auf mich wirkt es, als wäre es kurz vorm Zusammenbrechen." Dabei zeigte er auf den Stützbalken des Zimmers, der sich stark geneigt hatte.

„Auf mich auch", murmelte Ritter Bill. „Ich hebe die Decke an, Ihr rückt den Balken senkrecht, bevor er wirklich jemanden erschlägt."

Es war gerade Platz genug, einen zusammengeringelt liegenden Drachen zu beherbergen, der nun seinen gehörten Kopf einsetzte, um ein paar Millimeter

Spielraum zu schaffen, sodass die Männer den Balken aufrichten konnten. Die Frauen standen staunend, das milchweiß geschuppte Wesen mit den blutroten Augen fasziniert betrachtend.

„Sieht schon freundlicher aus", stellte der zurückverwandelte Ritter fest, sich wieder an den Tisch setzend. „Hier werdet ihr auf keinen Fall bleiben. Das einfachste Außenhaus meiner Burg ist solider als das hier. Die Frauen packen morgen zusammen, während der Hausherr noch einmal auf der Baustelle ist. Am frühen Nachmittag werdet ihr mit Sack und Pack hier abgeholt!"

Sir Marc nickte zufrieden. „Mein Dienstherr und Berater des Königs hat befohlen und ich sehe die Dinge ganz genau so. Wie soll Ariane je einen vernünftigen Mann finden, wenn sie in solch einer Ruine haust?"

Das junge Mädchen wurde rot bis in die Haarspitzen und traute sich kaum, den Blick zu heben. Die Anwesenheit von gleich zwei Rittern machte die Frauen sprachlos, wie schon allein die Tatsache, dass einer davon der eigene Sohn und Bruder war. Lautes Magenknurren ließ Ariane erneut erröten und erinnerte Marc an sein Paket, wie auch daran, das Trockenfleisch nicht angerührt zu haben.

Er legte alles auf den Tisch. „Das dürfte bis morgen reichen."

Sir Bill leerte ebenfalls den Inhalt seines Proviantbeutels aus.

„Wie können wir Euch für alles danken?", flüsterte die Mutter.

„Das ist einfach", erwiderte Sir Bill. „In wenigen Tagen heirate ich. Weil ich oft für den König unterwegs bin, wäre meine junge Frau sehr einsam. Leistet ihr einfach ein bisschen Gesellschaft. Ich bin dankbar für jeden Mitbewohner, auf den ich mich felsenfest verlassen kann. Denn vielleicht brauchen wir auch bald die guten Ratschläge einer erfahrenen Mutter."

Marcs Mutter nickte stumm. Ja, sie konnte es sich gut vorstellen, das Kind eines Drachenritters mit zu betreuen. Vielleicht war die junge Herrin ja genau so zugänglich wie der Burgherr und Ariane endlich nicht mehr von allem ausgeschlossen, wie es ihr die bittere Armut auferlegte.

„In einer Burg gibt es ständig viel zu tun. Es wird nie langweilig werden. Meine Passion sind die Pferde der Thunderstorm-Linie, da werde ich von Zeit zu Zeit jede helfende Hand brauchen."

„Davon habe ich gehört", freute sich Ariane. „Das sollen riesige Tiere sein. Viel, viel größer als herkömmliche Pferde und auch viel wilder."

„Das ist richtig", bestätigte Sir Bill.

Ariane riss plötzlich die Augen auf. „Darf ich Euch eine Frage stellen, mein Herr?"

„Aber natürlich!", schmunzelte Bill.

Wieder wurde das junge Mädchen rot, wie eine reife Tomate. „Ich habe gehört, Eure zukünftige Frau sei Tara, die jüngere Tochter unserer ehemaligen Königin ..."

„Auch das stimmt. Ich denke, ihr beiden werdet miteinander auskommen. Kleine Geheimnisse teilt man doch lieber mit fast Gleichaltrigen, als mit anderen." Bill blinzelte verschwörerisch.

„Ich habe keine Angst davor, hier wegzugehen", erklärte Ariane kurz und bündig, „schon, weil ich dann immer wieder meinen Bruder sehen kann."

„Soll soll es sein!", orakelte Sir Bill, sich mit Marc erhebend. „Ich komme morgen früh, kurz nach Sonnenaufgang, um dich abzuholen", wandte er sich an den Vater. „Die Damen halten sich ab Mittag bereit!"

„Bis morgen, meine Lieben!" Marc verabschiedete sich mit festen Umarmungen von allen.

Aus den halbblinden Fenstern schaute die Familie zu, wie sich Sir Bill direkt vor dem Haus verwandelte und mit Ritter Marc auf dem Rücken am Nachthimmel verschwand.

„War das jetzt alles echt oder habe ich geträumt", flüsterte Mutter Jenna, sich ans Herz fassend.

„So echt wie der Duft von Trockenfleisch", hauchte Ariane, sich, wie die Eltern, ein kleines Stückchen nehmend, um es ganz langsam und mit höchstem Genuss zu verspeisen. Als Nachtisch gab es Kuchen, einen Fingerhut voll Wein und ein winziges Stück Zuckerwerk. Solche Schätze musste man sich gut einteilen, die gab es sonst nur an Feiertagen und für Ariane selbst an diesen nicht, weil nie Geld da war, um sie zu kaufen.

„Es war gut, dass du dem Ruf des Königs gefolgt bist", lobte die Mutter. „Auch wenn dich das halbe Dorf für einen Spinner gehalten hat, wegen des weiten Weges."

„Denen wird das Lachen schon vergangen sein, als der weiße Drache vorhin über den Dächern kreiste", kicherte der Vater. „Das Zipfelchen Glück, das ich heute in die Hand bekam, als ich zufällig auf unseren geliebten Sohn traf, werde ich nicht wieder loslassen. Morgen, bei Tageslicht, wird jeder sehen, dass er ein hoch geachteter Ritter geworden ist. Dann wird sich auch keiner mehr wagen, zu sagen, Ariane möge die erstbeste Vogelscheuche heiraten. Und nun gehe ich schlafen. Ich muss morgen gut ausgeruht sein, denn ich darf keinesfalls unseren Sohn und seinen wohltätigen Herrn blamieren."

„Das darf wirklich nicht geschehen. Ich werde noch den Krug in einen eigenen ausleeren, damit du ihn morgen gleich abgeben kannst." Mutter und Tochter blieben am Tisch sitzen, weil sie zu aufgeregt waren, um schlafen zu können.

„Wir werden in die Burg des weißen Drachens ziehen", flüsterte Ariane mit seligem Lächeln. „Und wir werden die Prinzessin sehen. Danke, Mama, dass du immer darauf bestanden hast, die guten Kleider in der Truhe zu lassen. So muss sich Marc, Sir Marc, wegen uns nicht schämen. Und eines weiß ich nun ganz genau: Drachen sind gütig."

Sir Ben trat auf den Hof, als Drache Bill mit rauschenden Schwingen landete. „Ich habe uns ein Stück kalten Braten bereitstellen lassen und ein Krüglein Wein zum runterspülen."

„Gute Idee! Wir beide haben einen Happen dringend nötig", erklärte Bill, den Männern die Arme um die Schultern legend und sie so direkt in die Küche führend. Alf hatte die Ankunft des Drachens ebenfalls bemerkt und nahte mit einem Nachtlicht, um Befehle entgegenzunehmen. Die waren um diese Zeit zwar selten, aber manchmal unumgänglich.

„Du wirst dich morgen zuerst darum kümmern, das Häuschen direkt an der Wehrmauer bis zur Mittagsstunde bewohnbar zu machen. Kontrolliere die Fenster, trage Feuerholz und zwei Eimer Wasser hinein. Für heute kannst du schlafen gehen!", lautete die Order.

Ben hob fragend die Augenbrauen.

„Ich habe Sir Marcs Familie hierher befohlen, ehe alle vom Dach ihres maroden Hauses erschlagen werden", verriet Bill. „Er hat übrigens ein hübsches Schwesterchen, das ganz Eure Kragenweite sein dürfte, mein lieber Bruder."

Marc schüttelte belustigt den Kopf. „Schau an, schau an! Ich wäre aber der Letzte, der gegen solche Familienbande etwas einzuwenden hätte."

„Falls sie mich überhaupt mag", dämpfte Ben die Euphorie.

„Daran zweifle ich nicht", erwiderte Sir Marc. „Ich rechne es meinem Vater sehr hoch an, dass er sie, trotz großer Not, nicht als Spielzeug an einen reichen Tattergreis verschachert hat. Was kann sie Besseres bekommen, als einen jungen, ehrbaren Ritter?"

„Denn die mit eigener Burg sind schon alle vergeben", fügte Sir Bill hinzu, „und die einheimischen Edelleute heiraten nur ihresgleichen. Wenn sie Euer Herz anrührt, macht ihr den Hof, wann immer es geht."

„Zu Befehl, mein Bruder!", lachte Ben. „Ich pflege nur, mir einen Bären zuerst anzusehen, ehe ich ihn erlege."

„Tut das!" Die beiden anderen Ritter stimmten in das herzliche Lachen ein.

Am nächsten Tag trug Sir Bill, wie mit Sir Ian abgesprochen, seine Ritter zuerst zur Königsburg, ehe er sich auf den Weg zur Marcs Vater aufmachte.

Der wartete bereits vor dem Haus und begab sich instinktiv mitten auf den Weg, als der weiße Drache nahte. Dieser landete gar nicht erst, sondern fasste vorsichtig nach dem Mann, ihn sacht durch die Lüfte davontragend.

„Wahnsinn!", hauchte Ariane. „Man kann es nur glauben, wenn man es selbst gesehen hat. Ob er uns heute auch so von hier wegbringt?"

„Ich denke schon. Er wird wohl mehrmals fliegen müssen." Die Mutter schaute zu den drei Truhen mit Kleidung und Hausrat hinüber.

Natürlich machte sich Marc später auf der Baustelle den Spaß, seinem Vater die Gedanken Sir Bills in Bezug auf Ariane mitzuteilen. Dass der nun Sir Ben unbewusst beobachtete, war zu erwarten gewesen. Sir Ben grinste vergnügt in sich hinein und tat, als bemerke er es nicht. Das Mienenspiel von Marcs Vater war jedenfalls von so viel Wohlwollen geprägt, dass Marc schließlich Ben belustigt zublinzelte. Ritter, die mit dem gemeinen Volk zusammenarbeiteten und keine Hochnäsigkeiten hervorblitzen ließen, beeindruckten hier alle.

So wie Sir Ian dem Königspaar den Abschluss der Arbeiten meldete, erschien Sir Cedric, um seinem Volk persönlich zu danken. Eine Geste, die unter König Bertram völlig undenkbar gewesen wäre. Er hatte sich am Morgen von Sir Marc die Geschichte erzählen lassen, wie er am Vortag seinen Vater erkannt hatte, was schon allerorten als Gerücht umging. So wusste er auch, von den Befehlen Sir Bills, die von wirklicher Größe zeugten. „Ah, da ist ja der zukünftige Burgbewohner!", rief er, als Sir

Marc seinen Vater zur Übernahme des Weinkrugs begleitete.

Vater Hartmut verbeugte sich aus Ehrfurcht vor dem Drachenherrscher fast bis zum Boden.

„Machen wir es kurz", fuhr der König fort. „Ich bringe Sir Ben und Euern Vater zur Burg. Die Herren Ian und Dan brechen mit Sir Bill und Euch direkt auf, um die beiden Frauen und den Hausrat zu holen. Wie oft werden sie fliegen müssen?"

„Ich denke drei oder vier Mal", überrechnete Sir Marc rasch.

Der König winkte seine beiden Töchter herbei. „Knappendienst, meine Damen! Tische, Bänke, Betten!"

„Zu Befehl, mein König", antworteten die Prinzessinnen und schmunzelten, weil Sir Marcs Vater wegen dieser Order leichenblass wurde.

„Wir sind Drachen und keine Zierpüppchen", merkte Lady Ashley kichernd an, sich mit den anderen verwandelnd und ihnen folgend.

Der riesige Königsdrache ließ Sir Ben aufsitzen, griff nach Marcs Vater und glitt im Tiefflug über die Bäume davon. Er setzte die Männer ab und startete gleich wieder durch.

„Mir nach!", rief Sir Ben, Marcs Vater zum neuen Domizil führend.

Dessen Augen wurden mit jedem Schritt größer. Das, was der weiße Drache ein Häuschen genannt hatte, war stattlicher und geräumiger als das verfallene alte Haus der Familie. In der gemauerten Kochstelle der Wohnküche brannte ein kleines Feuer, um die monatelange Kälte und Feuchtigkeit aus dem

Mauerwerk zu vertreiben. Durch die geöffneten Türen zog die Wärme in die oberen Räume.

„Hier werdet ihr es sicher aushalten", stellte Sir Ben fest.

„Ganz, ganz sicher!", erklärte Hartmut völlig überwältigt von all dem Guten, das ihm seit dem Vortag widerfahren war.

In der Nordsiedlung sorgte inzwischen der Pulk landender Drachen für eine regelrechte Sensation. Klar hatte es sich herumgesprochen, dass der weiße Drache in der Nacht hier gewesen war und auch bei wem. An Gestalt und Kleidung erkannten die Leute sofort, wer sich nun eingestellt hatte. Was die Ankömmlinge dann aber taten, sprengte ihre Vorstellungskraft.

Die höchsten Herren des Landes trugen zusammen mit den ärmsten Frauen Mobiliar und Habseligkeiten heraus, was die höchsten Damen des Landes, die Prinzessinnen, mit Argusaugen vor dem Haus bewachten. Der weiße Drache griff sich die beiden Frauen, die anderen Drachen die Truhen, die Prinzessinnen fassten nach je zwei Stühlen, um damit davonzufliegen. Sir Marc sicherte derweil das wenige Eigentum seiner Familie. Aber die Menschen hätten es auch ohne seine Anwesenheit nicht gewagt, hier etwas zu stehlen. Drachen blieb nie eine Untat verborgen. Das war inzwischen im ganzen Land bekannt und gefürchtet. Jene, die über die verarmte Familie die Nase gerümpft hatten, zitterten nun, dass es ihnen der Sohn, Ritter Marc, der Vertraute des weißen Drachens, vergelten könne. Doch der hatte wahrlich Wichtigeres zu tun, als sich mit Dummköpfen zu schlagen.

31

Vor dem letzten Abflug begaben sich Marc und Bill noch einmal in das windschiefe Gemäuer, schauten, ob nichts vergessen worden war. Beim Blick von oben erspähte Drache Bill auf der Rückseite ein Rankgitter mit einer Kletterrose. Er landete, schmolz mit seinem Drachenatem den Schnee weg und grub das Gewächs mit seinen scharfen Krallen tiefgründig mitsamt riesigem Erdballen aus. Dann riss er das Gitter aus der Wand, klemmte es sich zwischen die Zähne und trug es zu seiner Burg, wo er die Rose so, wie er sie am alten Platz entfernt hatte, neben dem Fenster des neuen Hauses eingrub. Er lehnte das Gitter an die Wand, ließ Marc absitzen, verwandelte sich und befahl Alf, Vater Hartmut beim Anbringen der Halterungen zu helfen. Er musste die überglückliche Mutter Jenna fast mit Gewalt davon abhalten, im aus Dank die Stiefel zu küssen.

Die Prinzessinnen hielten sich zur gleichen Zeit in den Stallungen der Thunderstorm-Pferde auf. Als sie herauskamen, fegte Ariane den Schnee von den Wegen im Hof. Lady Ashley lächelte verschmitzt und sagte im Vorbeigehen: „Sir Ben erkennst du an seiner großen Ähnlichkeit mit seinem Bruder, Sir Bill."

Lady Amara fügte blinzelnd hinzu: „Wir können die Gedanken der Menschen lesen."

Beide brachen in herzliches Lachen aus, weil Ariane zutiefst erschrocken: „Ach herrje!", hauchte.

„Bis demnächst beim Fest!", riefen die jungen Damen und huschten als tiefschwarze Drachen mit andersfarbigen Hörnern und Zacken davon.

„Das war eine Einladung zu den Feierlichkeiten", hörte Ariane eine fremde Stimme hinter sich und wandte sich neugierig um. Fast wäre sie ohnmächtig zu Boden gegangen, denn das konnte nur Sir Ben sein.

„Erstaunlich, wie die Mädchen heute auf Euch fliegen", witzelte Sir Bill, der hinter seinem Bruder aus dem Haupthaus getreten war und gesehen hatte, wie dieser die zusammensinkende Ariane auffing.

„Tut mir furchtbar leid, Euch in solch eine Situation gebracht zu haben", stammelte Marcs Schwester, als sie merkte, in den Armen des Ritters zu liegen.

„Mir nicht", erwiderte Ben, das hübsche Gesicht betrachtend. „Als Wiedergutmachung musst du der Einladung der Prinzessinnen folgen und mich auf den Festen der nächsten Tage begleiten."

Bill kratze sich erstaunt am Kinn. Ben musste auf der Stelle Feuer gefangen haben und ließ nichts anbrennen.

Ariane nickte heftig, wand sich aus Ritter Bens Armen und eilte ins Haus, wo sie ihre, sich völlig überschlagenden, Gedanken ordnen wollte.

„Ich glaube, den Bären habt Ihr mitten ins Herz getroffen, mein Lieber!" Bill grinste seinen Bruder breit an.

„Reine Notwehr", erklärte Ben. „Ihr Pfeil sitzt tief. Genau wie Ihr vorhergesagt habt."

Jeder setzte seinen Weg fort, wobei der von Ritter Bill zu den neuen Mitbewohnern führte. Er klopfte, trat ein und wurde mit so viel Dankbarkeit begrüßt, dass ihm ganz warm um das Herz wurde. „Im Gesindehaus gibt es drei Mal am Tag freies Essen. Es steht jedem Bewohner der Burg zu. Also keine falsche Scheu. Der Küchenjunge schlägt den Gong, damit keiner die Zeit verpasst. Wenn ihr sonst bei irgendetwas Hilfe braucht, wendet euch an Alf."

Alf begann am nächsten Tag, für die bevorstehende Hochzeit Wimpelketten über den Hof zu spannen, und freute sich sehr, dass ihm Hartmut zur Hand ging, ohne viel darüber zu reden. Jenna machte sich in der Küche nützlich und Ariane half der Geflügelmagd.

„Alles zur vollsten Zufriedenheit. Weil sie überall mit anpacken, haben sie sich das Bleiberecht sofort verdient", lobte Sir Bill die angenehmen Neuankömmlinge beim Rittertreffen auf der Königsburg. „Sir Ben hat ein Auge auf Sir Marcs Schwester geworfen und würde wohl jedem den Harnisch verbeulen, der ihm dabei in die Quere kommt."

Die Ritter Ben und Marc schmunzelten über die wirklich gelungene Beschreibung des aktuellen Zustands.

In der Damenrunde der Königin war Marcs Familie natürlich auch Thema und Lady Tara gab zu, froh zu sein, eine gleichaltrige Gesellschafterin zu bekommen.

„Ihr werdet Ariane mögen", prophezeite Lady Ashley. „Sie freut sich sehr darauf, Euch kennenzulernen."

Spät am Abend verabschiedeten sich die Ritter, um auf ihre Burgen zurückzukehren. Lady Tara reichte Sir Marc einen kleinen Samtbeutel. „Für Eure Schwester, mit Grüßen von ganzem Herzen."

Hocherfreut nahm der junge Ritter die Gabe entgegen.

„Nicht uninteressant, dass Lady Tara schon jetzt auf Ariane zugeht", merkte Sir Bill an, als sie bereits auf dem Hof der Königsburg standen und ehe er sich verwandelte. Die anderen, das Königspaar inbegriffen, waren nicht weniger überrascht gewesen.

In den Fenstern seiner Eltern flackerte noch das Licht der Öllämpchen und Marc beschloss, das Geschenk sofort zu überbringen.

„Für mich?!" Ariane nahm mit zitternden Händen die unverhoffte Gabe entgegen, nestelte das Band auf und ließ den Inhalt des samtenen Beutels auf ihre Handfläche gleiten. „Oh, mein Gott! Das ist so wundervoll!" Sie hielt die Hand ins Licht der Flämmchen, damit alle den Schatz sehen konnten, den ihr Sir Bills zukünftige Frau gesandt hatte: eine goldene Anstecknadel mit einer perlenbesetzten Blüte.

„Sie freut sich auf deine Gesellschaft", verriet Marc, bevor er sich in seine Gemächer zurückzog.

„Du wirst also die Vertraute einer Prinzessin werden", brachte es Mutter Jenna auf den Punkt. „Wer hätte das jemals gedacht!"

„Oh je, ich bin ja so aufgeregt! Hoffentlich mache ich nichts falsch!" Ariane drückte die herrliche Brosche vorsichtig an sich.

„In drei Tagen kommen die Gäste aus dem alten Drachenland, erzählt man sich", berichtete Vater Hartmut. „Am vierten Tag wird Sir Bill Lady Tara heiraten, und zur gleichen Zeit die Mutter von Lady Tara, also unsere ehemalige Königin, einen hochedlen Drachen. Es wird mehrere Tage lang gefeiert werden und alle dürfen teilnehmen, so wie es bei den Drachen Sitte ist."

Kleinlaut verriet Ariane, was gleich am ersten Tag im Hof geschehen war, wie die Prinzessinnen sie eingeladen hatten, sie Sir Ben vor lauter Aufregung, ihm plötzlich begegnet zu sein, buchstäblich in die Arme gekippt war und dessen Reaktion darauf. Hartmut und Jenna begannen zu kichern. Sie teilten ihr mit, dass er auf diese Weise allen anderen seine ernsthaften Absichten mitteilen wolle. Wobei potenzielle Konkurrenten nun damit rechnen mussten, mit seinem Schwert Bekanntschaft zu machen, so Ariane nicht ausdrücklich erkläre, einen anderen vorzuziehen.

„Wie ... einen anderen vorziehen?", stammelte sie mit großen Augen.

„Nun ja, beim Adel gibt es einige junge Damen, die regelrecht umschwärmt werden, selbst wenn es nur aus politischen Gründen ist", erklärte Vater Hartmut deshalb. „Eheschließungen aus reiner Liebe scheint es nur bei den Drachen zu geben. Die fragen wirklich nicht vorrangig, was einer besitzt und welche gesellschaftliche Stellung er innehat."

„Oder bei denen, die deren verschworene Gefolgsleute sind", fügte Mutter Jenna hinzu. „Hast du denn gar nicht gemerkt, wie er dich stets anschaut. Statt zu fragen, ob du vielleicht anderweitig versprochen bist, will er es dir lieber am Gesicht ablesen, um sicher zu sein, dass du ihn auch magst."

„Doch, aber ich habe gedacht, das bilde ich mir nur ein", gab Ariane zu bedenken. Das Leuchten ihrer Augen verriet, dass sie diese Blicke ab sofort erwidern werde. Dann drückte sie beide Eltern. „Danke!"

„Wofür?"

„Dafür, dass ihr mich nicht verkauft habt, um der Armut zu entkommen." Sie huschte aus dem Zimmer, um ihr Geschenk sicher zu verwahren.

Jenna streichelte stumm Hartmuts Hand. Er hatte in jeder Situation das Richtige getan. Auch, als er Marc bei einem viertklassigen Ritter in die Lehre gab, weil er zwei Kinder nicht mehr ernähren konnte und es aussichtslos war, einen besseren Herrn zu finden. Ein guter Ritter hatte unter dem alten König nur seinesgleichen zum Knappen angenommen. „Was mag er nur alles ausgestanden haben?", seufzte sie scheinbar zusammenhangslos.

„Frag ihn!", lächelte Hartmut. „Es war sicher schlimm, hat ihn aber nicht gegen uns gewendet, weil es die einzige Möglichkeit war, ein geachteter Mann zu werden. Und die hat er genutzt."

„Ich denke, wenn Lady Tara hier einzieht, werden wir alles erfahren, was uns stets verborgen geblieben ist. Wenn sie Ariane Geschenke schickt, ist sie wirklich daran interessiert, mit ihr Zeit zu verbringen."

Hartmut schlug sich mit beiden Händen an den Kopf. „Ich bin vom König persönlich hierher getragen worden ... das ist so unglaublich, dass ich es noch immer nicht wirklich fassen kann. Wenn das Königspaar ruft, dann komme ich, selbst wenn es auf allen vieren ist!"

Noch vor dem Sonnenaufgang inspizierte Ariane ihre Kleidertruhe. Das Festkleid war tadellos in Ordnung. Nur werde man das unter dem dicken Winterumhang nicht sehen. Und dem schenkte sie im Licht des Öllämpchens sehr skeptische Blick. Abgetragen, fadenscheinig, verschossen. Gerade noch tauglich, die Arbeiten im Burghof zu verrichten. Würde sich Sir Ben wirklich so mit ihr zeigen wollen? Sie fasste einen schweren Entschluss ...

Beim Frühstück wirkte sie abwesend, sodass Jenna besorgt fragte, ob es ihr gut gehe. Beim Schneefegen überlegte sie immer wieder, welche Worte sie wählen sollte, um Sir Ben nicht zu verletzen. Sir Bill bemerkte schon beim Gutenmorgengruß, dass etwas nicht stimmte, obwohl Ariane strahlend lächelte. „Ob es mit dem Geschenk zusammenhängt?", überlegte er laut.

„Das glaube ich nicht", erwiderte Sir Marc sofort.

Sir Ben stand auf. „Ehe wir lange rätseln, werde ich fragen, was geschehen ist." Er begab sich geradenwegs auf den Hof.

Ariane erbleichte. Da blieb Ben auch schon direkt vor ihr stehen. „Du siehst unendlich traurig aus. Was macht dir Sorgen?"

„Dass ich nicht mit Euch zum Fest gehen kann, mein Herr", presste sie mit erstickter Stimme hervor.

„Verbietet es dein Vater?"

„Nein. Nein, mein Herr, er kann nichts dafür. Ich ... ich ... es geht einfach nicht."

Ben zog die Augenbrauen zusammen. „Du bist einem anderen versprochen?"

Ariane schüttelte heftig den Kopf, ihre Augen füllten sich ungewollt mit Tränen. Sie versuchte unbewusst, eine mehrfach geflickte Stelle ihres Capes mit der Hand zu verbergen.

Sir Ben hatte es trotzdem, oder gerade deswegen, bemerkt. „Der Umhang ist schuld, vermute ich", stellte er fest, worauf Ariane unendlich traurig nickte. „Ich habe nur den einen."

Ben atmete auf. „Das ist kein Grund, mir einen Korb zu geben. Solange kein anderer Mann dahinter steckt, kann ich Abhilfe schaffen. Du wirst einen warmen Umhang bekommen, mit dem du dich nicht verbergen musst. Und nun möchte ich dich wieder lächeln sehen!"

Ariane küsste dankbar seine Hände. Ben zog sie an seine Brust, um sie tröstend im Arm zu halten. Mochte es ruhig jeder sehen. „Alles wird gut", versprach er.

„Wenn das nicht romantisch ist, dann weiß ich auch nicht", murmelte Bill und Marc gab ihm recht.

„Alles wieder gut?", fragte Marc, als Ben in den Palas zurückkam.

„Fast. Ich muss schleunigst meine Kleidertruhen sichten. Ich brauche einen warmen Umhang in Arianes Größe. Eigentlich hätte ich mich mit ihrem alten Cape duellieren müssen, weil sie mir seinetwegen einen Korb geben wollte, aber aus der Nähe betrachtet ist es schon tot. Wenn mich einer sucht, ich stecke kopfüber in meinen Truhen!" Ben eilte in seine Gemächer.

Die beiden anderen wechselten einen verblüfften Blick, dann brachen sie in schallendes Lachen aus. Eine witzige Beschreibung für einen durchaus ernsten Zustand.

„Wahrscheinlich ist das, was meine Eltern tragen, auch das Einzige, was sie besitzen", murmelte Marc nachdenklich. „Ich werde meine Truhen ebenfalls sichten."

Wenn die Ritter Kaufleute begleiteten, um sie vor Räubern zu schützen, kam es immer wieder vor, dass sie mit Waren statt Geld bezahlt wurden. Viele Dinge ließen sich später gut verkaufen. Kleider selten und meist hatten sie nicht die passende Größe für den Ritter. So landeten sie am Boden irgendeiner

Truhe, wo sie oft in Vergessenheit gerieten. Ben wurde recht schnell fündig. Als Knappe auf der Königsburg, war er von Sir Dan immer sehr erlesen ausgestattet worden, und vielem so zügig entwachsen, dass es gar keine Zeit hatte, Schaden zu nehmen. Es befand sich aber noch immer in seinem Besitz. So sah Bill seinen Bruder schon nach einer halben Stunde schwer bepackt zum Haus seiner Liebsten gehen. „Na klar! Da hätte ich auch drauf kommen müssen!", rief er.

„Selbstgespräche sind neu", schmunzelte Sir Marc, soeben den Raum betretend. „Ich habe leider nichts gefunden, das ich selbst entbehren könnte."

Sir Bill klärte ihn über den Grund seines Ausrufs auf. „Ich bin größer als mein Bruder. Wenn Eurem Vater von ihm nichts passt, habe ich womöglich das Richtige im Fundus."

Unterdes legte Ben der völlig überraschten Ariane einen herrlichen doppelt gearbeiteten Kaninchenfell-Umhang mit großer Kapuze um, der passte, als sei er nur für sie genäht worden. Innen einfarbige Felle, außen wundervolle mehrfarbige, die symmetrisch eingearbeitet waren. Für weniger kalte Tage reichten Filzumhänge mit oder ohne Kopfbedeckung. Wobei man jene, die keine hatten, mit einer Gugel kombinieren konnte. Ariane passten ein Umhang und die Gugel mit dem langen Zipfel hervorragend. Dann durfte sich Mutter Jenna bedienen. Hocherfreut drehte sie sich mit dem warmen Filzumhang hin und her. Nur Vater Hartmut ging leer aus.

„Man kann nicht immer Glück haben", blinzelte er mit einem Schulterzucken.

Wenig später klopfte es. „Wie wäre es damit?" Der Burgherr hielt einen Umhang in den Händen.

„Ihr habt gelauscht", kicherte Sir Ben.

„Altes Drachenübel", lachte Sir Bill und zuckte in gleicher Weise wie Vater Hartmut die Schultern.

„Passt!" Ben hob beide Daumen. „Damit dürften die Feierlichkeiten gerettet sein."

„Alf wird euch mit dem Schlitten zum Festplatz bringen", versprach Ritter Bill und verschwand, bevor ihm alle überschwänglich danken konnten.

Ben rieb sich die Hände. „Jeder wird auf den ersten Blick wissen, wer Ariane ist, denn meinen Pelzmantel kennt man. Das schützt zudem vor Versuchen, sie mir abspenstig zu machen."

„Würde ich auf so etwas eingehen, müsste ich eine Tracht Prügel bekommen", sagte Ariane ernst. „Ich bin Euch vom ersten Sehen an von ganzem Herzen zugetan."

„Da weiß ich doch, woran ich bin." Bill streichelte ihre Hand, nahm mit, was nicht gebraucht wurde und widmete sich seinem Dienst.

Ariane kuschelte ihr Gesicht in die weichen Felle. „Hatte ich schon erwähnt, dass ich glücklich bin?"

„Das ganze Haus leuchtet, so wie du strahlst!", rief Vater Hartmut. „Jetzt muss sich die Vogelscheuche endgültig eine andere Frau suchen."

Heldin wider Willen

„Heute kommt das Drachenvolk", hieß es beim gemeinsamen Frühstück im Gesindehaus. „Unsere Ritter sind schon vor dem Sonnenaufgang zum König geflogen. Stattlich sahen sie aus, in voller Rüstung, mit Wappenmänteln und Schwertern. Was wird wohl Sir Bill morgen zu seiner Hochzeit tragen?"

Ich bin schon froh, dass ich weiß, was ich tragen werde, dachte Ariane, etwas Brot in ihre Fleischbrühe brockend. Seit sie nicht mehr tagelang Hunger litt, fielen alle Arbeiten leichter und ihr war nicht mehr wegen jeder Aufregung schwindelig. Ben bemerkte mit Freude, wie ihre Haut rosiger wurde.

Die Geflügelmagd saß, wie immer, neben Ariane. „Du gehst doch zum Fest ... erzählst du mir, wie es dort war?"

„Versprochen! Ich werde Augen und Ohren ganz weit offen halten, um möglichst viel berichten zu können." Ariane brannte darauf, die anderen Drachen zu erleben. Dass anlässlich der Hochzeit ihres Herrn auch auf der eigenen Burg eine Feier angesagt war und es Leckereien geben werde, bedeutete für das Gesinde das Großereignis des neuen Jahres schlechthin.

„Sie kommen! Sie kommen!", rief der königliche Turmwächter, als sich eine gigantische dunkle Wolke am Himmel rasend schnell vorwärts schob. König Vincents Drachen hatten sich an seiner Burg versammelt und waren von da gemeinsam aufgebrochen. Ein Schwarm, der hin und wieder für Beobachter sogar die Sonne verdunkelte. Sir Bill flog ihnen entgegen, um sie direkt zu den Iglus zu geleiten, wo Lady Tessa und Sir Cedric mit ihrem gesamten Gefolge warteten. Besonders vorsichtig landete Sir Patrick, der seine zukünftige Frau in einer Art Sack aus mehreren Bärenpelzen trug, damit sie in der schneidenden Kälte nicht erfror. Sir Cedric half ihr aus der ungewöhnlichen Sänfte.

„Ich war zuerst skeptisch, habe mich aber schnell überzeugen können, dass ich so den Flug am wenigsten störe", erklärte Lady Rosa. „Wer ist auf die wundervolle Idee mit den Iglus gekommen? Die sind genau so genial wie mein Bärensack. Einfach und überaus praktisch."

„Sir Dan", erwiderte Lady Tessa nicht ohne Stolz. „Ich schätze Berater sehr, deren Ideen funktionieren."

„Das kann ich bestens verstehen!", ließ sich König Vincent vernehmen.

Lady Maya, kurz vor der Niederkunft, hatte sich ebenfalls tragen lassen, wobei diese Ehre Sir Timothy, dem stärksten Drachen zugekommen war. Die Begrüßung zwischen den beiden Königinnen war besonders herzlich, weil Maya nicht vergessen hatte, dass sie Tessa verdankte, noch am Leben zu sein. Überhaupt war es ein stetiges Händeschütteln und Umarmen unter den hiesigen und den gerade angekommenen Drachen.

Lady Brenda hakte sich bei Sir Bill unter. „Eure Taten dringen bis zu uns vor. Beinahe jeder Händler hat etwas Neues zu erzählen. Nun sagt man sogar, Ihr wärt zum Berater aufgestiegen."

„Das entspricht der Wahrheit, Lady Brenda. Für die Feierlichkeiten bin ich zudem mit meinem Leben für Lady Maya und Sir Vincent verantwortlich. Ich bitte Euch deshalb um Verzeihung, dass ich Euch nicht weiter begleiten kann."

„Tut Eure Pflicht, weißer Drache!" Sie drückte warmherzig seinen Arm und wandte sich seinem Bruder zu. Dem war es eine große Ehre, die Drachenlady über den Festplatz führen zu dürfen. Sir Marc grüßte herüber.

„Sie ist sicher hübsch", sagte Lady Brenda mitten in der Unterhaltung und scheinbar ohne jeden Zusammenhang.

„Wer, Mylady?", fragte Sir Ben irritiert.

Lady Brenda lachte. „Das junge Mädchen, an das Ihr gerade denkt."

„Erwischt", seufzte Sir Ben. „Ja, sie ist sehr hübsch. Es ist Sir Marcs jüngere Schwester."

„Ihr müsst sie mir morgen unbedingt vorstellen!", forderte Lady Brenda blinzelnd.

„Ich werde es nicht vergessen", versprach Sir Ben.

Ein paar fliegende Händler hatten sich schon am Rand der Wiese niedergelassen, die Idee, sich mittels Schneehütten erträglich warm zu halten, sofort aufgreifend.

Sir Bill zog es vor, das Königspaar des alten Landes in Kenntnis zu setzen, dass er ihr Schatten sein werde, ehe sie vielleicht unwirsch darauf reagierten, ihn ständig in ihrer Nähe zu entdecken.

„Gut, zu wissen", freuten sich beide. „So kann Sir Timothy etwas entspannter feiern." Was man ihm sofort mitteilte.

Timothy nutzte die Gelegenheit, als die Königspaare zusammenstanden, um klarzustellen, dass er gedachte, am Tag der Hochzeit die Sicherheit komplett zu übernehmen, damit Sir Bill wenigstens die Feierlichkeiten seiner eigenen Trauung genießen konnte. Lady Ashley gesellte sich dazu. „Vier Augen sehen mehr und vier Ohren hören mehr. Unsere Knappenausbildung ist offiziell noch nicht beendet worden, sodass ich den vollen Wachdienst mit übernehme."

„Das tut Ihr, um nicht in Kleidern die Etikette wahren zu müssen!", lachte Sir Cedric. „Na, meinen Segen habt Ihr."

Die anderen fielen in das Gelächter ein. Ashley hob breit lächelnd eine Augenbraue und die Schultern.

„Sie ist und bleibt ein Kampfdrache", schmunzelte Lady Tessa.

„Wundert mich nicht, weil ich weiß, wer sie geboren hat", witzelte Sir Timothy. Worauf Lady Tessa die Gesten ihrer Tochter deckungsgleich wiederholte.

Langsam legte sich die Hektik der Ankunft, alle hatten ein passendes Iglu gefunden. Das Königspaar und Lady Rosa mit Sir Patrick bekamen in der Burg Quartier. Knappen und Diener wuselten herum, um die hohen Gäste mit Speisen und Trank zu versorgen. Tara und Lia saßen mit Mutter Rosa zusammen, um über die Monate seit dem letzten Treffen zu sprechen und Taras Umzug in Sir Bills Burg.

„Morgen werde ich sicher Ariane kennenlernen", freute sich Lady Tara, die dem Augenblick entgegenfieberte, endlich mit ihrem Liebsten in der schmucken kleinen Burg leben zu dürfen.

In der Nacht war es bewölkt gewesen, ohne zu schneien. Durch die Wolken war es nicht ganz so kalt, wie in den vergangenen Tagen, geworden und nun kam sogar die Sonne hervor. Alf, als Multitalent zum Kammerdiener avanciert, half seinem Herrn beim Anlegen der Prunkrüstung. Auch die beiden anderen Ritter hatten das Beste herausgepickt, was das eigene Rüstarsenal hergab. So wie sie auf den Hof hinaus traten, lief das Gesinde zusammen, um sich am Anblick der drei Recken zu weiden. Sir Ben blinzelte Ariane zu, die das Spektakel des Abflugs vom Fenster aus beobachtete, weil sie erst halbfertig angezogen war. Sie winkte zurück und freute sich nun noch mehr darauf, auf dem Festplatz an seiner Seite zu gehen. Ben kletterte auf den Rücken des schneeweißen Drachens, Marc ließ sich greifen und mit einem einzigen mächtigen Sprung katapultierte sich Bill zwischen den Girlanden hindurch, um erst dann mit den Flügeln zu schlagen.

„Was für eine ungeheure Kraft!", staunte Hartmut.

Auf Burg Lilienstein kümmerten sich Lady Lia persönlich um Gewand und Frisur ihrer Schwester, so wie sie als Kinder immer füreinander da gewesen waren. Sie war es auch, die vorgeschlagen hatte, weiße Gewänder zu wählen, die rubinrot gesäumt waren, wie Sir Bills Drachenaugen leuchteten.

Tara stellte verunsichert fest, dass ihr vorhandener Goldschmuck gar nicht zum Kleid passte, selbst wenn die Farbe der Steine identisch war.

„Nicht so hektisch, Schwesterchen!", mahnte Lia. „Schauen wir uns erst einmal an, was Euch Sir Bill übereignet hat. Sie fasste nach dem Holzkästchen neben einem Geschenk, welches in Leinenstoff eingewickelt war. "

„Na, wer sagt es denn! Als hätte er gewusst, wie Euer Kleid aussieht!" Es kam wundervoller Silberschmuck mit großen, funkelnden Rubinen zum Vorschein. Dass er mit ein paar richtig eingesetzten Goldstücken zumindest die Farben erfahren hatte, ahnten die Schwestern nicht.

„Oh, Ihr seht wundervoll aus!", staunte Lia. „Lasst uns noch rasch das andere Paket öffnen, ehe man unten ungeduldig wird."

„Das kann ich fast nicht glauben", hauchte Tara, als Lia den Stoff auseinanderschlug. „Das ist Hermelin! Für so etwas kann man sich eine Burg kaufen, die so groß wie die des Königs ist!"

Lia nickte stumm. Sir Bill hatte keine Kosten gescheut, den kompletten weiten Kapuzenumhang mit weißem Hermelinpelz mit den charakteristischen schwarzen Schwanzspitzen besetzen zu lassen. Ein tausendfacher Ausgleich zum Silberschmuck.

„Denkt Ihr, was ich denke?", rief Lia nach ein paar Sekunden.

„Ich glaube schon! Wir verbergen alles unter meinem dunkelblauen Samtmantel. Ich bin auf die Augen gespannt!" Tara lachte leise. „Zuerst wird Sir Bill denken, ich hätte sein Geschenk verschmäht und dann fallen den anderen die Augen aus!"

„Genau so!" Lia zupfte den Umhang zurecht, damit auch ja nicht ein weißes Zipfelchen zu sehen war und schritt mit Tara zum Festplatz hinüber.

Alf hatte Sir Marcs Familie pünktlich am Rand des Areals abgesetzt, wo sie sich zur Orientierung erst einmal umsahen. Vater Hartmut kannte die Örtlichkeiten vom Bau und konnte die grobe Richtung vorgeben. So fanden sie recht schnell einen Platz unweit der Tribüne, von wo aus man einen guten Blick auf das Geschehen hatte. Sir Marc werde erst bei ihnen erscheinen, wenn die Trauungen vollzogen waren. Die Drachen und Ritter waren vollzählig auf den Rängen versammelt, die Herren Patrick und Bill standen bereit. Vom Tor her näherte sich der Brautzug auf dem von Menschenmassen gesäumten Weg.

Ariane beobachtete alles sehr genau, um es später weitererzählen zu können. So entging ihr nicht, wie sich Sir Bills Miene umwölkte, als die Bräute in Sichtweite kamen. *Was mag er nur haben?* Es wirkte überaus gequält, wie er Lady Taras Lächeln erwiderte. Denn die jüngere Dame konnte nur Tara sein.

Zuerst wurde Lady Rosa mit Sir Patrick verbunden, der zwar keine Prunkrüstung, aber einen juwelenbesetzten über und über mit Goldfäden bestickten Umhang trug, unter welchem ein genau so kostbarer Dolchgriff hervorblitzte. Lady Rosa punktete mit einem königsblauen Cape, das ganzflächig mit einem Drachen in Gold und Silber bestickt war, der seine Schwingen weit ausgebreitet hatte, so dass diese die Trägerin des Kleidungsstücks praktisch umfingen. Die juwelenbesetzten Trauringe funkelten in der Sonne. „Sie ist wunderschön", flüsterte Ariane, ihre ehemalige Königin zum ersten Mal sehend. Die Menge jubelte dem Paar zu und es dauerte lange, ehe sie sich wieder beruhigt hatte.

Nun trat Sir Bill vor, dessen reich verzierte Rüstung bei den Herren für einiges Aufsehen sorgte. Lady Tara ging drei Schritte auf ihn zu, dann ließ sie ihren blauen Umhang fallen. Sir Bill atmete befreit auf, sich ein Lachen mühsam verkneifend. Die

Menge rief „Ah!" und „Oh!". Und die meisten über-
rechneten wohl gleich den Wert.

„Na, so eine Schelmin!", kicherte Ariane, die das
Spiel sofort durchschaut hatte.

„Wen meinst du?", fragte Vater Hartmut.

„Erzähle ich euch später." Ariane war ganz Auge
und Ohr für die Zeremonie und Lady Tara, die sie
jetzt gleich noch viel mehr mochte. Als die beiden
die Ringe wechselten, wischte Ariane etliche Tränen
fort, denn es war für sie äußerst ergreifend, weil sie
zu diesem Paar persönlichen Bezug hatte.

Wie es Sir Ben vorausgesehen hatte, fiel ihr unge-
wöhnlicher Kaninchenmantel einigen auf. Zuerst
natürlich Sir Dan, der ihn hatte anfertigen lassen.
Der tippte sogar Sir Ian an und fragte: „Halluziniere
ich, oder steht da etwas, was wir beide gut kennen
sollten?"

„Hmmm, das Muster dürfte es wirklich nicht zwei
Mal geben."

„Gut. Dann setze ich darauf, dass das hübsche
Gesicht unter der Kapuze Sir Marcs Schwester
gehört." Dan blinzelte. „Jeder weiß, dass Sir Ben
ernsthafte Absichten hegt. Wenn ich eins und eins
zusammenzähle, dann weiß ich, woher sie den
Umhang hat."

„Ich hatte sie völlig anders in Erinnerung", murmelte Ian.

„Ich auch, nur scheint sie für ihn regelrecht aufzu-
blühen." Er winkte Sir Ben zu, der soeben auf der
anderen Seite der Tribüne vorbeikam und deutete
dann mit dem Kopf auf das junge Mädchen.

Ein Lächeln, ein Nicken und die Sache war klar.

Lady Tessa hatte den auffälligen Kaninchenpelz ebenfalls erspäht, die gleichen Schlüsse wie Sir Dan gezogen und bald wussten alle, dass die Trägerin Sir Marcs kleine Schwester und Sir Bens große Liebe war.

„Man beobachtet dich", raunte Mutter Jenna.

„Was bei diesem Umhang zu erwarten war", wisperte Ariane zurück. „Seht ihr Sir Bens breites Lächeln? Ich glaube, das sagt alles."

Sir Marc kam herüber und drückte Vater Hartmut unbemerkt einen Lederbeutel in die Hand. „Ihr könnt es sicher brauchen!" Dann war er schon wieder in der Menge verschwunden.

Hartmut knotete den Beutel am Gürtel fest, ehe er ihn in die Tasche schob. Langfinger gab es überall, besonders da, wo solche Menschenmassen zusammenkamen. Deshalb stand ja auch vor jedem Iglu ein Wächter aus der Garde des Königs. Die Drachen nahmen ihre Plätze an der langen Tafel hinter der Tribüne ein, um zu schmausen und sich zu unterhalten. Für das Volk hatten die Brautpaare je zwei Ochsen gestiftet, die nun, gut am Spieß gebraten, verteilt wurden. Sir Ben hob von weitem vier Finger und bekam vier große Fleischstücke, ohne sich anstellen zu müssen. Er winkte Vater Hartmut zu, der seine Familie zielsicher durch die Massen zu ein paar Weinfässern lotste, zu denen nur die Leute des Königs Zutritt hatten. Dort teilte Sir Ben das saftige Fleisch aus und wünschte guten Appetit. „Es ging leider nicht eher", seufzte er. „Ich hatte gehofft, mehr Zeit mit Ariane verbringen zu können. Aber Dienst ist Dienst. Es wird wohl erst am späten

Nachmittag werden, wenn die Turniere der Knappen beendet sind."

„Ihr müsst Euch nicht entschuldigen", wehrte Ariane ab. „Ich war noch nie auf einem Fest und es gibt für mich so viel Neues zu entdecken. Schon dafür danke ich Euch herzlich."

„Ritter Ben! Ritter Ben! Der König sucht Euch!", keuchte ein Laufbursche völlig außer Atem.

„Ich komme!" Ben hob bedauernd die Hände, schlang den Rest Fleisch hinunter und eilte im Laufschritt davon.

Marcs Familie flanierte wenig später an den Iglus vorbei, sich an den bunten Bannern der fremden Adelshäuser erfreuend. „Die da drüben, wo es nach Zuckerwerk duftet, muss Lady Ashley sein", staunte Ariane.

Jenna schaute sie verdattert an. „Wo? Ich sehe nur einen jungen Ritter."

„Genau das ist sie!", lachte Ariane. „Wollen wir wetten? Ich habe gehört, dass sie den Wachdienst von Sir Bill übernommen hat, denn sie ist ein Kampfdrache."

Die geharnischte Drachenlady drehte sich soeben herum und konnte das Kaninchencape gar nicht übersehen. Schmunzelnd kam sie näher. „Ich wusste doch, dass wir uns heute begegnen. Hier, etwas Zucker für gute Laune!" Sie schenkte Ariane einen der soeben gekauften Sterne. „Ich muss weiter, habe Dienst!"

„Die Wette hättest du gewonnen", lachte Mutter Jenna.

„Sie wird eines Tages die Frau von Sir Ian, der rechten Hand des Königs, werden", wusste Ariane zu berichten. „Lady Amara, ihre Zwillingsschwester, wird Sir Andrew, den Bruder des anderen Drachenkönigs heiraten. Hach, das ist ja so aufregend, die ganzen Damen und Herren mit eigenen Augen sehen zu können!"

Sie scharrte mit dem Fuß im Schnee. „Was war das?" Es hatte geklungen, wie wenn Metall auf Stein entlang schrammt.

„Mach die Stiefel nicht kaputt!", mahnte die Mutter, als sie mit der Spitze in den verharschten Schnee bohren wollte.

Um Mutter nicht zu verärgern, suchte sie mit der flachen Sohle, bis sie die bewusste Stelle gefunden hatte, um mit den Fingern die vereisten Stücke herauszupulen. „Eine Münze. Eine große goldene Münze", hauchte sie, das Geldstück trocken reibend. „Dafür kaufe ich ein Hochzeitsgeschenk für Lady Tara und Sir Bill. Versucht ja nicht, mir das auszureden!"

„Bestimmt nicht!", schwor Vater Hartmut.

„Wo wollen die denn alle hin?", staunte Jenna, als sich die verstreuten Massen aus allen Richtungen wieder zusammenfanden.

„Zu den Knappenkämpfen!", rief Ariane. „Kommt, schnell! Es sind auch die beiden unseres Königs mit am Start. Die sollten wir kräftig anfeuern."

Sir Marc hatte erwirkt, dass die drei ungescholten bei den Weinfässern stehen durften. Sonst hätten sie womöglich auch nicht mehr viel gesehen, weil sie unter den Letzten waren, die ankamen. Hier, im Bereich direkt neben der Tribüne, standen sie mit geradem Blick zu den Iglus der angesehensten Drachen. Die meisten Gäste der sonnigen Sitzplätze hatten die Pelze abgelegt und gegen Filzmäntel getauscht. Aus der Schneehütte genau gegenüber traten Lady Tara, Sir Bill und Sir Timothy, dem Banner nach, der Kriegsherr der Drachen. Offenbar hatte Lady Tara den Hermelin-Pelz hier deponiert, denn es bezogen gleich zwei Männer Posten vor dem Eingang.

Ariane dachte nicht weiter darüber nach, weil die Geschicklichkeitsspiele der Knappen begannen und die beiden des Königs ließen die anderen über mehrere Runden ziemlich dumm aus der Wäsche schauen. Erst mit den Schwertkämpfen wurde es spannend, selbst wenn sie nur stumpfe Trainingswaffen einsetzten.

Ariane fieberte mit und begann vor lauter Aufregung, Schnee zwischen den Fingern zu kneten. Der verdichtete sich durch die Wärme ihrer Hände langsam zu Eis. Als einer der jungen Männer des Königs am Boden lag und sich trotzdem weiter gegen den Angreifer wehrte, stöhnte sie: „Oh, mein Gott! Ich kann gar nicht mehr hinsehen!" Sie drehte aufgeregt den Kopf weg – und erstarrte.

Was sie gewahrte, lief wie in Zeitlupe vor ihren Augen ab. Die Wächter vor dem Iglu, in welchem Lady Tara gewesen war, machten alles, nur nicht wachen! Die starrten auf den Kampfplatz und drückten Daumen, während hinter ihren Rücken eine finstere Gestalt unbemerkt ins Innere schlüpfte und fast im selben Augenblick mit dem strahlend weißen Umhang wieder herauskam.

Dann überschlugen sich die Ereignisse: Ariane schleuderte, völlig entrüstet, ihren apfelgroßen Eisball nach dem Dieb, traf ihn am Hinterkopf, worauf er aus vollem Lauf zu Boden stürzte. Im Fallen zischte eine Drachenflamme über ihn hinweg, die nur noch seine Haare versengte. Tumult brach aus. Menschen schrien, königliche Wachen rannten herbei, Ritter ordneten mit lauten Befehlen das Chaos.

Ariane wachte aus ihrem merkwürdigen Zustand auf, als sie jemand an den Schultern packte und heftig schüttelte. „Ja, bitte?", fragte sie völlig orientierungslos.

„Rasch, komm mit!"

„Wohin?"

„Der König möchte dich sehen!" Es war Prinzessin Ashley, die sie, weil sie nicht reagierte, an der Hand hinter sich her zog. Erst jetzt schaltete das Gehirn wieder zu und ihr wurde bewusst, dass sie soeben einen völlig fremden Mann niedergestreckt hatte. Am ganzen Körper zitternd, mit tief gebeugtem Kopf wartete sie auf Strafe.

„So, so ein junges Mädchen. Ich dachte, einer meiner Männer hätte den grandiosen Wurf getan. Ist das deines?", fragte Sir Cedric, das faustgroße Eisgeschoss hochhaltend.

„Ja, mein König."

„Gut, dann erzähle mir, was geschehen ist." Das klang so freundlich, dass sich Ariane etwas beruhigte und stockend zu erklären begann, wie sie auf den Fremden aufmerksam geworden war.

„Und dann habe ich nach ihm geworfen, damit ihn die Wachen fangen können, weil die doch immer noch ganz woanders hingeschaut haben", beendete sie ihren Bericht.

„Ich bin dankbar, dass sie einen Wimpernschlag schneller war, als ich", ließ sich Lady Ashley vernehmen. „Meine Drachenflamme hätte sonst womöglich den wundervollen Mantel versengt."

„Verrätst du mir noch, wer du bist und woher du kommst?", fragte der König.

„Ich ... bin Ariane, wohne auf der Rossburg und helfe der Geflügelmagd."

„Ich habe gehört, du bist Sir Marcs Schwester und die große Liebe von Sir Ben", schmunzelte der König.

„Das ist auch wahr, Majestät", flüsterte Ariane, ihrem Bruder und Sir Ben verzweifelte Blicke zuwerfend, weil sie ganz sicher nicht gewollt hatte, dass die Ritter wegen ihr Ärger bekämen.

„Hm, was mache ich denn jetzt am besten mit dir?", rätselte der König laut. „Erhebe ich dich in den Stand einer Dame? Ach, da kommst du eh hin, wenn dich Sir Ben heiratet. Wie wäre es mit einem Pferd? Habt Ihr noch Platz im Stall, Sir Bill?!"

„Habe ich, mein König!"

„Und ich komme für das Futter auf, solange es lebt!", rief Lady Tara.

„Gut. Für den großen Dienst, den du mir, Lady Tara, Sir Bill und auch Sir Timothy erwiesen hast, darfst du dir ein Pferd aus meinem Stall auswählen. Sir Ben wird dich beraten."

Ariane fiel mit Tränen in den Augen auf die Knie, dankte dem König und Lady Ashley. Von der Tribüne winkte Lady Brenda mit dem Finger nach Ben. Er fasste Arianes Hand. „Komm, ich möchte dich dem ersten weißen Drachen vorstellen, der je gelebt hat, der schon viele hundert Jahre auf dieser Welt ist und von dem der magische Dolch stammt, den mein Bruder trägt."

Ariane bekam tellergroße Augen, als sie, statt einem weißbärtigen alten Mann, einer blutjung aussehenden Dame gegenüberstand.

„Kommt, setzt Euch zu mir!" Lady Brenda reichte ihnen die Hände. „Da hat sich Euer Schatz doch ganz von allein und ziemlich spektakulär ins Gedächtnis gebrannt", schmunzelte sie. „Lady Ashley mag dich sehr, Ariane. Sie wird dich beschützen, wann immer du sie brauchst. So es das Schicksal will, werde ich vielleicht sogar noch Eure Hochzeit erleben, ehe ich diese Welt verlassen muss."

Arianes Augen füllten sich mit Tränen. Warum musste jemand sterben, der wie ein junges Mädchen aussah?

Lady Brenda lächelte vergnügt. „Die gleiche Frage hat auch Sir Bill gedacht, als er mich das erste Mal besuchte. Ich habe ihm damals den Dolch mit der Asche der Urdrachen geschenkt, weil ich fühlte, dass er bereits den Drachenkeim in sich trug. Euch möchte ich etwas anderes geben. Etwas, worin sich ebenfalls Asche der toten Drachen befindet. Es wird Euch zwar nicht zu Drachen machen, aber ein langes, langes Leben und fast ewige Jugend verleihen." Lady Brenda zog zwei silberne Amulette aus der Tasche. Das größere hängte sie Ben um, das kleinere Ariane.

„Es wird ganz warm", staunte Ariane.

„Was du fühlst, ist die Macht der Ur-Drachen, die Euch beschützen soll. Ich bin einer jener wenigen Drachen, die auch in Menschengestalt einen Panzer ausbilden können. Siehst du?" Ihre Hand wurde milchweiß und und die Schuppen ließen sie fast wie Schlangenhaut aussehen. Ariane konnte nicht anders, sie musste einfach mit den Fingerspitzen darüber streichen. „Elastisch und doch hart wie Stein. Als uns die Drachen vom alten Haus zur Burg brachten, habe ich mich nicht getraut, sie anzufassen", gab sie zu. „Es war eine völlig neue Welt, die sich plötzlich auftat. Ich war erstaunt, dass solch riesige Krallen so sanft zufassen können, ohne uns Schmerzen zu bereiten. Dabei könnten sie uns mühelos zerquetschen, wie einen Wurm."

„Das könnten wir wirklich", lächelte Lady Brenda. „Stürzt Euch wieder ins Getümmel und genießt das Fest, meine Lieben!"

„Auf Wiedersehen, Lady Brenda und großen Dank für Euer herrliches Geschenk!", sagten Ariane und Ben völlig synchron, worauf die Drachendame herzlich lachte. Die jungen Leute waren offenbar füreinander geschaffen.

Kaum erschienen die beiden wieder auf dem Festplatz, starrte wirklich jeder Ariane an.

„Ach herrje, ich möchte mich am liebsten verkriechen!", stöhnte sie.

Ben grinste. „Nix da! Kopf hoch und lächeln. Du bist ein Liebling der Drachen. Eine, der sie sogar Geschenke machen. Und los!" Er reichte ihr den Arm und schritt gemessen voran.

Ariane passte sich seinem Gang an und amüsierte sich endlich sogar über das Getuschel, wenn sie mit Ben nahte. Lady Brenda lächelte darüber hintergründig und Sir Patrick nickte ihr auffällig zu.

„Ein hübsches Mädchen, das nicht lange fackelt, und deshalb sofort im Gedächtnis bleibt, hat sich Sir

Ben auserkoren", stellte Lady Rosa fest. „Jammerschade, dass er nicht auch ein Drache werden kann."

„Da sprecht Ihr goldene Worte", seufzte Lady Tessa. „Er ist mehr Drache, als manche Drachen selber." Dass sie auf die Wolkenfelser Linie und deren Verwandte anspielte, war jedem klar. „Mal schauen, wie sich die Lage entwickelt. Ich denke aber, er wird ihretwegen kein Scharmützel mehr auslassen, bei dem es Land zu erringen gibt, auf dem man ein Liebesnest bauen könnte."

Sir Ben ahnte nichts von diesen Überlegungen. „Komm, suchen wir das Pferd aus, ehe es zu spät wird", schlug er soeben vor, Ariane Richtung Burgtor dirigierend, weil die Sonne langsam unterging.

Vater und Sohn der Smaragddrachen, die Herren Timothy und Ian, standen auf der Zugbrücke. „Ihr geht zum Stall?"

„Ja, das haben wir vor", bestätigte Sir Ben.

„Ich habe noch nicht einmal danke gesagt, dass du mir solch einen großen Dienst erwiesen hast", wandte sich Sir Timothy an Ariane.

„Gerne geschehen!", strahlte sie.

„Kannst du reiten?", lautete die nächste Frage.

Ariane schüttelte den Kopf. „Ich verspreche, ich werde es lernen."

Ian blinzelte den beiden Rittern zu. „Ich denke, Sir Ben kann es. Er wird dich mitsamt Pferd nach Hause bringen, wenn das Fest vorüber ist."

„Ich höre und gehorche, mein Herr", erwiderte Sir Ben verschmitzt. War es doch eine unverfängliche Gelegenheit, mit der Frau, die er liebte, auf Tuchfühlung zu gehen.

Ich will mir gar nicht ausmalen, wie ich dagestanden hätte, wäre der Pelz unbemerkt verschwunden, stöhnte Sir Timothy in der Drachensprache. *Es ist ja so schon schlimm genug.*

Genau deshalb hat der König die beiden Wachen in Unehren davongejagt, verriet Sir Ian. *Lady Tessa musste ihn sogar davon abhalten, sie körperlich züchtigen zu lassen. Es ist das erste Mal, dass er derart außer sich vor Wut war. Schließlich waren es seine Leute, die Euch in Misskredit gebracht hätten.*

„Folgen wir den beiden zum Stall", bat Sir Timothy plötzlich. „Ein gutes Pferd braucht auch einen guten Sattel."

Sir Ben hatte bestimmt, dass Ariane zuerst die Reihe der freien Pferde abgesehen solle, um sich einen Eindruck zu verschaffen. Dann wollte er ihre Meinung zu den näher ins Auge gefassten Tieren hören. Timothy und Ian blieben vor einem Fenster stehen, um die Szene zu beobachten. 14 Rösser standen zur Auswahl. Jedes kriegstauglich ausgebildet. Die Hälfte davon zeigte deutliches Desinteresse an dem jungen Mädchen.

„Hm, dann eben nicht. Ich werde keinen zwingen, mich zu mögen", gab sie lächelnd bekannt. Drei Hengste versuchten, nach ihr auszukeilen oder zu beißen. „So nicht, meine Lieben. Durchgefallen!"

Ben begann zu schmunzeln. Es lief ganz darauf hinaus, dass er sich die Beratung sparen konnte. Auch Vater und Sohn wechselten einen vielsagenden Blick. Blieben vier Pferde übrig, denen sich Ariane erneut zuwandte, wobei sie jedes der Tiere über der Nase zu streicheln versuchte. Drei ließen es geschehen, ohne zu schnauben.

Ein Apfelschimmel folgte Ariane die ganze Zeit mit den Augen und schnoberte mit den weichen Lippen fast zärtlich ihre Hand, als sie ihn noch einmal berühren wollte. Sie kraulte seine Wange und er legte ihr den Kopf auf die Schulter. „Ich denke, du bist der Richtige für mich. Du wirst mich sicher nicht abwerfen, wenn ich das Reiten nicht gleich beherrsche."

„Eine gute Wahl", lobte Ben erfreut. „Er wird dir treu ergeben sein. Es ist übrigens ein Zelter. Das heißt, er hat einen besonders ruhigen Gang." Sir Ben rief nach dem Stallburschen.

„Dieses Pferd nehmen wir heute Nacht mit. Lege ein Seil bereit, aus dem ich Zaumzeug binden kann."

Die Ritter, fingen den Burschen am Tor ab. „Du wirst den Wallach mit dem Besten satteln und aufzäumen, das du finden kannst. Kein Wort davon zu Sir Ben und dem Mädchen, wenn sie gleich herauskommen!" Eine Münze versiegelte die Lippen zusätzlich.

Ben kehrte mit Ariane auf den Festplatz zurück, wo sie ihm erklärte, unbedingt noch heute ein Hochzeitsgeschenk besorgen zu wollen.

„Ich habe etwas gesehen, das beiden sehr gefallen würde", murmelte er. „Nur war es so teuer, dass du es nicht bezahlen kannst. Vielleicht gibt es dort etwas anderes, das passen könnte."

Sie zog ihr Goldstück aus der Tasche. „Das ist alles, was ich habe."

Ben pfiff überrascht durch die Zähne. „Davon kannst du den halben Stand leerräumen!"

„Kauft Ihr das Geschenk. Ich habe Angst, dass man mich betrügen könnte." Sie reichte ihm die Münze.

Ben führte sie geradenwegs zu einem Schnitzer und zeigte auf eine Skulptur, die ein Pferd mit wallender Mähne und wehendem Schweif darstellte, das auf den Hinterbeinen stand.

„Wundervoll!", hauchte Ariane, die ja die Leidenschaft des Burgherrn für rassige Pferde kannte.

In den nächsten Augenblicken war sie froh, Ben um Hilfe gebeten zu haben. Die Erscheinung des prunkvoll gerüsteten Ritters ließ keinen Zweifel daran, dass er sich nicht übertölpeln lassen werde. Und Ben feilschte, dass Ariane nicht wusste, ob sie den Händler bemitleiden sollte oder lieber Ben bewundern. Die Skulptur wechselte den Besitzer und Ben strich das Restgeld ein, das etwa drei Viertel des Nennwertes des Goldstücks ausmachte. Ariane bekam Augen, so groß wie Mühlräder. Ben hatte sich nicht geirrt.

„Schau mal, da drüben kommt Alf mit dem Schlitten, um deine Eltern abzuholen. Wir geben ihm das Kunstwerk mit", schlug Sir Ben vor.

„Bittet Ihr ihn, es gleich zu den anderen Geschenken zu stellen?", fragte Ariane.

„Aber natürlich!" Ben gab den Auftrag gern weiter und Arianes Eltern Bescheid, dass er ihre Tochter, wie es die hohen Herren angewiesen hatten, hoch auf ihrem eigenen Ross nach Hause bringen werde.

„Wenn sie bei Euch ist, weiß ich, dass ihr nichts Böses geschehen kann", sagte Vater Hartmut. „Und ich weiß jetzt auch, dass die Drachen auf sie aufpassen. Viel Spaß noch und guten Ritt!" Er wickelte die

61

Skulptur in eine Decke, die eigentlich dafür gedacht war, dass er und seine Frau nicht frören auf dem langen Weg zur Burg.

Etwas später leerte sich der Festplatz langsam. Sir Bill und Lady Tara bereiteten sich auf den Flug zur Burg vor. Doch erst wollten sie erwerben, was ihnen mehrfach ins Auge gefallen war. Wegen des hohen Preises war recht sicher, dass es ihnen niemand vor der Nase weggekauft haben konnte.

„Haben wir uns im Händler geirrt?", murmelte Tara besorgt.

„Bestimmt nicht. Vielleicht hat er das aparte Stück schon eingepackt." Sir Bill trat an den Wagen des Schnitzers. „Stand da nicht noch eine große Pferdefigur?"

„So war es, mein Herr. Die hat vorhin gerade ein junger Ritter erstanden", erhielt er zur Antwort.

„Wie sah er aus?", fragte Sir Bill, in der Hoffnung sie dem neuen Besitzer für den doppelten Betrag abjagen zu können.

„Er trug eine prunkvolle Rüstung, wie die meisten hohen Herren hier. Aber die Dame an seiner Seite dürftet Ihr sofort erkennen. Ihr Kaninchenfellumhang hat eine ungewöhnliche, sehr auffällige Musterung."

„Danke!"

Die Frischvermählten sahen sich erstaunt an. Das konnten nur Sir Ben und Ariane gewesen sein.

„Wenn er solch einen riesigen Betrag für Ariane ausgegeben hat, werde ich ihnen das Glück nicht madig machen", seufzte Sir Bill.

„Ihr würde ich die Schnitzerei auf gar keinen Fall abschwatzen wollen", bekräftigte Lady Tara, ihren weißen Hermelin-Umhang streichelnd. „Das wäre das Allerallerletzte, was ich jemals täte. Ihr gönne ich das hübsche Stück von ganzem Herzen."

Sir Bill verwandelte sich und trug seine junge Gattin in den Klauen davon, um die Hochzeitsnacht zu genießen. Die Burg und die meisten Bewohner schienen im Tiefschlaf zu liegen, denn nicht der kleinste Lichtschimmer war zu sehen. Das änderte sich, als das junge Paar im Hof landete. Sofort war Alf mit einer Laterne zur Stelle und öffnete die Tür zum Palas, wo sich Dutzende Geschenke auf dem Boden stapelten.

Lady Tara zuckte zusammen und klammerte sich an Sir Bills Arm. „Ich glaube, ich sehe Gespenster! Alf, reiche mir die Lampe!" Sie riss sie ihm regelrecht aus der Hand. Sir Bill verstand schlagartig, was Lady Tara so in Aufregung versetzte – im Lichtkegel stand das hölzerne Pferd mit der wallenden Mähne, unter dessen Sockel ein kleiner Zettel in Alfs Handschrift hervorlugte.

„Viel Glück auf allen Wegen! Von Ariane", las Sir Bill vor.

Lady Tara strich sacht mit den Fingerspitzen über die Figur. „Ich weiß gar nicht, was ich sagen soll! Das ist zu unglaublich! Ausgerechnet die Schnitzerei, die wir uns so sehr gewünscht haben, und glaubten, der Preis habe alle abgeschreckt, hat sie uns zum Geschenk gemacht! Dabei braucht sie doch das Geld selber am dringendsten!"

„Wir fragen sie morgen, was sie bewogen hat, uns ein solch überaus wertvolles Geschenk zu machen", schlug Sir Bill vor, Lady Tara auf die Arme nehmend. „Im Augenblick steht mir der Sinn nach anderem."

„Mir auch, mein Schatz", flüsterte Lady Tara.

Bill trug sie im Laufschritt die Treppe hinauf. Denn dank seiner scharfen Drachensinne kam er ohne Nachtlicht zurecht.

Geheimnisse

Während die endlich als Eheleute verbundenen Liebenden Bill und Tara eine völlig neue Art der Zweisamkeit erkundeten, verabschiedeten sich Ben und Ariane von den Drachen, die, einer nach dem anderen, in ihren Iglus verschwanden. Die Königspaare und Sir Patrick mit Gattin hatten schon lange die Burg aufgesucht, um in engstem Kreis weiterzufeiern. Sir Marc gesellte sich zu Timothy, Ian und Dan, welche die Ereignisse des Tages noch einmal rückverfolgten. Ariane und Ben passierten die Zugbrücke.

„Am liebsten würde ich mit ihnen reiten, um Euch ein wenig mehr Ruhe zu gönnen", sprach Sir Marc zu Sir Ian, der ihn nach Hause fliegen wollte.

Sir Ben blieb stehen. „Eure Gesellschaft ist uns herzlich willkommen."

Ian zeigte mit dem Kopf auf den Stall. „Es sind genug ausgeruhte Tiere vorhanden, die ein wenig Auslauf vertragen können."

„Ich werde das Angebot annehmen", erklärte Sir Marc, Ben und Ariane nacheilend.

Er kam gerade recht, um das namenlose Erstaunen seiner Schwester und Sir Bens zu erleben, als der Apfelschimmel fürstlich aufgerüstet herbei geführt wurde.

„Sir Timothy hat es so bestimmt. Pferd und Sattelzeug gehören zusammen", lautete die Antwort auf verwunderten Fragen. Das Ross bewegte dazu den Kopf, als nicke es.

Ariane streichelte sanft das seidige Fell und ließ sich im Gegenzug schmunzelnd das weiche Maul ins Gesicht stupsen. „Du bist wunderschön. Bring uns gut nach Hause."

Ben hob sie auf den Rücken des Tieres, ehe er sich gekonnt hinauf schwang. Sir Marc hatte sich das erstbeste Pferd satteln lassen. Hauptsache er kam voran. Er war es gewohnt, sie alle unter seinen Willen zu zwingen.

„Vielen, vielen lieben Dank!", rief Ariane, an Sir Timothy vorbei reitend. Und diesmal antwortete er lächelnd: „Gerne geschehen!"

Der Weg war breit, sodass die Ritter die Pferde nebeneinander einher traben lassen konnten. Ariane kuschelte sich in Sir Bens Arme, der das sichtlich genoss, wie Sir Marc mit einem Blinzeln flüsterte.

„Sie schläft schon", verriet Sir Ben, Ariane sicher festhaltend. „Kein Wunder bei all der Aufregung."

„Habt Ihr den Zelter für sie ausgesucht?", wollte Marc wissen, worauf Ben detailliert erzählte, wie die Auswahl verlaufen war.

„Dann wird sie in diesem Tier eine wirklich treue Seele haben", freute sich Sir Marc.

„Lady Tara ist eine begeisterte Reiterin, da könnt ihr Euch sicher vorstellen, wer sie bald begleiten wird", orakelte Sir Ben. „Wir sollten mit Ariane üben, so oft wir Zeit haben."

„Das werden wir!", versprach Ritter Marc.

Eine Stunde später ließen sie die Pferde im Schritt durch das Burgtor gehen, das ihnen ein Wächter öffnete. Hartmut hatte hinter dem Fenster gewartet und war hinaus gelaufen, als Hufschlag erklang.

„Sie schläft wie ein Murmeltier", erklärte Sir Ben, direkt vor der Tür das Pferd zügelnd. Er ließ Ariane vorsichtig in Hartmuts Arme gleiten.

„Oh, schon da", wisperte Ariane völlig verschlafen. „Ich werde mich gleich um das Pferd kümmern."

„Das mache ich", versprach Sir Ben. „Es wird ihm an nichts fehlen. Warte, hier ist dein Geld. Gute Nacht, Dame meines Herzens. Träume etwas Wundervolles. Gute Nacht, Vater Hartmut."

Während Ariane ihre Schätze in die Truhe legte und wie ein Stein ins Bett fiel, brachten die Ritter die Pferde zum Stall, sattelten sie ab, rieben sie trocken und schütteten ihnen etwas Heu auf.

Sir Marc streichelte, genau wie Sir Ben als Gutenachtgruß den Apfelschimmel, in dem Wissen, dass dieser nun ein Leben als geliebtes Kuscheltier führen werde. Sie grinsten sich ertappt an, wünschten sich gegenseitig ebenfalls eine ruhige Nacht und waren froh, endlich aus den Rüstungen zu kommen. Für die nächsten Tage sollte normale Festkleidung mit etwas mehr Bewaffnung genügen, wobei beide einen leichten Kettenschutz bereitlegten, den sie völlig unsichtbar unterm Hemd tragen wollten. Es gab nichts Schlimmeres, als auf bewaffnetes Diebsgesindel zu stoßen, das sich mit dem Mut der Verzweiflung wehrte, wenn es erwischt wurde.

Lady Tara war bestens informiert, dass ihr Gatte am frühen Morgen zur Königsburg fliegen musste. Noch zeitiger wollte nur Sir Marc aufbrechen, um das Pferd in Marstall zurückzubringen.

Die Ritter trafen sich in der Küche zum Frühstück. Lady Tara wollte später essen und mit Ariane zum

Festplatz aufbrechen, was diese noch gar nicht wusste.

„Eine angenehme Nacht gehabt?", blinzelte Ben seinen Bruder an.

„Aber sowas von!" Bill war vor Glück völlig mit sich im Gleichgewicht und fragte im Gegenzug: „Liebste und Pferd gut nach Hause gebracht?"

„Aber sowas von!", schmunzelte Ben. „Sir Marc hat die Anstandsdame gemimt."

Der nickte mit solcher Inbrunst, dass Bill nicht wusste, ob die beiden ihn gerade veralberten. „Deshalb muss ich auch jetzt sofort losreiten, um das Pferd zurückzugeben."

„Ihr seid heute beide ohne Rüstung im Dienst?", vergewisserte sich Sir Bill und erwiderte, weil sie es bejahten: „Genau wie ich. Da sollte es mir eigentlich gelingen, ein Pferd und zwei Männer zu tragen. Bringt das Tier vor die Burg, weil ich hier, der Girlanden und Wimpel wegen, nicht aus dem Burghof starten kann." Er goss noch einmal heißen Kräutertrank nach. „Wie ist es eigentlich gekommen, dass uns Ariane ein Geschenk gemacht hat, das eines Königs würdig wäre?" Er schaute beide Ritter gleichermaßen an.

Sir Marc hob die Hände. „Ich bin genau so ahnungslos wie Ihr."

Lady Tara trat herein und hatte die Frage vernommen. Sie begrüßte die Ritter mit strahlendem Lächeln. „Heraus, mit der Sprache, Sir Ben! Ihr habt den Handel ja abgeschlossen!" Sie verriet ihm, wie sie mit langen Gesichtern das Pferd vermisst hatten und erschraken, als es zu Hause zwischen den Geschenken stand.

Ben erzählte im Schnelldurchgang, dass Ariane die Münze gefunden und sofort festgelegt hatte, dafür ihren Wohltätern etwas Gutes zu tun. Auch den Kauf selbst schilderte er, worauf Sir Bill herzlich lachte. „Ihr beide passt perfekt zusammen, möchte ich jetzt schon sagen. Ich bin froh, dass Ihr noch ein bisschen Rabatt für Ariane herausschlagen konntet."

„Ich werde sie heute mit zum Fest nehmen", erklärte Lady Tara. „Schon, damit sie wieder ein bisschen Zeit mit Sir Ben verbringen kann. Und die anderen Damen können sich schon einmal daran gewöhnen, dass man sie öfter in meiner und damit deren Gesellschaft sehen wird." Dass diese Worte allen drei Rittern gut gefielen, sah man an den strahlenden Augen. Ariane würde nicht weniger zufrieden aussehen. „Bis später, auf dem Fest!" Lady Tara zog sich zurück, um die Männer nicht aufzuhalten.

Dass sie mit einem kleinen Umweg zum Gesindehaus ging, ahnte nur Bill. Zuerst suchte sie den Stall auf, um sich das Geschenk des Königs an Ariane anzuschauen. „Ach, du bist das!", rief sie erfreut, den Apfelschimmel erkennend. „Hast doppelte Last tragen müssen, du armes Tier." Sie bot dem Wallach eine Handvoll Hafer an, die dieser dankbar naschte.

„Oh! Störe ich?!"

Lady Tara drehte sich erstaunt um. „Aber nicht doch! Komm her, Ariane! Ich wollte nur wissen, wer der Glückliche aus des Königs Stall ist, der nun ein ruhiges Leben führen darf. Gib ihm auch ein wenig Hafer." Sie hielt ihr das Säckchen hin und freute sich, dass sich das Tier bei seiner neuen Herrin mit einem Küsschen bedankte. „Ich möchte auch ganz lieb danke sagen", fuhr sie fort und erzählte ihr die verrückte Geschichte des Geschenks aus ihrer Sicht.

Ariane faltete die Hände. „Ist das schön! Dann habe ich wohl alles richtig gemacht!"

„Das hast du. Und deshalb wirst du mich nach dem Essen zum Fest begleiten. Wir lassen uns von Alf mit dem Schlitten hinbringen, denn das Reiten musst du ja erst lernen." Lady Tara winkte mit dem Finger und Ariane folgte ihr sofort mit riesengroßer Freude. Damit, dass sie noch einmal zur Feier gehen durfte, hatte sie gar nicht gerechnet.

Alf nahm ein paar geflüsterte Worte von seiner Herrin entgegen, nickte und wieselte davon. Inzwischen füllte sich der lange Tisch und alle schauten Lady Tara mit großen Augen an, unter ihnen Ariane mit ihren Eltern. Da kam Alf mit einem Gedeck für seine Herrin zurück, die sich, wie selbstverständlich, an die Stirnseite des Tisches zu ihren Mägden und Knechten setzte, um sich, wie sie, am restlichen Kuchen vom Vortag zu laben.

Den Pferdeknechten erklärte sie, so dass es alle hören konnten, dass der neue Apfelschimmel ein Geschenk des Königs an Ariane sei und mit der gleichen Sorgfalt gepflegt werden müsse, wie alle anderen Tiere. Ariane wurde wieder einmal puterrot, während die Eltern vor Stolz strahlten.

„Ehre, wem Ehre gebührt", lächelte Lady Tara. „Ariane hat mir und einigen Drachen einen solch großen Dienst erwiesen, dass Pferd, Zaumzeug und lebenslang Futter für das Ross eine angemessene Gegenleistung sind. Ariane wird ab sofort in meinem persönlichen Dienst stehen. Das heißt, dass sie mich dann auch zum Fest begleiten wird." Die letzte

Information war in erster Linie für deren Eltern gedacht, die sich daran gewöhnen mussten, ihre Tochter ab sofort immer abends oder spät in der Nacht wiederzusehen. Die große Ehre und die Vergünstigungen, die damit zusammenhingen, waren das winzige Opfer allemal wert.

„Wo hat sie eigentlich so gut zielen gelernt?", fragte Lady Tara Vater Hartmut.

„Ich kann nur raten", gab der zu. „Vermutlich musste sie sich öfter gegen eine ganze Bande zur Wehr setzen, die den Kindern der armen Familien aufgelauert hat, um sie noch mehr zu demütigen, indem man sie mit Schnee einseifte und bewarf, wenn sie vorbeigehen mussten."

„Ja, das stimmt", murmelte Ariane. „Ich habe so lange geübt, bis ich die Anführer aus größerer Entfernung mitten im Gesicht treffen konnte. Dann musste ich stets sofort mein Heil in der Flucht suchen."

„Kannst du auch mit einem Dolch umgehen?"

„Ein bisschen", stotterte Ariane irritiert.

Lady Tara lachte. „Ich werte das als eindeutiges Ja."

So kam es, dass sie Ariane einen zweischneidigen Kurzdolch überreichte, bevor sie in den Schlitten stiegen. „Du kannst sicher mehr damit anfangen als ich. Ich verlasse mich auf deine Schnelligkeit, wenn es brenzlig wird."

Ariane gurtete sich die Waffe sofort um und verbarg sie unterm Umhang. „Ich werde mich stets bemühen, Eure hohen Erwartungen zu erfüllen", versprach sie.

„Komm, setz dich direkt neben mich, dann muss ich nicht so schreien", forderte Lady Tara, als Ariane gegenüber Platz nehmen wollte. „Ich werde dir unterwegs einige Regeln erklären, die du einhalten solltest, wenn wir die Burg betreten."

„Ach herrje", hauchte Ariane erschreckt.

„Keine Angst, ich versuche, dir stets zu sagen, was man von dir erwartet. Ich möchte nur für den Notfall vorbereitet sein." Lady Tara begann mit dem Etikette-Unterricht. „Heute wirst du jedenfalls keine Sorge haben müssen, dass man mir den Pelz zu stehlen versucht", schmunzelte sie am Ende, auf ihren hellgrauen Kaninchenfellumhang mit dunklen Säumen deutend.

Ariane lächelte. „Wobei dieser ebenfalls wunderschön ist."

Alf fuhr mit dem Schlitten direkt bis an die Zugbrücke, wo die Frauen ausstiegen.

Lady Tara schaute sich kurz um. „Mach dir einen schönen Tag. Ich lasse dich rufen, wenn ich dich brauche oder wenn wir nach Hause fahren. Viel Spaß!"

„Vielen lieben Dank!", strahlte Ariane. Nun freute sie sich doppelt, einen kleinen Betrag eingesteckt zu haben, um sich etwas kaufen zu können. Warmen Kräutertrank gab es wieder kostenlos aus großen Kesseln, wie sie zufrieden feststellte. Wie sie noch überlegte, womit sie beginnen werde, rief jemand ihren Namen. Ariane kreiselte herum, in der Annahme, Lady Tara benötige ihre Hilfe.

„Lust auf ein wenig Unterhaltung?", fragte die Fremde, von der Ariane ziemlich sicher annahm, eine Drachendame zu sein.

So grüßte das junge Mädchen ehrerbietig, wobei es überlegte, wer die hübsche Dame wohl sein mochte.

„Drache stimmt schon mal", lachte diese. „Ich bin Lady Shona, Sir Ians Mutter."

„Oh, sehr erfreut! Dann ist Sir Timothy Euer Gatte und Ihr seid die Herrin der Smaragdburg.", rief Ariane.

„Richtig! Komm, wir gehen ein bisschen spazieren." Lady Shona hängte sich bei Ariane ein. „Ich habe auch Grund, mich bei dir zu bedanken. Das möchte ich auf ganz spezielle Weise tun. Du hast sicher gehört, dass unsere Königin ein Kind erwartet, das in den nächsten Tagen hier zur Welt kommen wird."

„Ja, davon hat Lady Tara erzählt", erwiderte Ariane.

„Gut. Zu Ehren des Königskindes wird, wie bei allen Königen, am nächsten Tag ein großes Turnier stattfinden", fuhr Lady Shona fort. „Ich habe gestern gehört, dass ein Landsitz, ganz in der Nähe der Burg deines Herrn als Prämie gesetzt wird." Sie schaute Ariane bedeutungsvoll an und zeigte auf ihre Ohren.

„Oh ..." Ariane verstand, dass dies eine Information war, die möglicherweise außer Lady Shona noch niemand hatte.

„Auch richtig", lächelte die Drachendame. „Dir macht es doch sicher nichts aus, wenn dein Auserwählter keine Wehrburg, sondern einen ausgedehnten Landsitz hat?"

„N ... nein ... nein ... ganz bestimmt nicht", stotterte Ariane, ahnend, was Lady Shona vorhatte.

„Gut. Deine Gedanken gehen in die richtige Richtung. Ich werde Sir Cedric bitten, dass er Sir Ben den

Kampf um den Landsitz befiehlt, und du wirst dich darum kümmern, dass an diesem Tag sein Kampfharnisch und seine Lieblingswaffen hier sind. Abgemacht?"

„Abgemacht!" Ariane nickte ernst.

„Bis dahin absolutes Stillschweigen!", forderte Lady Shona.

Ariane nickte wieder. „Ich schwöre es!"

„Schön. Ich verspreche dir, dass er an jenem Tag ganz legal Hilfe bekommen wird, um zu siegen. Das soll mein Dankeschön an dich sein." Lady Shona führte Ariane an einen Stand mit leckerstem Backwerk. „Das da hinten?"

„Oh ja!"

„Dann zwei Mal, guter Mann!" Sie bezahlte und reichte Ariane einen der duftenden Gewürzkuchen.

„Aha, beim Naschen erwischt!", hörten sie Sir Timothy sagen, schauten sich an und blinzelten sich zu.

„Die Pflicht ruft, meine Liebe. Lass es dir gut schmecken!" Lady Shona folgte ihrem Gatten zu den Königspaaren.

Der Nächste, der sie beim Naschen ertappte, war Sir Ben. „Geschenkt bekommen", schmunzelte Ariane.

„Ich weiß", verriet er. „Lady Shona ist übrigens auch eine Prinzessin und ein weißer Drache."

„Wirklich?", staunte Ariane. „Dann kenne ich ja nun sogar alle weißen Drachen und habe mit ihnen gesprochen."

„Du bist eben etwas Besonderes", flüsterte Sir Ben. „Manche Menschen sehen in ihrem ganzen

Leben nicht einmal Prinzessinnen oder weiße Drachen."

„Ich habe Euch noch nicht einmal gedankt, für all das, was Ihr gestern für mich getan habt", sagte Ariane und sie erzählte ihm, wie sie ihre Herrin im Stall getroffen hatte und was danach geschehen war.

„Interessant ...", murmelte Sir Ben, als sie von der Übergabe des Dolchs berichtete. „Er ist zweischneidig, sagst du?"

„Ja." Ariane schaute sich um, dann schob sie ihren Umhang beiseite und zog die Waffe ein Stückchen aus der Lederscheide.

„Ein hübsches Stück. Ich werde es dich lehren, richtig damit umzugehen. Das braucht aber keiner zu wissen. Wir werden es tun, wenn ich dir das Reiten beibringe", versprach Sir Ben.

„So soll es sein", sagte Ariane feierlich und dachte für sich: *Verrückt, wie schnell man vom Niemand zum mehrfachen Geheimnisträger werden kann.*

Gaukler erheiterten die Menge, Spielleute animierten zum Tanz und Sir Ben bat Ariane, ein Runde mit ihm zu wagen. Nur gut, dass sie am Vortag zugeschaut hatte und sich jetzt nicht völlig ungeschickt anstellte.

„Auch das werden wir perfektionieren", wisperte er blinzelnd, worauf Ariane erwiderte: „Ich bitte darum."

„Ich mag die Kleine!", gab Lady Shona bekannt, mit mehreren Drachen die Szene beobachtend.

„Da sind wir nun schon einige", erwiderte Lady Brenda zufrieden.

Sir Bill hörte mit Freude, wie man die Liebste seines Bruder lobte. Dieser hatte sich sein Leben lang dafür eingesetzt, dass er, Sir Bill, vorankam, es war höchste Zeit, dass das Schicksal Ben auch etwas Gutes tat. Ariane war genau die Richtige, mit ihm jedes Zipfelchen Glück zu packen und festzuhalten.

An einem Stand war eine Pyramide aus Aststücken aufgebaut, auf welche Interessierte mit Schneebällen werfen durften. Die Ritter waren davon ausgenommen, denn die würden in jedem Fall treffen. Als Preis winkte ein wundervoll gewebtes Wolltuch, das Ariane ausnehmend gut gefiel. Sie hatte bei einem Händler gesehen, welchen Wert die Tücher hatten und überrechnete nun, was sich ohne Verlust einsetzen ließ, um an das Objekt ihrer Begierde zu kommen. Bisher hatte keiner das herrliche Stück errungen.

„Sind die Hölzer auch nicht zusammengeklebt?", fragte einer und bekam die fast beleidigte Antwort: „Keinesfalls!"

„Darf ich mal sehen?", forderte ein Ritter und bekam ohne Ziererei Zutritt. „Alles rechtens", murmelte er erstaunt.

Arianes Gestalt straffte sich. „Ich möchte es versuchen!" Sie legte den geforderten Betrag für drei Schneebälle auf den Tisch.

Jetzt wird es interessant, hörten die Drachen Lady Amara sagen und reckten die Hälse.

Ariane griff nach dem ersten Ball, wog ihn in der Hand, betrachtete mit zusammengekniffen Augen die Pyramide aus fünf gleichmäßigen Aststücken, holte tief Luft und schleuderte die Schneekugel aus dem Handgelenk. Der Drall bewirkte, dass sie die volle Basisreihe an der oberen Kante traf, worauf das

Konstrukt unter dem Beifall der Zuschauer in sich zusammenbrach. Zwei Hölzer blieben stehen.

Du schaffst das!

Ob sie eine fremde Stimme in ihrem Kopf hörte oder ob es eigene Gedanken waren, wusste Ariane nicht. Es bewirkte aber, dass sie all ihr Können in den nächsten Wurf legte. So atmete sie scharf ein, zielte und räumte den Rest glatt ab. Die Menge tobte vor Vergnügen und Ariane nahm das heißbegehrte Tuch in Empfang.

„Wenn du es fertigbringst, den Holzklotz, der da unten aufrecht steht, auch noch zu treffen, dann lege ich noch eine Kleinigkeit obendrauf", erklärte der Schausteller, um durch Großzügigkeit noch mehr Spiellustige in seinen Bann zu ziehen.

Ariane schmunzelte, den Versuch war es allemal wert und eine Zugabe nicht zu verachten. Sie visierte das Holzstück an und warf mit solcher Kraft, dass es bis in den hohen Schnee hinterm Wagen flog. Die Zuschauer johlten. Kopfschüttelnd reichte ihr der Besitzer eine geschmiedete Tuchnadel, die Ariane dankend annahm und damit sofort ihr schickes Tuch feststeckte.

„Aber noch mal wirfst du bitte nicht!", rief der Mann, sich plötzlich erinnernd. „Du bist doch die, die gestern den Dieb zu Fall gebracht hat!"

Ariane trollte sich fröhlich lachend. Die Zuschauer grinsten und kicherten. Ihr Bruder schüttelte erstaunt schmunzelnd den Kopf, genau wie die Drachen.

„Ich glaube, Ihr solltet ihr eiserne Wurfkugeln machen lassen", schlug Lady Tessa vor, als Lady Tara begeistert Beifall klatschte. „Damit setzt sie dann jeden außer Gefecht, wenn er nicht gerade einen starken Helm mit Visier trät. Aber auch da möchte ich solch ein Ding nicht an den Kopf bekommen."

„Oh ja, eine ausgezeichnete Idee!", rief Lady Tara. „Wer jetzt immer noch glaubt, dass der gestrige Wurf ein Zufallstreffer war, sollte schleunigst seine Meinung überdenken."

„Ja. So, wie es aussieht, scheint es hier nicht nur Kampfdrachen zu geben", witzelte Sir Timothy.

„Lasst die Kugeln meine Sorge sein", bat Prinzessin Ashley. „Ariane hat bei mir was gut. Zudem weiß ich, wie groß und wie schwer der Eisball war. Die Waffen sollen ja perfekt in der Hand liegen."

Ariane ahnte nichts von der ganzen Aufregung um ihre Person, sie genoss den freien Tag, und dass Sir Ben hin und wieder einige Minuten fand, um sie zu begleiten. Er war der Erste gewesen, der zum gelungenen Kampf um das hübsche Tuch gratulierte, welches sie mit berechtigtem Stolz um den Hals trug.

Am frühen Nachmittag kam Alf mit dem Schlitten, um die Frauen abzuholen. Ariane eilte gleich zu ihm, damit Lady Tara nicht nach ihr rufen lassen musste. Sie hatte so viele Freiheiten genossen, dass Pünktlichkeit nun die höchste Priorität hatte.

„Wunderbar!", rief Lady Tara. „Ab, nach Hause!" Unterwegs verriet sie Ariane, dass die ganze Drachenschar beim Ballwurf die Daumen gedrückt habe, besonders aber Lady Shona.

„Ich glaube sogar, ihre Stimme in meinem Kopf gehört zu haben", sagte Ariane, Lady Tara unsicher anschauend.

„Warum nicht? Die Drachen mögen dich. Da ist mit solchen Wundern durchaus zu rechnen."

Im selben Moment erwärmte sich das Amulett mit der Drachenasche und Ariane begann zu begreifen, welchen Schatz ihnen Lady Brenda geschenkt hatte. Überhaupt hatte sie das Gefühl, nun sogar die Mäuse durch den Speicher rennen zu hören, obwohl der am anderen Ende des Burghofs stand.

Kaum aus dem Schlitten gestiegen, führte Arianes erster Weg zum Pferdestall, wo sie ihren Wallach besuchte, den sie Pebbles nannte, weil seine Fellzeichnung an Kieselsteine in einem Bachbett erinnerte. Sie streichelte ihn, dann wagte sie es, auf die Futterraufe zu klettern, um auf seinen Rücken zu steigen. Pebbles bewegte die Ohren und stand ganz still.

„Wollen wir es probieren, ein paar Schritte miteinander zu gehen?", flüsterte Ariane, das Seil losbinden, das ihn an seinem Platz hielt. Sie tippte übervorsichtig mit den Füßen seine Flanken an, worauf sich der Apfelschimmel in langsamem Schritt zum Tor aufmachte. Dort blieb er stehen. Ariane zog rechts am Zügel und Pebbles wandte sich brav um. Er trottete zu seinem Platz und Ariane sprang von seinem Rücken.

„Oh, du wundervolles Tier!" Sie küsste seine Stirn. Dabei hatte sie keine Ahnung, dass sie die ganze Zeit beobachtet worden war, denn der Stallknecht hockte still auf dem Heuboden. Weil er Befehl von Sir Ben hatte, alles zu melden, was mit dem Pferd zusammenhing, erfuhr dieser als Erster, dass sich Ariane schon damit befasste, auch ohne Sattelzeug auf dem Pferderücken Halt zu finden.

Vom Pferdestall lief Ariane zum Geflügelstall, weil sie Nora, der Magd, einen Zuckerstern schenken wollte, den sie extra für sie gekauft hatte. Erst jetzt eilte sie zum elterlichen Häuschen, um ihre neuen Besitztümer vorzuzeigen.

Vater Hartmut lachte herzlich über die verrückte Geschichte, während Mutter Jenna das Tuch auf Herz und Nieren prüfte. Es war erstklassig, sehr solide und ausgesprochen hübsch. Da gab es nichts zu mäkeln. Auch die Tuchspange fand Gefallen. Ariane legte gerade ihren Kaninchenmantel sorgfältig über ihre Truhe, als es an der Tür klopfte.

„Ist Ariane da?", hörte sie Sir Ben fragen. „Ich möchte mit ihr noch ein wenig Reiten üben."

„Ich bin gleich fertig! Muss mich noch umziehen!", rief Ariane, rasch ein älteres Kleid und ihren abgewetzten Umhang anlegend. „Vielleicht kommt Pebbles auf die Idee, mich abzuwerfen", erklärte sie, mit Fingerzeig auf ihre Kleider.

„Meinst du, dass er es jetzt tut, nur weil ich dabei bin? Vorhin soll er ja ganz brav gewesen sein."

Ariane zuckte zusammen. „Woher wisst Ihr ...? Ich habe ihn bestimmt falsch angebunden", murmelte sie mehr für sich.

„Nein, das hast du völlig korrekt getan", lobte Sir Ben.

Pebbles Augen leuchteten, als seine junge Besitzerin wiederkam. Vielleicht durfte er ja noch ein paar Schritte gehen?

„Wir nehmen einen alten Sattel", setzte Sir Ben fest, Ariane geduldig erklärend, wie dieser genau aufgelegt und festgezogen werden musste. „Manche Pferde haben die unangenehme Eigenschaft, sich aufzublasen, wenn sie gesattelt werden, also noch mal schön festziehen, sonst liegst du plötzlich unten, weil sich der Sattel auf den Bauch des Tieres dreht. Ja, so ist es gut. Du tust ihm nicht weh. Wie bist du vorhin auf den Pferderücken gekommen? Ich vermute, du bist auf die Raufe gekraxelt."

Ariane biss sich auf die Lippen, als sie vorsichtig nickte.

Ritter Ben lachte. „Kein Grund, unsicher zu sein. Du weißt dir wenigstens zu helfen." Er hielt Ariane den Steigbügel. „Zu lang", stellte er sofort fest, die Riemen kürzer schnallend, als Ariane richtig im Sattel saß. Dann holte er sein Pferd, das schon gewartet hatte. „Kann losgehen!"

Ariane setzte Pebbles in Bewegung. Im Schritt ging es hinaus zu jenem Platz, wo auch die Thunderstorm-Riesen ihren täglichen Auslauf bekamen.

„Schaut mal, da!" Lady Tara zog ihren Gatten ans Fenster. „Das sieht doch für den Anfang richtig gut aus!"

„Das ist wahr. Zudem ist der Wallach herrlich gezeichnet. Man sieht auf den ersten Blick, weshalb sie ihm seinen Namen gegeben hat. Sein heller Schweif und die helle Mähne wirken sehr apart. Die anderen Apfelschimmel, in des Königs Stall, haben alle dunkle Mähnen." Sir Bill beobachtete die erste Lehrstunde mit Interesse. Das junge Mädchen hielt sich auf dem Ross, als habe es schon viele Reitstunden absolviert. Vielleicht steckte in Sir Timothys Satz, es gäbe hier nicht nur Kampfdrachen, ein tieferer Sinn.

Ariane vertraute Pferd und Lehrer, sodass sie sogar ein paar Runden im Trab ritt. Am Ende kehrten sie zufrieden zum Stall zurück und Ariane lernte, wie man absattelte und ein Pferd ordentlich trocken rieb.

Der Gong zum Abendessen ertönte. Beide eilten zum Brunnen, um sich zu waschen und pünktlich bei Tisch zu erscheinen, wo die Herrschaften oft zusätzliche Befehle für den kommenden Tag erteilten.

Lady Tara ließ Ariane wissen, dass sie nach dem Abflug der Ritter zu ihr ins Haupthaus kommen solle.

Dort lautete dann die Tagesorder: „Wir werden jetzt einen Ritt ans Meer unternehmen und uns später ein wenig mit Handarbeiten beschäftigen."

Ariane nickte begeistert. Sie werde sich jede Mühe geben, um all das Neue rasch zu lernen. Die beiden Pferde standen schon fertig gesattelt im Stall und diesmal fasste Ariane nach dem Kaninchenpelz. Sie wickelte sogar die Füße in Felle, mit den Haaren nach innen, um unterwegs nicht zu frieren. Am Meer, so hatte ihr Sir Ben erzählt, wehte oft ein scharfer Wind. So trug sie auch die fester anliegende Gugel, statt der Kapuze. Der Dolch war umgeschnallt, Handschuhe steckten in der Tasche – es konnte losgehen.

„Ahhh, du bist perfekt gekleidet", lobte Lady Tara.

„Sir Ben hat mir vom Meer erzählt", verriet Ariane.

Und du hast genau die richtigen Schlüsse gezogen, fügte Lady Tara in Gedanken zufrieden an.

Ariane stutze. Sie hatte den Satz vernommen, obwohl ihre Herrin die Lippen geschlossen hielt. Was, wenn sie nun nicht nur die Gedanken der Drachen hören konnte? Es würde sicher manchmal sehr amüsant werden.

Alf kam mit zwei Satteltaschen. „Der Proviant, Herrin!" Er legte den Pferden die Taschen auf, schnallte sie fest und half den Frauen beim Aufsteigen. Gemächlichen Schrittes ritten die beiden durch das weit offene Burgtor davon.

Lady Tara erzählte ein wenig von den Drachen und Ariane lauschte aufmerksam. So kamen sie bis an ein kleines Wäldchen, hinter welchem der Weg an die Küste begann. Pebbles legte die Ohren an. Ariane wusste von Sir Ben, dass die ausgebildeten Pferde so Gefahr signalisierten. Sie zügelte Pebbles und schaute sich um.

„Was ist geschehen?", fragte Lady Tara.

„Es scheint jemand oder etwas in der Nähe zu sein", flüsterte Ariane, auf die Pferdeohren deutend und nach ihrem Dolch fassend.

Schritte knirschten im Schnee, dann trat Lady Ashley hervor. „Guten Morgen! Da hat mir Pebbles glatt die Überraschung verdorben!", lachte sie. „Wobei ich gestehen muss, dass mich Ariane erstaunt." Sie zeigte auf den Dolch, welchen Ariane soeben wieder unter dem Umhang verschwinden ließ. „Ich denke, es ist genau der rechte Moment, Lady Tara, um Eurer Wächterin neue Waffen zu überreichen." Ashley nahm eine Ledertasche ab, die sie quer über der Schulter getragen hatte, fasste hinein und hielt eine faustgroße Eisenkugel mit vier Dornen hoch, ehe sie Ariane die Tasche reichte.

„Für mich?"

„Aber sicher. Du bist die Einzige, bei der sich, mit der Hand geworfen, Kugeln in tödliche Geschosse verwandeln. Die Dornen sollen die Wirkung verstärken. Das ist mein Dank an dich, weil du den Dieb zur Strecke gebracht hast."

Ariane hängte sich den Beutel um, wog die einzelne Kugel in der Hand, nickte, steckte sie ein und dankte Lady Ashley von ganzem Herzen.

„Ein gutes Gefühl, zu wissen, dass mich jemand begleitet, der weiß, wie man sich unliebsame Gesellschaft vom Hals halten kann", schmunzelte Lady Tara. „Eure Idee, Lady Ashley, ist einfach großartig."

„Ich muss zurück, ehe sie mich vermissen", lachte die Prinzessin, verwandelte sich und huschte als Drache davon.

„Ihr habt es gewusst?", staunte Ariane.

„Ja, aber nicht, was man aus dem Vorschlag unserer Königin machen werde. Diese Kugeln gehen glatt als Morgensterne ohne Kette durch!"

„Es sind tödliche Waffen. Sie dürften selbst für geharnischte Gegner nicht ungefährlich sein.", mutmaßte Ariane nachdenklich.

„Genau so war es auch vorgesehen", gab Lady Tara zu. „Reiten wir weiter und denken lieber an schöne Dinge. An das weite blaue Meer, zum Beispiel, und unendlich lange Strände."

„Erzählt Ihr mir von Lady Mo und den Wasserdrachen?", bat Ariane, worauf Lady Tara berichtete, wie die fliegenden Drachen aufgebrochen waren, um dem Hilferuf der Fremden zu folgen, und auf welch furchtbare Weise sich Sir Jim das erste Mal verwandelt hatte.

Am späten Nachmittag kehrten die Ausflügler nach Hause zurück, wo Ariane eine erste Unterweisung im Sticken erhielt.

Kindersegen

Kurz vor dem Morgengrauen wurde es hektisch in der Rossburg. Sir Bill hatte den Ruf des Königs vernommen, unverzüglich zu erscheinen. Sich unterwegs ein Wams überwerfend, eilte der Burgherr zu seinen Rittern, um sie aus den Betten zu holen. „Sofort anziehen und vors Tor kommen!", befahl er und die Ritter gehorchten.

Jeder Handgriff saß auch im Dunkeln, sodass wenige Minuten nach dem unsanften Wecken der weiße Drache mit seinen Männern im Tiefflug über die Baumwipfel brauste. Vor der Tür zum Haupthaus der Königsburg landeten sie, um gemeinsam ins Arbeitszimmer des Königspaares zu eilen.

„Guten Morgen, meine Herren!", sagte Sir Cedric beim Eintreten. „Heute Nacht ist Sir Vincent und Lady Maya ein Sohn geboren worden. Ich möchte Euch bitten, Heroldsdienst zu fliegen. Das heißt, die Drachen bleiben verwandelt und jeweils ein Ritter wird meine Worte kundtun. Lady Ashley soll der dritte Drachenreiter sein und mit Sir Ian aufbrechen."

Dan nickte Marc zu, sodass klar war, die andere Paarung ergaben die Brüder Bill und Ben. Es gab ja, des nahen Meeres wegen, nur drei Himmelsrichtungen, die angeflogen werden mussten. Der König teilte die Schriftrollen aus, auf welche die Boten einen ersten Blick werfen konnten. Für den nächsten Tag war die Feier zu Ehren des neugeborenen Prinzen angesagt, mit einem großen Ritterturnier, das bereits in den Morgenstunden beginnen sollte. Die fliegenden Herolde machten sich sofort auf den Weg.

„Der kleine Prinz hat sich den perfekten Zeitpunkt herausgesucht, um geboren zu werden", schmunzelte Lady Tessa. „Gerade noch rechtzeitig, weil es in zwei Tagen zu tauen beginnt."

Sir Cedric hätte die Worte niemals angezweifelt, war seine Gattin doch die wundersamste Wetterhexe, die je gelebt hatte. Die Beschaffenheit des Platzes werde ideal für das Winterturnier sein.

Auf der Rossburg ahnte man nichts von der Geburt des Prinzen, denn die Ritter wurden nicht zum ersten Mal vor dem Morgengrauen zur Burg Lilienstein gerufen. Lady Tara mischte sich beim Frühstück wieder mit unter die Mägde und Knechte, um nicht allein speisen zu müssen. Ein Zug, für den man sie hier tief verehrte. So scheute sich auch keiner, Probleme anzusprechen, weil sie nicht künstlich auf Distanz ging und meist eine Lösung fand, ohne erst Sir Bill zu befragen.

„Kannst du lesen und schreiben?", fragte Lady Tara.

Ariane schüttelte den Kopf. „Ein wenig rechnen, kann ich. Aber bestimmt nicht wirklich gut. Deshalb hatte ich ja Sir Ben gebeten, das Geschenk zu kaufen."

„Wir werden es ändern", versprach Lady Tara.

„Oh, bitte! Ich habe immer Furcht, dass ich Sir Ben und meinen Bruder blamiere, mit meiner Unwissenheit."

„Ich werde dich auch lehren, eine kleine Burg zu verwalten. Sir Ben wird in absehbarer Zeit beginnen, nach einem lohnenden Objekt, oder einem Stück

Land zu suchen, um bauen zu können." Lady Tara begann auch gleich nach dem Frühstück mit dem Unterricht, denn Störungen war nicht zu erwarten. Nach drei Stunden gab es eine Pause, weil Ariane beinahe der Kopf rauchte. Rechenaufgaben löste sie logisch und unter Zuhilfenahme der Finger. Hin und wieder brachte sie Tara mit ihren sehr gut nachvollziehbaren Antworten zum Lachen.

Eine Aufgabe lautete: „Du hast drei Pferde und 100 Möhren. Teile die Möhren gerecht unter den Pferden auf."

Ariane überlegte. „Gerecht. Hm. Für mich ist gerecht, wenn ein Pferd, das mehr arbeitet, auch mehr Möhren bekommt, als die anderen."

Tara schmunzelte. „Du hast recht, ich muss die Aufgabe anders stellen. Alle Pferde sollen die gleiche Anzahl Karotten bekommen."

„Darf ich etwas zu Hilfe nehmen?", vergewisserte sich Ariane.

„Du darfst."

Ariane zog einen Beutel Bohnensamen hervor. „Mein Vater hat mich auf diese Idee gebracht, wenn ich nicht weiter weiß", erklärte sie, ihn auf dem Tisch ausleerend. „Es müssten genau 100 Stück sein." Sie begann, reihum die Samen auf drei Haufen zu legen. Für jedes Pferd einen. Eine Bohne blieb übrig.

„33 Bohnen ... äh ... Möhren bekommt jedes Pferd!", gab Ariane bekannt. „Die letzte esse ich selber. Ich habe gerade kein Messer, um sie in drei gleiche Stücke zu schneiden."

Tara lachte vergnügt. „Ein interessanter Entschluss."

Arian zuckte mit den Schultern. „Sonst gibt es nur Streit, weil einer vielleicht ein Zipfelchen mehr bekommen hat."

„Ich glaube, wir sollten bei den nackten Zahlen bleiben", legte Lady Tara blinzelnd fest. „Sonst hast du am Ende Bauchschmerzen, weil du zu viele Möhren gegessen hast."

Ariane schmunzelte. Es machte Spaß, bei Lady Tara zu lernen. Die hatte unendlich viel Geduld und war auch bereit, über Arianes Gedankengänge zu sprechen und ihr genau zu erklären, warum einige Dinge so sein mussten, wie sie waren, auch wenn nicht jeder damit glücklich wurde.

„Du wirkst heute etwas unkonzentriert", stellte Tara nach dem Mittagessen fest. „Hast du Probleme?"

„Nein, meine Herrin, ich fühle nur eine große Aufregung, welche die Drachen befallen hat. Vielleicht ist ja das Baby angekommen?"

Lady Tara schaute Ariane von der Seite an. „Manchmal erschreckt mich deine Treffsicherheit der Gedanken genau so, wie jene mit den Kugeln. Schluss mit Zählen und Lesen! Wir reiten eine Runde um den Weiher hinterm Wald."

Damit konnte man Ariane immer ködern. Sie liebte das stille Fleckchen genau so sehr, wie ihre Herrin.

Als die Männer am Abend nach Hause kamen und von der Geburt des kleinen Prinzen berichteten, schüttelte Lady Tara verblüfft den Kopf. „Das gibt es doch nicht! Ariane hätte wetten sollen! Sie hat wieder richtig getippt."

Einen Punkt hatte ihr Ariane allerdings nicht verraten – dass sie es irgendwie schaffen musste, unbemerkt an Sir Bens Kampfausrüstung zu kommen. Aber auch da reifte ein Entschluss ...

Und dem kam entgegen, dass sie und Lady Tara sich zu Pferd aufmachten, um an den Feierlichkeiten zu Ehren des kleinen Prinzen teilzunehmen. Pebbles schien die innere Unruhe seiner Herrin zu spüren, denn er reagierte auf den winzigsten Wink. Während sich Tara anschickte, ihre gesellschaftlichen Aufgaben zu erfüllen, schenkte sie Ariane wieder einen freien Tag. Nur gut, dass sie es kundtat, bevor sie die Pferde in des Königs Stall unterstellten! So nutzte Ariane die Gunst der Stunde, dem Knecht zuzuraunen: „Halte mein Pferd gesattelt in Bereitschaft!" Eine Münze besiegelte die Bitte.

Draußen, bei den Iglus, hatten nun auch die einheimischen Ritter Zelte aufgestellt, Banner wehten im Wind und Knappen eilten geschäftig umher. Ariane erhaschte einen Blick auf Lady Maya mit dem Baby. Der Kleine hatte strahlend blaue Augen, das sicherste Zeichen, einen jungen Drachen vor sich zu haben. Ob er sich eines Tages verwandeln werde, hing von vielen Einflüssen ab. Ariane schaute sich um, weil sie bei ihrem Verschwinden nicht beobachtet werden wollte.

In einer Stunde ist es soweit!

Was? Schon? Ariane war von der Botschaft Lady Shonas sichtlich geschockt.

Ja, sie haben den Plan geändert. Beeile dich!

Schon fast unterwegs! Ariane rannte, wie von Furien gehetzt, zum Stall, sprang auf ihr Ross und galoppierte auf einem kleinen Umweg nach Hause. Alf war von der Turmwache verständigt worden, dass Ariane in halsbrecherischem Galopp nahte, und wartete auf dem Hof auf Order. Denn nur deshalb konnte man das junge Mädchen zu solch einem Gewaltritt veranlasst haben.

„Ich brauche Sir Bens Kampfausrüstung mit den besten Waffen! Sofort!", rief sie bei Alfs Anblick und der eilte schnurstracks davon.

Auf dem Festplatz war die Feier inzwischen in vollem Gang, den Rittern wurden die Turnierregeln bekanntgegeben, und dass es einen Landsitz zu erringen gebe. Sir Ben hörte mit Wehmut im Herzen zu. Er hatte Dienst für die Könige, war unabkömmlich und darüber schier untröstlich. Wie gern hätte er für Ariane ein passendes Häuschen errungen.

Der Herold verlas die Namen der zum Kampf eingetragenen Ritter. Eine illustre Gesellschaft, die Ben zu gern herausgefordert hätte ... „... Sir Ben, Ritter König Cedrics im Dienst Sir Bills, des Herrn der Rossburg ..."

„Wie?!", entfuhr es Ben völlig verdattert.

„Ich befehle Euch, zu kämpfen!", erwiderte Sir Cedric.

„Womit?!", fragte der junge Ritter völlig konfus.

„Vielleicht damit?" Lady Shona zeigte den Weg hinunter, auf dem sich ein ihm sehr gut bekanntes Pferd in geradezu irrsinnigem Galopp näherte.

„Komme ich zu spät?!" Ariane zügelte das Pferd direkt neben der Tribüne. „Nur die Lanzen konnte ich nicht mitbringen, die hätten mich zu sehr behindert", gab sie bekannt, vom Pferd springend.

Sir Ben schaute ungläubig in die Bündel hinterm Sattel, in denen er alles entdeckte, was er für einen

Kampf benötigte. „Oh, ich liebe dich!" Er küsste Ariane gegen jede Etikette ab, womit er für herzliches Gelächter unter den Drachen sorgte.

„Ich denke, ein paar Lanzen dürften sich in meiner Rüstkammer auftreiben lassen", schmunzelte der König.

„Wo mein Iglu steht, wisst Ihr", blinzelte Lady Shona. „Ariane wird Euch einkleiden, bis Euch die Knappen Sir Cedrics zur Verfügung stehen."

Cedric drohte ihr scherzhaft mit dem Finger. „Wisst Ihr, was ich nicht weiß?"

„Ja, wer weiß das schon?!", gab sie kichernd zurück.

Sir Patrick wirkte völlig gelöst und damit völlig unverdächtig. Sir Marc war schon zum Stall unterwegs, um ein Schlachtross für Sir Ben zu satteln, das wild genug war, alles niederzurennen, wenn es sein musste.

Ihr habt das doch von langer Hand geplant, hörte Lady Shona die Stimme Lady Tessas.

Aber natürlich. Oder sehe ich aus, als würde ich etwas dem Zufall überlassen, gab Shona belustigt zurück.

Gut zu wissen. Königin Tessa blinzelte verschwörerisch.

Ariane ging, während sie Sir Ben die Rüstung anlegte, mit keiner Silbe auf die merkwürdigen Geschehnisse ein. Der musste jetzt den Kopf frei kriegen, um sich auf die Kämpfe einzustimmen. Lady Ashley trat ein. „Ich bin Euer Knappe! Drei Lanzen stehen mitsamt Pferd für Euch bereit! Auf in den Kampf!" Sie grinste Ariane vergnügt an.

Augenblicke später ritt Sir Ben auf den Platz, um sich vorzustellen. Die Drachenriege jubelte ihrem

Helden zu und Lady Brenda ließ Ariane zu sich holen, damit die das Spektakel das erste Mal im Leben von einer Tribüne aus genießen konnte. Lady Tara lächelte still vergnügt vor sich hin, denn Sir Ben vertrat hier die Farben des weißen Drachens der Rossburg. Sir Ian hatte kein Problem damit, dass seine zukünftige Gattin stets ihren eigenen Kopf durchsetzte. Erst recht nicht, wenn es zum Vorteil und Wohl des Clans war. Und was konnte ein Ritter des Königs Besseres bekommen, als einen Drachen zum Knappen? Für die anderen Geharnischten eine trügerische Beruhigung, dass keiner von denen selbst mit um den Sieg focht.

Als sie die erste Waffe sahen, die der König bestimmte, froren einigen die Gesichtszüge ein, was nichts mit den winterlichen Temperaturen zu tun hatte.

„Ah ja, der Kettenmorgenstern", murmelte Lady Tara. „Sollte mich arg wundern, wenn er diese Prüfung nicht bestände."

„Jetzt wird sich sofort die Spreu vom Weizen trennen", orakelte Sir Vincent, den Favoriten der Damen sehr genau beobachtend.

Der pickte sich zwei Waffen mit kurzen Griffen und einer langen Kette heraus, an welcher eine gewaltige dornenbewehrte Kugel hing, während alle anderen zu Morgenstern und Schild griffen. Die Paarungen waren rasch ausgelost und fast genau so schnell hatte Sir Ben den Schild seines Gegners durchschlagen. Durch die Wucht gegenläufiger Drehungen fetzte er ihm die Waffe aus der Hand, welche sich in den Ketten des gewieften Angreifers verheddert hatte. Der geschockte Ritter ergab sich unter dem Johlen der vielen Zuschauer. Ben beobachtete gelassen, was die anderen vorführten, um sich auf den nächsten Gegner einzustimmen.

„Auch eine Methode, um ein Turnier abzukürzen", witzelte Sir Andrew, weil nur noch zehn Kämpfer übrig blieben, die nicht, oder nur geringfügig, verletzt waren und weiter am Kampf teilnehmen konnten. Ariane hielt sich immer wieder entsetzt die Augen zu, wenn Ben attackiert wurde. Dabei gab es dafür gar keinen Grund. Die anderen waren dankbar, weil er sie nur entwaffnete, ohne sie vorher die Eisenkugel schmecken zu lassen. Selbst dabei richtete er ordentlich Schaden an, indem er einem Ritter den Arm ausrenkte und einem zweiten den Waffenarm brach. Das Krachen der Knochen war bis zum Rand des Platzes zu hören und sorgte für entsetzte Schreie.

„Oha", murmelte König Vincent. „Ich glaube, der trägt nie wieder eine Waffe in den Kampf."

„Scheint mir auch so", hauchte Lady Maya. „Was für eine Urgewalt!"

„Und dabei ist es nur die richtige Technik!", stellte Königin Tessa klar. „Körperlich wären ihm einige überlegen gewesen."

„Jetzt begreife ich erst, wie wertvoll seine vielen Ratschläge sind", flüsterte Lady Amara Sir Dan zu. „Und ich schäme mich ein bisschen, ihn beim Training so oft geneckt zu haben."

„Geschadet hat es ihm jedenfalls nicht", erwiderte Sir Dan beeindruckt, wie Sir Ben seinen letzten Gegner aus dem Rennen warf.

Die Menge tobte und auf der Tribüne klatschte man langanhaltend Beifall.

Lady Brenda drückte Arianes Arm. „Na siehst du, Teil eins ist erledigt. Das bisschen Lanzenritt kriegt er auch noch gebacken. Er hat doch ein gutes Pferd, soweit ich das von Ferne beurteilen kann."

„Das hat er!", bestätigte Sir Timothy. „Sir Marc hat es für ihn ausgesucht und eigenhändig aufgezäumt. Da stimmt alles."

Davon, dass er das Pferd des Königs verlieren könne, sprachen die Drachen nicht einmal. Lady Ashley nahm sich indes im Iglu ihres Ritters mittels von der Mama geerbter Heil- und Hexenkraft an. „Ein paar blaue Flecken, ein paar Verspannungen – nichts, was sich nicht mit ein paar Handgriffen behandeln ließe", gab sie erfreut bekannt. „Ihr habt gut auf Euch aufgepasst, Herr Ritter."

„Es gibt nicht Aufbauenderes, als das Lob eines Kampfdrachens", dankte Sir Ben, die kräftige Massage seiner Muskelpakete genießend.

„Was ist das für ein Amulett?", fragte Lady Ashley, erstaunt über die Energien, die sie darin fühlen konnte.

Bereitwillig gab der junge Ritter Auskunft.

„Erinnert Ihr Euch, wie Euer Bruder und andere zum Drachen gewordene Menschen Kraft schöpfen?", flüsterte sie. „Denkt daran, wenn Euch der Waffenarm erlahmt." Sie half ihm beim Ankleiden, denn draußen wurde zum Tjosten aufgerufen.

„Herzlichen Dank!" In Bens Augen stand geschrieben, wie gut er die Informationen verstanden hatte.

Fünf Ritter mit je drei Versuchen, stellte Sir Ben mit schnellem Blick fest. Mit allen hatte er irgendwo schon mal die Lanzen gekreuzt und er erinnerte sich an jeden einzelnen Kampf, als sei es gestern gewesen. Er schaute zur Tribüne hinüber, wo Ariane ganz fest die Daumen drückte.

Ihr schafft es, hörte er deutlich ihre Stimme in seinen Gedanken. *Die Macht der Drachenasche wird Euch beschützen.* Sie legte die Faust auf jene Stelle, an der sie das Amulett trug, als habe sie dem Gespräch mit Lady Ashley gelauscht.

Sir Ben erwiderte die Geste. „Für die Dame meines Herzens!"

Die Drachen horchten auf. „Seine Gegner tun mir jetzt schon leid", sagte Lady Brenda trocken.

Dann hörten die Drachen laut und deutlich Sir Bens Gedanken: *Gunther von Weißbach, drei Mal im zweiten Versuch vom Pferd gestochen. Schwachstelle: der Rüsthaken. Einhaken und Abhaken.*

Die kampferprobten Damen und Herren hatten Mühe, nicht lauthals loszulachen, wie der junge Ritter sein Gegenüber analysierte. Seine selbstauferlegte Arbeitsanweisung setzte er auch sofort in die Tat um. Im letzten Augenblick riss er die Lanze nach unten und hob den entsetzten Ritter von Weißbach glatt aus dem Sattel.

„Ist das herrlich!", feixte Sir Andrew. „Wie ein Spiel am strategischen Tisch."

Knappe Ashley kontrollierte sofort die Lanze ihres Ritters auf etwaige Beschädigungen. Ein kurzes Nicken. Alles in Ordnung. Sir Ben wartete auf den nächsten Gegner.

Sir Oliver, genannt der Stier, ein Mal im dritten Versuch. Schwachstelle: das Visier des Helms. Packen wir ihn an den Hörnern! Am besten vor dem dritten Anritt. Sir Ben kniff die Augen zusammen und taxierte den Ritter durch den Sehschlitz seines Visiers. Beide trieben ihre Rösser gleichzeitig an. Sir Ben schien die Schulterkachel anzuvisieren und Sir Oliver drehte sich instinktiv weg. Ein fataler Irrtum. Im Bruchteil eines Wimpernschlags drang die fremde Lanze in seinen Helm ein. Die Wucht des Anpralls schleuderte ihn fast vom Pferd, Blut lief aus einem tiefen Riss an der Wange. Trotzdem schaffte er es, sich wieder aufzurichten.

„Da hat mein Namensvetter gerade noch mal Glück gehabt", hörte Lady Brenda ihren Gatten sagen.

„Nicht mehr lange, vermute ich", gab sie lächelnd zurück. „Sir Ben wird vielleicht die gleiche Stelle noch einmal bearbeiten, was recht schmerzhaft werden dürfte."

Ariane krampfte die Hand um ihr Amulett. Sir Ben fühlte sofort einen deutlichen Wärmestrom durch seinen Körper ziehen, der die Muskeln geschmeidig machte. *Danke, meine Liebste.*

Lady Ashleys zufriedenes Lächeln konnte keiner sehen. Arianes reines Herz verstärkte die Macht der Drachenasche. Die tiefe Liebe zu Sir Ben tat das Übrige. Ritter Oliver trieb sein Pferd erneut an. Das auffällige Pendeln seiner Lanze deutete auf Probleme durch die Wunde hin. Diesmal versuchte er, den Kopf wegzudrehen, weil klar war, was Sir Ben tun werde.

Einhaken, Abhaken, dachte Ben, den Gedanken Taten folgen lassend. Nur dass er diesmal die Lanze unter die Schulterkachel seines Gegners trieb. Von der Wucht, mit der Oliver aus dem Sattel gestoßen wurde, brach die Waffe. Der Ritter musste vom Platz getragen werden.

„Noch drei", flüsterte Ariane, sich vor Aufregung die Fingernägel in die Handballen drückend.

Lady Ashley reichte Sir Ben eine neue Lanze. „Alles in Ordnung?", fragte sie beunruhigt, weil er ungewöhnlich scharf einatmete.

„Ich habe mir wohl einen Muskel gezerrt", gab er leise zurück, wissend, dass sie ihm jetzt nicht helfen durfte. Sein Blick traf den von Ariane und sie verstand den stummen Hilferuf.

Mit beiden Händen umfasste sie das Amulett. *Bitte, bitte, wundertätige Drachenasche, mach das Sir Ben keine Schmerzen mehr hat. Ich bitte dich sehr!*

Sir Bill und einige andere schaute sie irritiert an. Nicht um das Amulett wissend, glaubten sie, Ariane riefe Sir Bills Dolch an. Nur blieb der völlig kühl.

Falscher Gedankengang, hörte Bill Lady Ashley wispern.

Das schien ihm augenblicklich auch so, denn ein schwaches Leuchten huschte über den Harnisch seines Bruders, der scheinbar mühelos die Lanze in den Rüsthaken legte.

Kristoff von Morgenröthe, zwei Mal im ersten Versuch. Generelles Balanceproblem auf einem Pferderücken. Mit Schwung ins Zentrum. Aus die Maus.

Sir Ian hüstelte, um den aufsteigenden Lachanfall irgendwie zu unterdrücken. Die Mundwinkel der beiden Könige waren auffällig in Richtung der Ohren gewandert. Königin Tessa versuchte, Haltung zu bewahren, und Königin Maya lachte ihr Söhnchen an. So schien es jedenfalls den Beobachtern. Einige andere wischten ihre Augen.

Die Vorhersage Sir Bens traf ein. Er rammte Ritter Kristoff die Lanze in den unteren Teil des Brustharnischs, worauf der wie in Zeitlupe aus dem Sattel kippte. Das Gelächter der Massen gab auch den Edelleuten auf der Tribüne die Gelegenheit, das angestaute Gefühl loszuwerden.

„Wenn er unsere Trainingseinheiten genau so analysiert, dann wundert mich gar nichts mehr", kicherte Lady Amara. „Das hört sich an, wie aus einem Handbuch."

Der leichte Kampf hatte Sir Ben ein wenig Luft verschafft. Doch nun sollte es richtig schwer werden. *Till von Bärenfels, mit der Kraft einer Ramme, ein Mal unterlegen, zwei Mal unentschieden. Bärenkraft gegen Drachenmagie. Wünscht mir Glück!* Er schlug mit der Faust auf das Amulett.

Der Herr von Bärenfels trat zudem mit einem ordentlichen Groll gegen Sir Ben an, hatte der ihn doch im Kampf mit dem Morgenstern durch eine bessere Kampftechnik besiegt.

Hier helfen nur Durchhalten, Treffer abwehren und erst im dritten Ritt eine Entscheidung nach Punkten suchen, wisperte Sir Bens Stimme.

Ariane glaubte, ihr Herz müsse stehenbleiben, als Ben nur mit allergrößter Mühe ausweichen konnte. Doch meinte sie, etwas gesehen zu haben, das hilfreich sein musste. *Die linke Schulterkachel sieht komisch aus. Als trüge er einen dicken Verband darunter.*

Der Hinweis kam gerade noch rechtzeitig, denn der Ritter von Bärenfels stürmte mit gesenkter Lanze voran. Ben schien es, als sei ein Lichtreflex über die Stelle gehuscht, die Ariane angesprochen hatte. Er setzte alles auf eine Karte, riss die Lanze hoch, wehrte Bärenfels ab und stach mit der Kraft der Verzweiflung zu, wodurch es ihn fast selber aus dem Sattel hob. Ariane schrie auf. Ben wurde herum gerissen, konnte aber die Waffe festhalten und sich auch auf dem Pferderücken halten, obwohl es ziemlich grotesk aussah. Nicht viel besser war es dem Herrn von Bärenfels ergangen, dessen linker Arm kraftlos herabhing.

„Gebt Ihr auf?", fragte ihn der Schiedsrichter des Turniers.

„Niemals!", klang es dumpf unter dem Helm hervor. Der Ritter klappte das Visier nach oben, klemmte sich den Zügel zwischen die Zähne und ritt in einen aussichtslosen Kampf.

Ben war weit davon entfernt, das Ganze zu unterschätzen. Verwundete Ritter konnten genau so tödlich sein, wie gereizte Bären. Und der Herr von Bärenfels konnte zur Bestie mutieren.

Auf, zum Sieg!

Die Stimme kam eindeutig von Lady Tessa und gab Sir Ben zusätzlichen Halt. Er ließ das Pferd antraben. Die Spitze der gegnerischen Lanze raste auf seinen Helm zu, Ben wehrte ab, verhakte sich am offenen Visier des Ritters, riss dessen Kopf zur Seite. Das Pferd reagierte auf den Zügel und der Reiter konnte die unerwartete Seitwärtsbewegung nicht ausgleichen. Sir Ben hörte den dumpfen Aufprall und fühlte sein Herz, bis zum Hals schlagen.

Noch einer! Das schafft Ihr! Ariane hatte die geballten Fäuste vor ihren Lippen zusammengelegt.

Hinz von Goldberg, drei Mal im ersten Versuch. Hat noch nie einen Lanzenreiter besiegt. Ich möchte nicht der Erste sein, indem ich ihn unterschätze.

Bringt ihm das Fliegen bei, mein Bruder!

Ich werde mir Mühe geben! Sir Ben berührte die Stelle seines Harnischs überm Amulett.

Ariane tat das Gleiche und sofort breitete sich wohlige Wärme in Ben aus, welche die strapazierten Muskeln beruhigte.

„Sicher ist sicher!" Knappe Ashley hielt Sir Ben die letzte Lanze hin. „Es wäre fatal, wenn die andere wegen eines unsichtbaren Schadens bräche."

„Ihr habt recht. Heißen Dank!" Ben legte sie akribisch in den Rüsthaken ein und kontrollierte mehrmals den Sitz. „Ich bin noch nie am Ende einer Tjost auf ihn getroffen", erklärte er auf Ashleys fragenden Blick. „Er hatte Zeit, mich zu beobachten."

Wie Ritter Hinz Sir Bens Lanze abwehrte, bestätigte dessen Befürchtungen. *Gut, dann mit Brachialgewalt. Alles oder nichts!* Ben ritt an und rammte Hinz mitten auf dem Brustharnisch. Hinz schnappte nach Luft und rutschte aus dem Sattel. Weil er am Steigbügel hängen blieb, schleifte ihn das galoppierende Pferd über den halben Platz, bis es der herbeispringende Knappe beruhigen konnte.

Fliegen sieht zwar anders aus, aber mehr war nicht drin, wandte sich Ben an seinen Bruder, der frenetisch applaudierte.

Völlig egal, das Häuschen im Grünen ist Euch jetzt schon sicher. Ganz gleich, wie der Schwertkampf ausgeht. Es ist schon lange keiner mehr die Tjost von Anfang bis Ende geritten, nachdem er den Auftaktkampf eines Turniers gewonnen hatte.

Ariane atmete mit geschlossenen Augen mehrmals tief durch. Lady Ashley hatte indes alle Hände voll zu tun. Die Magie der Asche hatte Sir Ben tatsächlich davor bewahrt, Schmerzen zu spüren, zahlreiche Wunden gab es trotzdem. Besonders der Waffenarm hatte einiges abbekommen, das Ashley nun zu behandeln versuchte.

„Hm, wir haben nur eine halbe Stunde", murmelte sie besorgt. „Ach, was soll es! An die Wand, Herr Ritter!"

Sir Ben gehorchte und im nächsten Moment lag der schwarze Drache völlig zusammengequetscht im Iglu und begann, die Wunden mit seiner heilenden Zunge zu lecken. *Hoffentlich fliegt das Bauwerk nicht auseinander,* kicherte er. Hin und wieder berührte er das Amulett und lenkte dessen Wirkung auf die am meisten betroffenen Stellen. Mit dem Aufruf zum Schwertkampf verwandelte sich Ashley zurück und verkündete: „Fast wie neu."

„Danke, Prinzessin! So fühle ich mich auch", jubelte Sir Ben.

Mit den Worten: „Möge die Kraft der Drachen auch in diesem Kampf mit Euch sein!", schickte sie ihn in die Arena.

Oh, ich habe wohl doch etwas fester hingelangt, hörten die Drachen seinen erstaunten Ausruf, als nur sechs Kämpfer erschienen.

Die Regel lautete, wie schon so oft: die ausgelosten Paare gegeneinander, mit Ausfall des ersten Ritters jeder gegen jeden.

„Das wird dann wohl ein fast alle gegen Sir Ben werden", orakelte Lady Tessa.

Den gleichen Gedanken hegten viele. So auch Ariane, die jede Bewegung ihre Liebsten im Blick hielt. Als er die Faust ballte, um auf sein Amulett zu schlagen, tat sie es mit ihrem zeitgleich. Die Kraftexplosion war auf der ganzen Tribüne zu spüren und Sir Ben machte sich mit einem fast genüsslichen Lächeln daran, einen nach dem anderen vom Platz zu stechen. Die paar Kratzer, die er einsteckte, weil er gleichzeitig gegen drei Ritter antreten musste, steigerten die Intensität seiner Schwerthiebe und der Schlagfrequenz konnte keiner lange Paroli bieten. Wie eine Maschine drosch er auf seine Gegner ein – rechts, links, rechts, links ... Schild, Schwert, Schild, Schwert ... und dann möglichst auch die Ehrenregeln einhalten. Unter einem Schlag konnte er sich nur hinweg ducken, die Klinge des anderen schrammte über den Rand des Schildes, welches Ben gerade noch hochriss. Die Menge schrie auf.

Langsam sollte ich es zu Ende bringen, überlegte Ben und Ariane fasste nach ihrem Amulett. *Dann tut es!*

Zu Befehl, schöne Frau! Ben pfiff ab sofort auf Etikette und zahlte mit gleicher Münze heim. Der Erste ging durch einen Treffer an den Helm mit dem Knauf des Schwertes zu Boden, der Zweite bekam die geballte Ladung Zorn zu spüren und stand bald ohne Schild da, welches Ben regelrecht in Stücke hackte. Dann trieb er den Gegner quer über den Platz, obwohl seiner eigener Schild inzwischen ebenfalls löchrig wie ein Käse war. Eine Finte, auf die der andere hereinfiel und schon flog dessen Schwert in hohem Bogen davon. Ehe er sich versah, spürte er Bens Schwertspitze im Genick, da wo Rückenharnisch und Helm aufeinandertrafen. Ein kleiner Stich hätte genügt, ihn bis ans Lebensende zu lähmen. Schreckensstarr blieb er stehen.

„Gebt Ihr auf?", fragte Sir Ben.

„Ist wohl besser", murmelte der andere, was Sir Ben bestätigte.

„Ich gebe auf."

Ben ließ das Schwert sinken und reichte dem Unterlegenen die Hand. „Ein großartiger Kampf!"

Dass der Ritter wie ein begossener Pudel abzog, war nicht mehr Bens Problem. Er grüßte die Könige und Edelleute, dann nahm er von Lady Ashley das Pferd in Empfang, um mit der Turnierlanze die Siegerkränze aus Tannenzweigen einzusammeln. Die Mädchen und jungen Frauen gaben reichlich, denn der schmucke Ritter war noch nicht verheiratet. Vielleicht überlegte er es sich ja anders.

Ariane erschrak. An alles hatte sie gedacht, nur nicht daran, einen Kranz zu binden, und Sir Ben näherte sich bereits.

„Nehmt den!", flüsterte eine Stimme und schob einen großen, wunderschönen Kranz mit einem weißen Band von unten zwischen den Brettern der Tribüne hindurch.

„Lady Amara! Vielen, vielen Dank!" Ariane nahm das unerwartete Geschenk vorsichtig an sich, um es Augenblicke später mit einem strahlenden Lächeln an die Lanze zu fädeln, die sich ihr entgegen neigte.

Sir Bens Augen leuchteten freudig auf. Das war wohl der schönste Sieg des Tages.

Lady Amara hatte ihren Platz wieder eingenommen, bevor er die Bänke erreichte. „Gerade noch rechtzeitig!", freute sie sich, ihre zerkratzten Finger betrachtend und einen kleinen Kranz an die Lanze steckend.

Das Königspaar überreichte dem stolzen Sieger die Besitzurkunde für das Weihergut mit einigen Morgen

Land. Sir Bill gratulierte seinem Bruder von ganzem Herzen. Wieder ein Adelssitz mehr, auf welchem ein dem König treu ergebener Herr das Sagen hatte.

Lady Tara kam hinzu, als Lady Maya Sir Ben von Herzen Glück wünschte. Der kleine Prinz schlug seine stechend blauen Augen auf und lächelte sie an, die Ärmchen nach ihr ausstreckend. Ein Menschenbaby wäre gar nicht dazu in der Lage gewesen. Mama und Papa schmunzelten, weil der Kleine hellauf lachte, als ihm Lady Tara mit dem Finger auf die Nase tupfte. Doch bald schon fiel auf, dass er ständig Tara mit den Augen folgte.

„Wisst Ihr, an was mich das erinnert?", rief Königin Tessa plötzlich. „Wie sich meine Augen immer verfärbt haben, wenn die Herren Ian und Andrew in meine Nähe kamen, als ich schwanger war."

Alle schauten Lady Tara an, die feuerrot wurde.

Sir Bill begann zu lachen. „Wenn ich jetzt eins und eins zusammenzähle, dann werde ich in neun Monaten stolzer Vater einer reizenden Tochter sein, der ein junger Drachen-Prinz voller Inbrunst den Hof machen wird."

„Richtig, mein Lieber!", schmunzelte Lady Tessa.

„Ein weißer Drache als Schwiegervater meines Sohnes? Nicht übel", sinnierte König Vincent laut. „Besonders, wenn es genau dieser weiße Drache ist, durch den es meinen Sohn überhaupt gibt. Lasst Euch umarmen, Sir Bill!" Er zog unter dem donnernden Applaus der anderen Bill an seine Brust.

„Womit die Bande wieder enger und fester werden", freute sich Sir Timothy.

Lady Tara strahlte übers ganze Gesicht und Schwester Lia gab zu, ein klein wenig neidisch zu sein, weil sich bei ihr noch kein Nachwuchs ankündigte.

Sir Ian nutzte die Gelegenheit, da alle ganz auf den Kindersegen fixiert waren, mit Ariane und Sir Ben einen kurzen Ausflug zu dessen frisch errungenem Anwesen zu unternehmen. Das Tageslicht war gerade noch ausreichend, um sich einen groben Überblick zu verschaffen. Er erklärte Ben in der Drachensprache, wo die Grenzen lagen.

„Die großen Teiche gehören wirklich mit dazu?!", staunte Ariane, worauf Drache Ian beinahe erschreckt ausrief: *Du kannst mich auch verstehen?*

Ja, ich kann es! Ariane lachte vergnügt.

Drache Ian begann zu kichern, was für Menschenohren wie ein Schluckauf klang. *Sir Ben, ich glaube, vor Eurer zukünftigen Frau muss man sich in jeder Weise in acht nehmen. Sie schwätzt nicht lange herum, sie handelt.*

Ihre zielsicheren Aktionen haben mir dieses Häuschen eingebracht, gab Sir Ben zufrieden zurück. *Ich weiß, welch großen Dank ich ihr schuldig bin.*

Zielsicher ist, in diesem Zusammenhang, ein herrlich doppeldeutiges Wort, begeisterte sich Drache Ian.

Ariane lächelte still in sich hinein. Ihr Versuch, an Sir Bens Rüstung nebst Waffen zu kommen, hätte auch komplett in einem Fiasko enden können. Aber wenn jetzt nichts mehr schief ging, dann werde sie eines Tages an Sir Bills Seite Herrin über das weitläufige Rittergut da unten sein.

Ein einsamer Knecht stand auf dem Hof und beobachtete, wie der riesige Drache über den Häusern kreiste. Er erschrak gewaltig, als der Gigant Anstalten machte, vor ihm zu landen. Wie gebannt blieb er stehen, weil der Anblick zu grandios war und man überall davon sprach, wie gutherzig diese Wesen waren. Erst jetzt bemerkte er auch die Frau und den Mann, die mit dem Drachen gekommen waren. Er grüßte alle drei sehr ehrerbietig. Der Ritter, denn es musste einer sein, weil er eine Rüstung trug, sagte zu ihm: „Ich bin Sir Ben, Bruder des weißen Drachens von der Rossburg, und dein neuer Herr. Ich werde in den nächsten Tagen hier einziehen und mich um das Wohlergehen des Gesindes kümmern."

„Dann habt Ihr das Turnier gewonnen!", rief der Knecht, erfreut darüber, einen Ritter des Königs als Herrn zu bekommen.

„Du wirst doch hoffentlich in meinem Dienst bleiben?", fragte Sir Ben, weil es mitunter vorkam, dass das Gesinde dem alten Herrn folgte.

„Aber ganz bestimmt!", erwiderte der Knecht, mit Blick auf den Drachen.

Sir Ben lachte. „Solcher Besuch wird nun wohl öfter hier auftauchen. Gewöhne dich schon einmal an den Gedanken. Und tu mir einen Gefallen. Kümmere dich, dass der Pferdestall in Ordnung ist, wenn ich wiederkomme."

„Das werde ich, mein Herr!" Der Knecht schaute dem davonfliegenden Drachen nach, bis er nur noch ein Punkt am Himmel war. Dann holte er sich eine Laterne und begann, den heruntergekommenen Stall aufzuräumen, den schon lange kein Pferd mehr von innen gesehen hatte.

Ian flog über die Rossburg zum Festplatz zurück, um Ben zu zeigen, dass man zu Pferd nicht einmal zehn Minuten brauchte, um von einem Herrensitz zum anderen zu kommen. *Die Frauen werden froh sein, sich jederzeit besuchen zu können.*

Ja, so ist es, seufzte Ariane erleichtert. *Mein Pebbles wird genügend Auslauf haben.*

„Findet das Häuschen Gefallen?", schmunzelte Lady Tessa, als sich Sir Ian wieder zurückverwandelt hatte.

„Häuschen." Sir Ben lachte herzlich. „Ich war erstaunt, was sich alles hinter den hohen Hecken verbirgt. Auf den üblichen Flugrouten liegt es nicht, im Vorbeireiten sieht man fast nichts und zum Stehenbleiben, bestand nie ein Grund. Die Gebäude, enger zusammengerückt, würden einer Burg nicht unähnlich sein. Einen Knecht, der bei mir bleiben wird, habe ich. So steht einem Einzug nichts im Wege. Irgendwann werde ich sicher auch das Geld beisammen haben, um Ariane als Gattin heimzuführen. Ein Vorhaben, mit dem ich nicht allzu lange warten möchte." Er erspähte Lady Ashley. Sowie sie neben ihnen stand, setzte Sir Ben ein Knie auf den Boden. „Sollte ich Euch jemals mit meinem Leben oder durch meinen Tod retten können, dann werde ich es tun!"

Sie zog ihn an der Hand auf die Füße und schob ihm Ariane in die Arme. „Mir ist es lieber, wenn Ihr lebt. Mir hat es Spaß gemacht, *meinem* Ritter bis zum Sieg zu assistieren."

„Das war dann auch Euer letzter Knappendienst, meine Teuerste!", rief König Cedric. „Es wird Zeit, dass man Euch in Damen-Kleidern sieht!"

„Ich hab's befürchtet", murmelte Lady Ashley resigniert, worauf herzliches Gelächter der Dabeistehenden einsetzte.

Zwei Tage später flogen die Drachen König Vincents gemeinsam nach Hause, lange Zeit begleitet von den Herren Ian, Dan und Bill, die abwechselnd zum Boden spähten, um keine unliebsamen Überraschungen zu erleben. Auf der Bannmeile vor der Burg erinnerten nur noch die Iglus und der zertrampelte Schnee an Tage voller sorgloser Fröhlichkeit.

Sir Ben inspizierte mit Ariane sein neues Domizil, schaute in jeden Raum und jeden Winkel und lobte den Knecht, der sich redlich bemüht hatte, Ordnung ins Uraltchaos zu bringen.

Am nächsten Morgen setzte Tauwetter ein. Die verlassenen Iglus begannen zu schmelzen und der verwaiste Festplatz verwandelte sich in eine Miniaturseenlandschaft, wie Lady Tara und Ariane amüsiert feststellten, die auf dem Weg zur Burg Lilienstein waren. Sie ließen ihre Pferde gemächlich im Schritt gehen, denn Sir Bill hatte seiner schwangeren Gattin verboten, im Trab zu reiten oder gar zu galoppieren. Ariane zügelte ihren Wallach und drehte lauschend den Kopf in alle Richtungen.

„Was ist passiert?", fragte Lady Tara.

„Ich habe ziemlich deutlich ein Baby schreien hören", murmelte Ariane.

„Hier? Wie soll das gehen?", staunte Lady Tara. „Vielleicht haben die zusammensinkenden Eisblöcke ein komisches Geräusch gemacht", versuchte sie, zu erklären.

„Irrtum ausgeschlossen!", erklärte Ariane mit fester Stimme, sprang vom Pferd und rannte durch die Pfützen quer über den Platz, als sei ein Dämon hinter ihr her.

Tara sah sie in einer der halb verfallenen Eishütten in dritter Reihe verschwinden. Im nächsten Moment kam sie wieder heraus, ein dunkles Bündel im Arm haltend, aus dem nun auch Lady Tara das herzerweichende Wimmern vernehmen konnte.

„Da haben wir den kleinen Schreihals", sagte Ariane mit tiefer Zufriedenheit. „Es sieht nicht aus, als ob er versehentlich da vergessen worden sei. Ausgesetzt wird man ihn haben! Wie kann man nur?!"

„Was willst du tun?"

„Ihn mit nach Hause nehmen! Für das arme Würmchen ist Platz genug und Sir Ben wird mich nicht sicher nicht schelten." Ariane wiegte das Baby, um es zu beruhigen.

„Bringen wir es erst einmal zur Königsburg, damit es etwas Brei bekommt", schlug Lady Tara vor.

Der Zufall wollte es, dass das Königspaar mit einigen Rittern und den Beratern vor der Tür stand, als sie den Hof erreichten. Etwas irritiert schauten sie den beiden Reiterinnen mit dem Baby entgegen. Sir Bill half seiner Gattin vom Pferd, Sir Ben seiner Liebsten, mit gemischten Gefühlen das Bündel in deren Arm betrachtend.

„Ein Findelkind, das vielleicht noch heute den Tod in einem zusammenstürzenden Iglu gefunden hätte", erklärte Ariane. „Bitte verwehrt es mir nicht, mich um das hilflose Geschöpf zu kümmern und es groß zu ziehen."

Sir Ben bekam sein Überraschtsein erstaunlich schnell in den Griff. „Ich wäre der letzte Schuft, verböte ich das!", rief er. „Haben mein Bruder und ich doch am eigenen Leibe erfahren, wie es ist, als Kind völlig auf sich gestellt zu sein. Nur, dass wir wenigstens schon in der Lage waren, uns irgendwie durchzuschlagen. Wir nehmen es unter unserer Fittiche und geben ihm all die Wärme, die es braucht, um gut gedeihen zu können."

„Das zeugt von wahrer Größe", lobte der König die jungen Leute. Königin Tessa winkte Ariane mit dem Finger. „Mir nach!" Sie schlug den Weg zur Küche ein.

„Besser konnte es das Würmchen nicht treffen", verriet Lady Tara und erzählte, was sich in den letzten Minuten abgespielt hatte.

Sir Ben zuckte mit den Schultern. „Dann hat es das Schicksal genau so gewollt und ich werde mich ihm nicht in den Weg stellen. Nun ergeben auch die Worte Sir Patricks einen ganz anderen Sinn, der mich bat, *eine Entscheidung der nächsten Tage*, genau so zu akzeptieren, wie sie auf mich zukomme. Ich habe geglaubt, es beträfe Grund und Boden. Nun bin ich sicher, dass er das hilflose Kleine und Arianes gutes Herz gemeint hat, welches nicht kalt geblieben ist, als das Baby um Hilfe weinte. Ich werde Ariane übermorgen heiraten, auch wenn mir für eine große und pompöse Feier das Geld fehlt. Für zwei Ochsen am Spieß und zwei Fässer Wein reicht es und alle sind eingeladen. Wobei ... ich hoffe, dass mir Ariane keinen Korb wegen der überstürzten Hochzeitspläne gibt."

Eine halbe Stunde später war der Säugling gefüttert, trockengelegt und schlief selig im Arm seiner Retterin. Sir Ben ging ohne Federlesen vor ihr auf die Knie. „Möchtest du in zwei Tagen meine Frau werden?"

„Ja, ja und nochmals ja", jubelte Ariane unter Beifall und fröhlichem Lachen der anderen.

„Dann es wird genau so sein", bekräftigte Sir Ben, dem schlummernden Baby ein warmes Lächeln schenkend. „Was ist es überhaupt?"

„Ein Junge und kerngesund, sagt unsere Königin. Ich möchte ihn Felix nennen", bat Ariane.

„Felix, der Glückliche", flüsterte Sir Ben. „Ja, das passt zu seiner Rettung. Ihr habt es alle gehört: Unser Ziehsohn heißt Felix!"

Sir Bill nahm Lady Tara in den Arm. „Prima, dann hat unser Kleines einen Spielkameraden und großen Beschützer, wenn es auf die Welt kommt. Denn die paar Spannen zwischen unseren Höfen sind doch keine wirkliche Hürde. Ach, ich liebe gute Nachrichten gleich am Morgen."

Bluts- und andere Bande

Weil sich alle um Ariane und das Baby scharten, sah nur Sir Ian, wie ein pechschwarzer Drache mit blauglänzenden Rückenzacken und Hörnern vom höchsten Turm der Burg eilig nach Osten aufbrach. Sir Ian nickte Lady Tessa zu. *Sie hat einen Gewaltmarsch vor sich*, hörte er die Stimme seiner Königin.

Ich weiß. Doch ich glaube, dass sie es schaffen wird, bekam sie zur Antwort.

„Habt Ihr bewohnbare Räume?", wollte der König von Sir Ben wissen. Ihm war bestens bekannt, weshalb das Land mitsamt Bebauung als Turnierpreis gestiftet worden waren. Die einzige Möglichkeit des alten Herrn, um Steuern herumzukommen, die er nicht mehr erwirtschaften konnte.

„Mein Knecht hat einen Wohn- und den Schlafraum nutzbar gemacht. Die Küche war noch in einem durchaus passablen Zustand. Der Pferdestall ist wieder vom Feinsten. Das war mein erster Befehl gewesen, den er hervorragend ausgeführt hat."

Eine Dienerin kam mit einem großen Bündel, welches die Königin entgegennahm, eigenhändig an Arianes Sattel befestigte und befahl: „Du wirst jetzt mit dem Krümelchen nach Hause reiten. Es hat für heute genug Kälte und Aufregung gehabt."

„Ich gehorche, meine Königin", erwiderte Ariane, Felix in Sir Bens Arme legend, um aufsitzen zu können.

Er streichelte mit dem Finger das rosige Gesicht. „Bis später, kleiner Mann. Ich komme dich heute

Abend besuchen." Er blinzelte Ariane fröhlich zu und reichte ihr das Baby aufs Pferd.

Sie barg Felix sicher in ihrem kuscheligen Pelzumhang und ließ Pebbles langsam loslaufen. Sir Ben schaute ihr lächelnd nach. Felix, satt und trocken, verschlief den langen Ritt zur Rossburg. Dafür sorgte er dort dann für helle Aufregung. Alle liefen zusammen, um zu schauen und zu staunen. Vater Hartmut kümmerte sich um Pebbles, Mutter Jenna trug das Bündel ins Haus und Ariane folgte ihr.

„Vor lauter Aufregung habe ich glatt vergessen, euch zu sagen, dass mich Sir Ben übermorgen heiraten wird und ich mit unserem Ziehsohn auf dem Weihergut bleiben werde", erzählte Ariane, eine sichere Schlafecke für Felix einrichtend. „Es sind alle eingeladen, auch wenn es nur eine kleine Feier werden kann. Heute Abend wird er Vater offiziell um meine Hand bitten."

Was Ariane nicht wusste: Der König hatte Sir Ben wenig später nach Hause befohlen, damit er sich um seine Hochzeit kümmern könne. „Wir werden alle zu Eurer Feier kommen, aber macht Euch keine Sorgen, keiner wird verhungern."

„Ariane wird ein Kleid brauchen", murmelte Lady Tara.

Prinzessin Amara winkte ab. „Sie ist von Statur ähnlich wie ich. Da sollte sich ein warmes wirklich schönes Festkleid finden lassen. Meine Schwester hat so viel Gutes für die beiden getan, dass ich schon ein ganz schlechtes Gewissen habe und glücklich bin, wenn ich irgendwie auch helfen kann." Sie verschwand sofort, um die Kleidertruhen zu sichten, in denen sich weitaus mehr Damenkleider befanden, als in jenen ihrer Schwester, die lieber Kettenhemd und Harnisch trug. Als sie wiederkam, präsentierte sie ein drachenaugenblaues Gewand, das reich mit Gold und Silber bestickt war. „Ich habe lange überlegt. Es ist mein Lieblingskleid und ein würdiges Geschenk für eine junge Frau, die sogar ein fremdes Kind großzieht."

Bei den Rittern und dem König wurde ebenfalls konspirativ beraten und später den Damen Tessa und Amara die Entscheidung mitgeteilt.

„Eine wunderbare Idee!", schmunzelte die Königin.

Ben hatte die Order seines Königs befolgt, war geradenwegs nach Hause geritten, wo er mit Knecht Bud die Feuerstellen anlegte, auf denen sich die Bratspieße mit den Ochsen drehen sollten. Bruchholz gab es auf seinen Ländereien zur Genüge, und sein Schlachtross musste als Rückepferd herhalten, um die Stämme zu transportieren. Ganz nebenbei stellte Ben fest, dass es auf seinem Gebiet einen Haufen Getier gab, das man einfach davongejagt hatte, als man das Gut aufgab. Er nutzte ein Säckchen Hafer zum Anlocken, dessen Inhalt er auf der letzten Tour mit dem Pferd als Spur bis zu den Ställen auslegte, wo Wasser und reichlich Futter die Heimkehrer zum Bleiben animieren sollten. Ariane werde sich bestimmt liebevoll um das Federvieh kümmern, wenn sie als Herrin hier einzog.

„Zwei Gänse, drei Hühner", vermeldete Bud gegen Abend. „Ich schließe sie sicher ein, damit Fuchs und Marder sie nicht holen."

„Wunderbar! Ich reite hinüber zur Rossburg!" Sir Ben trabte los.

Der Hufschlag im Burghof lockte Alf und Hartmut hervor. Der eine kümmerte sich um das Pferd, der andere mit tiefster Ehrerbietung und großer Freude um seinen zukünftigen Schwiegersohn. Natürlich sagte er zu gern ja, als Ben offiziell um Arianes Hand bat. Sir Ben hatte die Herzen schon lange gewonnen. Wie er nun den Kleinen auf den Arm nahm und sanft wiegte, setzte das Tüpfelchen auf das I.

Ben erzählte auch, dass sich der Geflügelstall wieder fülle und er noch mehr Tierstimmen während der Arbeit gehört habe. „Das eine klang sogar wie ein Esel. Davon soll es einst drei Stück gegeben haben und auch Ziegen. Aber ich denke, die werden sich schon lange neue Besitzer gesucht haben. Wie hätten sie den Winter überleben sollen?"

„Wer weiß. Vielleicht sollten wir auch für sie Futterspuren legen", schlug Ariane vor. „Ich werde mich schleunigst darum kümmern. Felix braucht frische Luft, da werde ich zusammen mit Pebbles nach den verschollenen Tieren suchen."

„Ich habe noch viel zu tun, damit sich meine kleine Familie wohlfühlen kann", erklärte Sir Ben, sich wieder verabschiedend. „Ich kann es kaum erwarten, euch beide bei mir zu haben. Bis morgen um die gleiche Zeit!"

Das Ergebnis der Verschwörung der Ritter mit dem König war, dass Ritter Ben am Morgen aus dem Fenster schaute und glaubte, Halluzinationen zu haben – auf dem Hof standen weit verstreut Tische und Bänke aus Fichtenholz.

Sein Knecht Bud hob hilflos die Hände: „Ich weiß von nichts und habe auch nichts gehört. Wo mag das alles hergekommen sein?"

„Von oben", lachte Sir Ben. „Den wundervollen Drachen sei Dank!"

Die hatten die Nacht genutzt, um beinahe lautlos auf ihre Art das Fest vorzubereiten, weil im Speicher des Königs genug wiederverwendbares Mobiliar der letzten öffentlichen Feiern herumstand. Viel zu schade, um es als Heizmaterial zu missbrauchen.

„Frühstück und dann bauen wir auf!", befahl Ritter Ben hocherfreut. Er hatte ebenfalls wie ein Stein geschlafen, denn der Vortag war lang und aufregender gewesen, als jedes Turnier. Er hatte vor lauter Arbeit nicht einmal mitbekommen, wie ein Drache Spähflüge absolvierte, damit die Möbelaktion wirklich unbemerkt ablaufen konnte. Gegen Mittag spannte Sir Ben einen kleinen Wagen, den Bud flottgemacht hatte, an, um seine persönlichen Dinge abzuholen. Natürlich besuchte er zuerst Ariane und Felix, ehe er mit Alfs Hilfe seine Truhen und Waffen auflud. Ein festes Seil werde alles sicher bis nach Hause halten.

„Ich sehe Euch mit einem weinenden und einem lachenden Auge gehen", gab Lady Tara zu. Sie zog ein großes Stück Stoff aus der Tasche. „Ich habe ein Abschiedsgeschenk für Euch."

Ben nahm es dankend an und faltete es auf. Es war ein großer Wimpel für eine Standarte. Auf weißem Grund ein hellblaues Oval mit drei auffächernden Rohrkolben und im Vordergrund zwei sich kreuzende Schwerter.

„Es ist das Wappen, das ich für Euch beim König erwirkt habe, Herr des Weihergutes. Weiß, weil Ihr es im Winter errungen habt, blau und Rohrkolben für die Weiher, nach denen es benannt ist, und zwei Schwerter, weil Ihr ein streitbarer Ritter seid, der es eigenhändig erkämpft und nicht geerbt hat."

Ben verbeugte sich sehr tief vor Lady Tara. „Ich werde es stets voller Stolz tragen und der Rossburg in Treue verbunden bleiben."

Ariane trat vor das Haus. „Wenn Ihr heute Abend noch einmal mit dem Wagen kommen könntet, kann ich Euch meine wenige Habe mitgeben", schlug sie vor.

„Das werde ich tun", versprach Sir Ben, hoffend, dass das marode Gefährt noch eine zweite Fahrt aushalten werde.

„Euch erwartet auch viel Arbeit", wandte sich Lady Tara mit Blick auf die wackligen Räder an Ariane.

„Ich weiß. Aber davor ist mir nicht bange."

Lady Tara ging mit hinein, um noch einmal alles durchzusprechen, weil Ariane auf dem Gut praktisch allein als Frau sein werde.

„Wenn Ihr mir die Geflügelmagd frei gebt, bin ich nicht allein", bat Ariane. „Selbst zu Fuß ist man schnell hier, um Hilfe in der Not zu holen."

„So soll es geschehen! An diese Möglichkeit hatte ich gar nicht gedacht", rief Lady Tara. „Sie wird morgen früh den Brautzug begleiten. Ist es eine vermessene Bitte, dass du mit Felix jeden Mittwoch und Freitag zu mir kommst?"

„Ist es nicht! Es ist eine große Ehre, kommen zu dürfen! Zumal dann meine Eltern auch sehen können, welche Fortschritte Felix macht." Ariane freute sich von ganzem Herzen auf die weitere gemeinsame Zeit.

Aus dem nahen Dorf kamen am sehr zeitigen Hochzeitsmorgen ein paar Männer, die hofften, sich ein warmes Mittagessen verdienen zu können, wie es immer wieder geschah, wenn einem Ritter nicht viel Gesinde zur Verfügung stand. Es hatte sich rasch herumgesprochen, dass der neue Herr des Weihergutes heiraten wollte. Und der nahm die unerwartete Hilfe dankbar an. Bud, erfreut, sich um das Wesentliche kümmern zu können, nämlich die Küche, überließ es mit Freude seinem Herrn, die Männer in die Dienste einzuteilen.

Lange bevor man den Brautzug erwartete, erschallte vom Turm der Ruf: „Drachen kommen! Genau zehn!"

Sir Ben stutze und begann sogar, an den Fingern nachzurechnen: „Die königliche Familie, macht vier. Drei Ritter des Reiches, ergibt sieben. Wer sind die anderen?"

Als sie über dem Hof kreisten, ehe einer nach dem anderen landete, und Kisten mit Lebensmitteln für die Feier abstellte, erkannte er sie: Lady Brenda, Sir Oliver und Sir Timothy. Jeden einzelnen Drachen begrüßte er sehr ehrerbietig und seinem Rang entsprechend. Lady Brenda ging ihm mit offenen Armen entgegen und drückte ihn fast mütterlich an sich. „Kaum zu glauben, was man alles über Euch und Eure Liebste hört! Das muss man sich doch mit eigenen Augen anschauen! Zumal ich ja in Aussicht gestellt hatte, Eure Hochzeit erleben zu wollen."

„Woher habt Ihr es erfahren?", staunte Sir Ben.

„Von einem pechschwarzen Drachen mit strahlend blauen Hörnern, mein Lieber!", lachte Lady Brenda. „Sir Timothy ist von König Vincent dazu verurteilt worden, mich hierher zu tragen, weil meine altersschwachen Flügel zu langsam gewesen wären, um rechtzeitig hier zu erscheinen."

„Ich bin in Sphären geflogen, wo sonst kein Drache hinkommt, um die günstigen Höhenströmungen zu nutzen", erklärte Lady Ashley. „Schließlich habe ich gut aufgepasst, was man mir über die Rettung von Königin Mo erzählte. Und ganz tief in mir drinnen, scheint etwas zu stecken, das ich Wetterhexe und Erbteil von meiner Mutter nennen möchte. Es war recht hilfreich."

„Der Brautzug naht!"

Wie auf Kommando säumten die Gäste den Weg, um Ariane, Felix und ihre Begleiter zu begrüßen, die alle mit der Sonne um die Wette strahlten. Sie ritten oder schritten direkt bis zu jener Stelle, wo Sir Ben in seiner schönsten Prunkrüstung darauf wartete, endlich mit Ariane verbunden zu werden. Pebbles und die anderen Pferde wurden vorläufig an den Ringen des Hauses festgebunden, damit die Zeremonie sofort stattfinden konnte.

Sir Ben bekam mühlsteingroße Augen, welch Prachtgewand unter Arianes Filzmantel zum Vorschein kam. Nicht einmal deren Eltern hatten es bis dahin zu sehen bekommen, weil sie sich heimlich bei Lady Tara noch einmal umgezogen hatte. Lady Ashley drückte ihre Schwester Amara fest an sich, als sie das auffällige Kleid erkannte.

Inzwischen traten Ariane und Ben vor, um sich das Ja-Wort zu geben. Baby Felix lächelte und einige wischten Tränen der Rührung fort.

Nora, die Geflügelmagd, machte sich sofort bei der Bewirtung der vielen edlen Gäste unentbehrlich. Sie hatte am Tisch der heimischen Burg Lady Tara beobachtet und wusste recht gut, was sie zu tun hatte.

Die frischgebackene Lady Ariane ließ ihren Sohn Felix keine Sekunde aus den Augen. Sie hatte ihn auch während der Zeremonie, zu Sir Bens großer Freude, im Arm getragen. Lady Brenda durfte ihn als Erste beruhigend wiegen, was die Drachendame sichtlich genoss. „Kleiner Mann, du hast unglaubliches Glück gehabt", flüsterte sie. „Von den eigenen Eltern verstoßen, aber bei herzensguten Menschen aufgenommen, wie ein leibliches Kind. Eines Tages wirst du dich an meine Worte erinnern, die du jetzt noch nicht einmal erfassen kannst. Tief in dir werden sie schlummern, um zur rechten Zeit ans Licht zu kommen."

„Selbst wenn ich nicht von meinem König den Auftrag bekommen hätte, wäre ich gekommen", verriet Sir Timothy im Lauf des Nachmittags. „Wie Ihr ja alle wisst, hat mich einst Sir Andrew als Waisenkind aufgelesen. Da interessiert es mich sehr, wenn ein junges Pärchen, das noch nicht einmal verheiratet war, ein Baby aufnimmt. Das Hochzeitsgeschenk meines Königs ist die Aufnahme Sir Bens, Lady Arianes und ihres Ziehsohnes in den Clan. Denn der junge Ritter und seine Gattin sind mehr Drachen, als manche Drachengeborene selber." Sir Timothy zog die Urkunde mit dem Siegel König Vincents aus der Tasche.

Beifall brandete auf und alle gratulierten den neuen Drachen ehrenhalber. Lady Ashley hob völlig undamenhaft beide Daumen, um ihre Freude zu bekunden.

„Wirst du das wohl lassen?", ertönte es unwillig von einem der Grillspieße her.

„Was ist los?", rief Sir Ben.

„Ein Streuner lauert auf Beute!", erwiderte einer der Helfer.

Ritter Ben begab sich zur Feuerstelle, da saß wirklich ein völlig abgemagerter Hund und konnte kein Auge vom lecker duftenden Ochsen lassen. „Ich hatte alle eingeladen und nicht gesagt, dass die Gäste unbedingt zwei Beine haben müssen. Hier wird keiner weggejagt." Ben schnitt ein Zipfelchen halbgares Fleisch ab, das er dem Hund hinwarf.

„Ich sagte doch, mehr Drache, als manche Drachen selber!", schmunzelte Sir Timothy. „Habt Ihr noch ein Häppchen für einen zweiten hungrigen Streuner?"

„Aber sicher doch! Wo ist er?"

„Da, unterm Strauch!" Sir Timothy deutete hinter sich.

„Oh! Ein Kätzchen!" Lady Ariane hatte den anderen vierbeinigen Gast auch entdeckt. „Wie wäre es mit einem Versteck im Pferdestall, du armes kleines Ding. Da wird es sicher bald wieder Mäuse geben, die du dir schmecken lassen kannst."

„Samtpfote, den Vorschlag solltest du annehmen", lachte Sir Ben, ein Stückchen Fleisch unter den

121

Strauch werfend. „Dir bläst ja der Wind ungehindert durch die Rippen, genau wie dem Wauzi da drüben."

Bud schüttelte den Kopf, als er gefragt wurde, ob es alteingesessene Tiere seien. „Die habe ich vorher noch nie hier gesehen, nur ab und zu Spuren im Schnee. Gestern auch wieder die des Esels, den ich manchmal höre. Er war in der Nähe des Pferdestalls."

„Drinnen ist genug Platz", überlegte Sir Ben.

„Ich werde ab morgen versuchen, ihn anzulocken, wie ich es mir vorgenommen habe", versprach Ariane. „Vielleicht hat ja auch der Hund Lust, sich Futter zu verdienen."

„Einen Versuch ist es wert", bekräftigte Sir Oliver. „So, wie die Zähne aussehen, scheint er noch jung zu sein und wird Euch treu zur Seite stehen, wenn Ihr ihn füttert."

„Füttern ist das Zauberwort", schmunzelte Lady Ariane, weil Felix unruhig wurde. Sie begab sich ins Haus, um ihn trockenzulegen. Seinen Brei bekam er auf dem Festplatz.

Unter den Geschenken stand eine farbenfrohe Wiege, die das Königspaar mitgebracht hatte. Sir Ben polsterte sie mit einem weichen Kissen und platzierte sie direkt am Tisch, damit Felix niemals unbeaufsichtigt blieb und Ariane die Feierlichkeiten wirklich genießen konnte. Aber die schaute auch so ständig nach dem Kleinen. Es dauerte nicht lange, da gesellte sich der Hund dazu, um schwanzwedelnd zu bitten, wachen zu dürfen.

„Hm, nicht übel. Wenn das wird, was ich denke, dann hat unser Sohn soeben den besten Leibwächter

bekommen", gab Sir Ben erfreut bekannt, dem Vier-
beiner noch ein Stückchen Brot hinwerfend.

Lady Tara schmunzelte. „Dann werde ich wohl
schon mal Wasser- und Futternapf bereitstellen lassen, wenn zwei Mal in der Woche ganz sicher auch
der Hund auftauchen wird."

„Ihr hättet nichts dagegen?", staunte Lady Ariane.

„Ganz bestimmt nicht! Wir haben auch schon
überlegt, einen guten Wachhund aufzunehmen,
damit unsere Tochter sorglos in der Burg herumtol-
len kann. Darum werden wir beide uns kümmern",
legte sie fest. „Wir gehen mit diesem Hund, um
einen für mich auszusuchen. Dann weiß ich, dass die
beiden sich vertragen und alles gut wird."

Lady Lia atmete tief ein.

„Ist ja schon gut", sagte Sir Dan sofort. „Ich habe
Euern Wunsch nicht vergessen. Ihr geht zu dritt und
Ihr könnt Euch auch einen Welpen aussuchen."

Das Gelächter am Tisch war unbeschreiblich, denn
die Schwestern grinsten sich fröhlich an. Einer der
Helfer am Grill wusste zu berichten, wo es immer
mal wieder Welpen großer Hunde gab, für die man
händeringend neue Besitzer suchte, damit man sie
nicht ertränken musste.

„Wie wollt Ihr ihn nennen?", fragte Ben seine
frisch angetraute Gattin, mit Blick auf den Hund.

„Snoopy! Weil es recht witzig aussieht, wie intensiv
er alles Neue anschnüffelt."

„Das hat was!", lachte Sir Ben und wollte noch die
Bemerkung nachschieben, dass sie ja allem einen
Namen gab, als sie Bud rufen hörten: „Wer hat die
Hühner rausgelassen?!" Er brauchte aber nur wenige

Blick, um festzustellen: „Das sind neue Heimkehrer!"

„Treibe sie zu den anderen!", bat Sir Ben und erklärte Nora: „Du wirst also doch mehr, als nur eine Handvoll Geflügel versorgen können. Aber es sind ja auch Pferde da, die betreut werden müssen."

„Ich lasse Pebbles' Ration morgen hierher bringen", versprach Sir Bill.

Das war sehr hilfreich, denn Sir Bill besaß gleich vier Pferde. Drei davon in Turnieren gewonnen, die nicht ausgelöst worden waren und von denen er sich nicht trennen wollte, weil sie erstklassig ausgebildet waren. Fünf hungrige Mäuler brauchten reichlich Futter, auf das man im Freien noch ein paar Tage warten musste.

Ein großer wollig-graubrauner Kopf lugte um die Hausecke. Das sah so drollig aus, dass die Versammelten in schallendes Lachen ausbrachen. Sofort stellten sich zwei lange Ohren auf und der Rest des mageren Esels kam zum Vorschein.

„Gib ihm ein Bündel Stroh, damit er nicht ausbüxt!", riet Ariane Bud, der zum Stall eilte, um den Ratschlag in die Tat umzusetzen. Er merkte aber nicht, dass ihm der Esel folgte. So erschrak er gewaltig, als ein erfreutes „I-aaaaaaaaahhhh", genau hinter ihm erklang, als er gerade das Stroh aufheben wollte. Sein Schreckensruf war bis zu den Feiernden zu hören, die erneut in Gelächter ausbrachen.

„Prima. Unser Hof füllt sich", schmunzelte Sir Ben, liebevoll Lady Arianes Hand streichelnd.

„Wenn dann noch Fische in den Weihern lebten, wäre es perfekt", gab auch der König zu. „Aber da lässt sich nachhelfen. Ich werde meinem Fischer

Bescheid geben, dass Ihr Euch zehn lebende Exemplare bei ihm holen dürft."

„Herzlichen Dank, mein König!", riefen Ariane und Ben überaus erfreut.

So eigene Fische da waren, werde man auf jeden Fall mit dem versierten Mann sprechen, um keine Fehler zu machen.

Lady Ariane umsorgte Lady Brenda eigenhändig, denn daran war ihr sehr viel gelegen. Auch Mutter Jenna reagierte voller Dankbarkeit auf jeden kleinen Wink der ehrwürdigen Drachendame, deren gute Wünsche an das junge Paar sich hier vor alle Augen zu erfüllen schienen.

Als das Fest in tiefer Nacht endete, brachten die Drachen ihre menschlichen Angehörigen nach Hause, während sich die Helfer todmüde ein Plätzchen im zukünftigen Rittersaal suchten, dessen Kamin Sir Ben extra hatte anheizen lassen.

Baby Felix schlief wie ein Stein, bewacht von Snoopy, sodass niemand die Zweisamkeit des jungen Paares störte, als es die Hochzeitsnacht zur Krönung des Festes werden ließ.

Bud hatte beizeiten die Geschenke ins Haus tragen lassen und sorgfältig abgeschlossen. Er hatte vor, die rechte Hand seiner Herren zu werden, und da wachte er mit Argusaugen über alles, was auf dem Gut geschah. Es erfreute ihn sehr, dass Nora zur gleichen Zeit wie er am Brunnen zur Morgenwäsche erschien, und ihm gut gelaunt in der Küche half. Das schon so früh vom Dach rinnende Tauwasser ließ beide schmunzeln, es klang fast melodisch, wenn es in Pfützen und auf Steine platschte. Bud war besorgt gewesen, als sein Herr erklärte, es werde eine Magd kommen, die weitreichende Befugnisse der Herrin habe. Doch nun nahm er sich vor, Nora zu unterstützen, um die quirlige, noch dazu hübsche Brünette vielleicht sogar für sich zu begeistern. Eine andere Möglichkeit gab es kaum, selbst eine Familie gründen zu können.

Sir Ben ließ die Helfer zum Frühstück rufen, ehe sie den Heimweg antraten. Dass er sich damit Arbeiter sicherte, wenn die Mahd oder Obsternte anstanden, lag auf der Hand. Einer bat sogar, seinen achtjährigen Sohn, der sich am Vortag mit ums Feuerholz gekümmert hatte, als Laufburschen einzustellen. Ben war aufgefallen, dass der Knabe kräftig und gewitzt war. Als der ihn nun mit großen flehenden Augen anschaute, reifte ein Entschluss.

„Ich werde ihn nicht als Laufburschen nehmen!", gab er bekannt, worauf eine Welt in den Kinderaugen zusammenbrach und der Vater, ein Witwer, hart schluckte. „Er wird heute seinen Knappendienst bei mir beginnen."

Der Jubel war unbeschreiblich, als sich Vater und Sohn Ritter Ben zu Füßen warfen und von Herzen dankten. Lady Ariane eilte herbei, in der Annahme, es sei ein Unglück geschehen. Die strahlenden Gesichter deuteten aber etwas völlig anderes an.

„Meine Liebe, Ihr habt ab sofort noch einen Zögling", gab Sir Ben bekannt. „Meinen Knappen Terence."

Die junge Herrin hieß das neue Mitglied des Hausstands herzlich willkommen. „Du hast dich offenbar mit deiner sehr guten Arbeit gestern selbst für diese Ausbildung empfohlen." Das bestätigte Ritter Ben gern und der Vater war stolz auf seinen Sohn.

Zuerst musste der Knabe den Umgang mit Pferden lernen und so wurde der halbe Tag dafür veranschlagt, dann ging es ans Anlegen einer Rüstung und Handlangerarbeiten beim Waffenputzen. Sir Bill beaufsichtigte den Wagen mit Stroh, Heu und Hafer für Pebbles persönlich, um sich zu überzeugen, dass es dem jungen Paar auch wirklich gut ging.

Während seine Männer und Bud den Wagen entluden, beobachtete er das Reittraining. Lady Ariane erzählte ihm, auf welche Weise Terence zum Knappen avanciert war. Ritter Bill gab kopfschüttelnd zu, dass sein Bruder wieder einen Hauch schneller gewesen war, denn er habe auch überlegt, den pfiffigen Knaben unter seine Fittiche zu nehmen. „Hier hat er jedenfalls eine erstklassige Hand, die ihn formt", sagte er neidlos, denn Ben hatte sich nicht einmal von den Prinzessinnen den Schneid abkaufen lassen und stand in dem Ruf, gegen jeden Knappen fair zu sein, ganz gleich welcher Herkunft. Er vergaß nie, woher er selber stammte.

Sir Bill hatte sich noch nicht verwandelt, um nach Hause zu fliegen, als Lady Ashley landete. „Und ich dachte, ich sei allein neugierig", witzelte sie, seinen Gruß erwidernd. Ritter Bill schmunzelte. Die streitbare Prinzessin trug heute sogar ein Kleid, hatte aber Schwert und Dolch umgeschnallt. Sie wunderte sich auch kein bisschen, dem flinken Terence als Knappen wiederzubegegnen. Der Junge wusste vom Vortag, wer die Dame war und grüßte ehrerbietig herüber. Sie dankte lächelnd.

„Ein nettes Kerlchen", wandte sie sich an Lady Ariane.

„Das ist er", freute die sich. „Wieder mehr Schutz für Felix, Haus und Hof." Sie strich Snoopy, der neben ihr hockte, über den Kopf.

„Das beruhigt mich. Ich wollte nur nachschauen, ob Ihr mit allem zurechtkommt."

„Dafür danke ich Euch sehr." Lady Ariane lächelte glücklich.

Lady Ashley verwandelte sich, um weiterzufliegen.

Nora kam mit dem Esel um die Ecke. „Ich gehe Abfälle entsorgen." Bud hatte dem Tier zwei geflochtene Taschen aufgeladen, die voller abgenagter Knochen vom Fest steckten. Die Abfallgrube lag ein Stück von den Häusern weg, um kein Ungeziefer in die Wohnräume zu locken. Snoopy schnüffelte interessiert und Lady Ariane suchte ihm ein Rippenstück heraus, welches er schwanzwedelnd in Empfang nahm und auf der Stelle verspeiste. Ein Hundehimmel auf Erden.

„Soll ich ihm was beiseitelegen?", fragte Nora.

Lady Ariane nickte. „Gute Idee. Hunde fressen ja auch Fleisch, das ziemlich anrüchig ist. Er wird sich freuen."

Zu Terences ersten Knappendiensten gehörte, Lady Ariane zu begleiten, wenn sie mit Felix zur Rossburg ritt.

„Ahhhh, mit großem Gefolge", schmunzelte Lady Tara, wenn der kleine Zug aus zwei Pferden und einem Hund durch das Tor Einzug hielt.

Lady Ariane lächelte dann jedes Mal schelmisch. Snoopy schaute etwas skeptisch, als Terence hier das erste Mal Felix beaufsichtigen durfte.

„Hm", murmelte Terence, den Blick richtig deutend. „Ich werde mir Mühe geben und keinen enttäuschen."

Die Damen grinsten sich vergnügt an. Am liebsten war Terence mit dabei, wenn seine Herrin mit Lady Tara ausritt und Baby Felix bei den Großeltern blieb, wobei sich Snoopy stets den Ausflüglern anschloss. Da bekam er auch zum ersten Mal zu sehen, wie Lady Ariane mit Wurfkugeln und Dolch agierte. Er begriff, dass er weniger zum Schutz, sondern viel mehr zum Lernen, wie man sich in adeliger Gesellschaft benahm, dabei war. Es machte ihn glücklich, im Haus des weißen Drachens, gern gesehen zu sein. Und dann kam der Tag, an dem ihn Sir Ben zur Burg des Königs mitnahm, wo er ganz schnell merkte, dass die Söhne aus Adelsfamilien als Knappen auch nur mit Wasser kochten und nicht wirklich besser als er.

Wasser war auch das Thema der Unterhaltung bei Tisch, denn die Königin erklärte: „Morgen kommen Sir Jim und Lady Fran. Sie bringen Meister Alfrid mit, damit Sir Dan endlich Antwort auf so viele Fragen zum Brauen erhält."

Terence horchte auf. Brauen? Etwa Bier, das der alte König verboten hatte, wie sein Vater immer erzählte? Als es tatsächlich um den Gerstensaft ging, wurde Terence unruhig, was die Drachen sehr wohl merkten.

Lady Tessa rief ihn schließlich zu sich. „Du möchtest uns etwas sagen, traust dich aber nicht. Was ist es?"

Terence verbeugte sich tief. „Meine Königin, mein Vater hat mir erzählt, dass er bei einem Brauer in

Dienst stand, bis das Bier verboten wurde. Ich weiß aber nicht, was seine Aufgabe war."

„Interessant!" Lady Tessa schaute den Knappen wohlwollend an. „Sir Dan wird dich morgen früh bei Sir Ben abholen, dann zeigst du ihm das Haus deines Vaters. Ein Pferd brauchst du nicht satteln."

Terence riss die Augen auf. *Ich werde fliegen?!* Hämmerte es in seinem Hirn.

„Richtig, mein Junge!" Die Königin blinzelte ihm zu. „Vielleicht winkt deinem Vater ja auch Besseres als warmes Essen für seine Arbeit. Denn, dass er arbeiten kann und will, hat er bei Sir Bens Hochzeit bewiesen."

Terence lächelte. *Oh, das wünsche ich mir so sehr!*

„Wir werden sehen, wie Alfrid und Sir Dan entscheiden. Ich drücke ihm die Daumen!" Damit war Terence vom Gespräch entlassen und setzte sich mit klopfendem Herzen wieder an den Knappentisch.

„Ich werde mich ihm erkenntlich zeigen, wenn es so weit ist", versprach Sir Dan mit Blick auf Terence.

Der stand auch schon vor dem Morgengrauen am Brunnen, um sich zu waschen, damit der mächtige Drache nicht warten musste. Ähnlich früh war nur Baby Felix munter und Lady Ariane versuchte, beide zu beruhigen. Sie war Terence nicht böse, denn sie konnte seine Aufregung gut verstehen. Er flog zum ersten Mal mit einem Drachen und zudem ging es um das Schicksal seines Vaters, der ihm ermöglicht hatte, ein geachteter Mann zu werden. Der ahnte nichts von alledem und überlegte, wie jeden Morgen, wenn noch keine Feldarbeiten liefen, woher er die nächste Mahlzeit bekommen solle.

Lautes Rauschen vor der windschiefen Kate lockte ihn vor die Tür.

„Ziehe dich ganz schnell warm an und komm sofort wieder hierher!", hörte er seinen Sohn rufen, der in der Klaue des gerade landenden Drachens saß. „Beeile dich!"

Der Vater machte auf dem Absatz kehrt und war im Bruchteil eines Wimpernschlags wieder da. Er grüßte den riesigen Drachen, der fasste zu und schon schwebten sie hoch über den Häusern, aus denen verblüffte Menschen zusammenliefen.

„Wir fliegen rüber zur Quellenburg!", rief Terence seinem Vater zu. „Ich habe unserer Königin erzählt, dass du bei einem Brauer gearbeitet hast, weil dort auch gebraut werden soll!"

„Ach herrje!", murmelte der Vater in freudigem Schreck. „Vielen, vielen Dank! Vielleicht habe ich ja Glück und darf helfen."

„Eben!", gab Terence zufrieden zurück.

Drache Dan hörte die Unterhaltung mit Freude, denn der Vater schien sich wirklich auszukennen. Der wälzte nämlich sofort sein Gedächtnis hin und her, um sich alle Abläufe wieder in der richtigen Reihenfolge einzuprägen.

Da kam die Burg auch schon in Sichtweite und der Drache landete im Hof, ließ die Passagiere frei und verwandelte sich. „Ich bin Ritter Dan. Ich habe gehört, du kennst dich mit dem Bierbrauen aus."

„Das ist richtig, mein hoher Herr", erwiderte Vater Clemens. „Ich war Geselle bei einem guten Meister."

„Oh, das ist ja noch besser, als ich erwartet habe!", rief Sir Dan. „Dann werde ich dich jetzt testen und schauen, was der beste Braumeister König Vincents

herausfindet, ohne deine Antworten zu kennen."
Dan begann, Clemens herum zu führen, und Terence durfte mitgehen.

„Ein wunderbares Wasser!", rief Clemens erstaunt. „Die Burg trägt ihren Namen zurecht! Die Wintergerste wächst hervorragend", lobte er. „Hopfen würde ich hier anbauen" erklärte er auf einem Feld unterhalb der Burg, nachdem er den Sonnenstand geprüft, Erde zwischen den Fingern zerrieben und daran gerochen hatte.

Sir Dan notierte und fragte nach der besten Lage eines Bierkellers.

Clemens Blick glitt die Felsen hinauf, auf denen die Burg thronte. „Den sollte man idealerweise in den Berg treiben. Nur bin ich kein Baumeister, um den richtigen Platz bestimmen zu können."

Dan richtete es so ein, dass sich Clemens und Alfrid gar nicht erst begegneten und Alfrid auch nichts von Clemens' Anwesenheit erfuhr. Er begrüßte Lady Fran, Sir Jim und Alfrid herzlich. Wobei die beiden Drachen gleich zur Burg Lilienstein weiterflogen. Dann stellte er sofort seine Fragen. Sein zufriedenes Lächeln wurde immer breiter, je mehr Details er notierte, weil sich alle Antworten deckten.

„Nun müssen wir nur noch einen finden, den ich Euch ausbilden kann, denn Matt gebe ich nicht freiwillig her", erklärte Meister Alfrid.

„Na gut, das lasse ich gelten", meinte Sir Dan. „Ich habe gestern durch einen, wie ich jetzt weiß, äußerst glücklichen Zufall einen Mann empfohlen bekommen, zu dem ich diese Notizen gemacht habe ..." Er legte die beiden Zettel nebeneinander.

„Unglaublich! Wer ist der Meister? Wo hat er gelernt?", rief Alfrid überrascht.

Ritter Dan ließ Clemens kommen, der Meister Alfrid ehrerbietig begrüßte und auf das Urteil des Fachmanns wartete.

„Er hat dich Meister genannt!", verriet Sir Dan.

Clemens nahm Farbe an. „Ihr seid zu gütig. Ich war nur Geselle."

„Dann sollte ich dir wohl ganz schnell die Meisterprüfung abnehmen", schlug Alfrid vor. „Ritter Dan, ich brauche ..." Er zählte alles auf, was man zum Brauen benötigte und der Burgherr versprach, es sofort zu besorgen. Und er fügte hinzu: „Solange seid ihr logischerweise beide meine Gäste. Jonas, mein erster Knecht, wird sich um euch kümmern, während ich Terence nach Hause bringe." Er ließ den Knappen rufen, um ihm im Angesicht seines Vaters einen wertvollen Dolch zu überreichen. „Danke für den hervorragenden Tipp!"

Als sie allein waren, erzählte Clemens Alfrid, worin der Tipp bestanden hatte. Alfrid schmunzelte. „Also habe ich auch einen handfesten Grund, deinem Sohn dankbar sein, denn ich hatte schon Sorge, man werde meinen Gesellen Matt per Befehl hier zum Brauer machen." Dann berichtete er über sein Schicksal und das des Jungen. „Bei dem, was du heute hast sehen lassen, ist mir nicht bange, dass dein Bier ein Erfolg wird", fügte Alfrid zufrieden hinzu. „Auf gute Freundschaft!" Er reichte Clemens die Hand, die dieser hocherfreut drückte. Er war froh, nach ein paar Wochen wieder nach Hause zurückkehren zu können. Clemens hingegen, in dieser Zeit, ganz sicher nicht Hunger zu leiden. Terence, der heimliche Held des Tages, musste jedes Mal unwillkürlich lächeln, wenn er an das kurze Gespräch mit Königin Tessa und dessen Folgen dachte. Ritter Dan setzte ihn auf dem Hof des Weihergutes ab und verschwand sofort wieder in den Wolken.

„Alles gut?", fragte Lady Ariane teilnahmsvoll, die sofort aus dem Haus geeilt war.

„Alles gut, meine Herrin!" Terence zeigte auf den Dolch. „Hat mir Sir Dan geschenkt."

„Dann ist wirklich alles gut", freute sich Lady Ariane. „Komm rein! Es ist noch heiße Fleischbrühe da."

Sir Ben kam zwei Stunden später zu Pferd nach Hause. Er war schon bestens darüber unterrichtet, was für eine Lawine erfreulicher Verkettungen Terence losgetreten hatte. „Du hast den Rest des Tages frei!"

Terence verschwand in seiner Kammer und kam umgezogen zurück. „Aber mit Felix und Snoopy darf ich doch spielen? Oder?"

„Aber natürlich!" Lady Ariane musste wegen der vorsichtigen Bitte herzhaft lachen. „Ich kann doch nicht drei gute Freunde auseinandersperren." Zumal Felix bereits erste Krabbelversuche unternahm, und immer wieder eingefangen werden musste, was Terence mit wahrer Engelsgeduld machte. Snoopy wachte dabei stets über das Wohlergehen beider Knaben.

Als der Frühling endgültig durchbrach, stand fest, dass Vater Clemens auf der Quellenburg bleiben werde, um Bier zu brauen, mit dem man zuallererst den Königshof belieferte. Nun fürchteten die Winzer um ihren Absatz und bemühten sich allesamt, ihre

Rachenputzer in wohlschmeckende Weine zu verwandeln, um bei Hofe weiterhin Gefallen zu finden.

Lady Tara wartete auf die Niederkunft, Lady Ariane verriet, dass für Felix ein Geschwisterchen unterwegs war und man bereitete langsam die Doppelhochzeit der Prinzessinnen vor.

Prinzenraub

Die Herren Ian und Andrew hatten sich untereinander und mit dem Königspaar geeinigt, die Doppelhochzeit am Hofe König Cedrics zu feiern, dem einzigen Ort, den auch die Wasserdrachen um Königin Mo erreichen konnten. Den Zeitpunkt hatte man bewusst auf den Frühsommer gelegt, wo der Burggraben randvoll mit Wasser war und leicht fünf Drachen beherbergen konnte.

Zwei Wochen vor den Feierlichkeiten, meldeten die Turmwache den Anflug eines gelben Drachens mit blutroter Zeichnung und dem Hinweis, er bewege sich wie ein Sturmwind voran. Der Melder hatte seinen Ausguck noch nicht wieder erreicht, als der geflügelte Gigant wie ein Stein zu Boden fiel und erst wenige Meter vor dem Aufschlag mit einem mächtigen Manöver bremste, das alles auf dem Hof durcheinanderwirbelte. Er verwandelte sich und rannte die Stufen zum Arbeitszimmer des Königspaares hinauf, grüßte in aller Form und erklärte ohne Umschweife: „Lady Mos Sohn Tim ist verschwunden!"

„Gütiger Himmel!", rief Sir Cedric.

Lady Tessa ballte die Fäuste. Sir Jim setzte sich, während die drei Berater des Königs herbeigerufen wurden. Bis alle versammelt waren, überbrachte Sir Jim Grüße und erzählte, wie das Leben in den letzten Wochen gelaufen war. Auch, dass man Brauer Alfrid sehr vermisst hatte, weil Matt allein nicht so viel produzieren konnte, wie benötigt wurde.

Die Ankunft Sir Jims war nicht unbemerkt geblieben und so kam es, dass die Ritter innerhalb weniger Minuten nacheinander den Raum betraten. Die ernste Stimmung deutete nichts Gutes an.

Sir Jim begann zu erzählen: „Die vier Jungdrachen sind jetzt etwa zweieinhalb Ellen lang und noch immer sehr quirlig. Ina, die kleine Prinzessin, ist um einiges vorsichtiger als die drei Prinzen, die an manchen Tagen kaum zu bremsen sind, vor überschäumender Energie. Am Sonntag vor zwei Wochen kam Tim, der Kleinste, nicht mehr nach Hause. Die anderen drei hatten ihn schon seit dem späten Vormittag nicht mehr gesehen, und auch keinen Hilferuf erhalten. Lady Mo suchte sofort stundenlang die nähere Umgebung ab und bat schließlich bei uns um Unterstützung. Sir Timothy hat die Suchtrupps sogar generalstabsmäßig eingesetzt. Bis heute fehlt uns jede Spur von Tim, sowohl im Wasser als an Land. Daran, dass er Tieren zum Opfer gefallen ist, können wir nicht glauben. Sein Panzer ist zu dick, um einfach so durchbissen zu werden. Eher wären Gift oder eine Entführung denkbar."

„Große Raubfische kommen nicht in die küstennahen Gewässer", überlegte Lady Tessa laut. „Wenig königstreue Drachen und missgünstige Menschen hingegen schon. Wobei wir nur die flugunfähigen Drachen im Auge behalten müssen, die zu keiner Verwandlung fähig sind."

„Das war auch unsere Überlegung", versicherte Sir Jim. „Vielleicht hat man an ihm ausprobiert, wie wir reagieren, wenn ein Mitglied der Gemeinschaft auf mysteriöse Weise verschwindet. Möglich, dass man es auch auf andere abgesehen hat."

„Was sagt Sir Patrick?", fragte der König.

„Er hatte Vorahnungen und die Wachen verdoppeln lassen", erwiderte der gelbe Drache. „Er meint, es werde irgendwann eine Lösegeldforderung geben."

„Raubrittertum? Wie armselig!" König Cedric rümpfte angewidert die Nase.

„Immer noch besser, als wenn man ihn getötet hätte, um sich seinen Kopf als Trophäe an die Wand zu hängen", seufzte Lady Tessa, nervös auf und ab schreitend. Plötzlich stoppte sie, schien durch die anderen hindurch zu sehen und eilte hinaus. „Mir kommt gerade eine Idee ...", hörten sie sie rufen, bevor die Außentür ins Schloss fiel.

„Mir auch!" Sir Bill knirschte mit den Zähnen.

Es dauerte ziemlich lange, ehe die Königin wiederkehrte. Wobei sie nicht unzufrieden wirkte. „Hätte mich doch sehr gewundert, wenn die alte Vettel keinen Weg gefunden hätte, mit der Außenwelt zu kommunizieren!"

„Also doch! Habe ich den richtigen Braten gerochen!", triumphierte Sir Bill. „Wie hat sie es angestellt?"

„Durch Hypnose, mein Lieber", erwiderte die Königin. „Damit hat sie sich einen der Wärter zurecht geschnitzt."

„Wie habt Ihr es herausbekommen?", staunte Sir Ian.

„Auf die gleiche Weise", lachte Lady Tessa. „Zuerst hat sie sich gewehrt und versucht, mich abzuschütteln, aber meinen Kräften kann man nichts auf Dauer entgegensetzen. Dann sprudelten die Gedanken, sodass sie nicht einmal den Mund aufmachen musste, um mich allumfassend zu informieren."

„Und nun?"

Lady Tessa hob eine Augenbraue. „Denkt sie, ich sei nie bei ihr gewesen."

„Böse, böse", schmunzelte Sir Cedric.

„Jedenfalls lebt der Kleine und soll als Druckmittel eingesetzt werden, um die alte Hexe frei zu pressen, was aber nicht der Hauptgrund sein dürfte. Der entsprechende Brief sollte eigentlich schon da sein", berichtete die Königin weiter.

„Ich vermute als Absender einen Herrn von Wolkenfels, der das Glück hatte, von Euch nicht erwischt worden zu sein", sagte König Cedric, worauf seine Gattin einmal kurz nickte.

„Eine elende Brut", grollte Sir Ian, und der König nickte in gleicher Weise. „Wir können nicht sorglos feiern, bevor der kleine Drache wieder frei ist!"

„Auch richtig!", gab Sir Cedric zu.

Tessa runzelte die Stirn. „Ich werde mich persönlich mit Sir Bill der Sache annehmen. Wir brechen unverzüglich auf. Sir Dan, Ihr werdet Lady Tara aufsuchen, um ihr zu berichten." Sie verließ mit Sir Bill das Arbeitszimmer.

„Hmm, sie könnten wirklich Erfolg haben", überlegte Sir Timothy laut. „Haben doch beide ein besonderes Verhältnis zu den Jungdrachen. Vor allem Lady Tessa, die sie in den Eiern am Körper getragen hat und die sie als Ersatzmutter akzeptieren."

Sir Cedric zog die Augenbrauen zusammen. „Sie muss auch gespürt haben, dass etwas nicht stimmt.

So oft, wie in den letzten Tagen, haben wir selten über die kleinen Wasserdrachen gesprochen."

Sir Dan nahm seine Gattin, Lady Lia, mit, als er zur Rossburg aufbrach. Sie war im Augenblick, neben Lady Ariane, die einzige Person, die Tara Halt geben konnte.

Sir Jim brach am nächsten Morgen auf, wählte aber eine andere Route, als die beiden Drachen, die vor ihm gestartet waren. Während er tief über die Bäume glitt, um den Boden abzusuchen, flogen die Königin und ihr Ritter über den Wolken und landeten bei Nacht, um nicht gesehen zu werden. Sir Patrick empfing die hohen Gäste, die sich erst kurz vor der Landung ankündigten, persönlich im Hof der uralten Burg Blackstone.

„Ich möchte in die Grotte!", bat Lady Tessa sofort.

Sir Patrick öffnete die Pforte zum Tunnel und ging ohne Fackeln voran, denn drei Drachen fanden auch so den Weg.

„Ich zuerst!", legte die Königin fest, als sie den Gang betraten. Der Schein ihrer weithin strahlenden Augen wechselte ständig von Himmelblau zu Smaragdgrün und wieder zurück, was sie sichtlich irritierte. „Gibt es, außer der Linie meiner Mutter, noch andere Kinder Sir Emeralds, von denen wir wissen sollten?", fragte sie schließlich Sir Patrick.

„Davon steht nichts in den Chroniken", erwiderte er unsicher.

„Merkwürdig", murmelte Lady Tessa und schritt weiter. „Die Energie hier, scheint sich auch verändert zu haben."

„Ist das nun gut oder schlecht?", flüsterte Sir Bill.

„Für mich fühlt sie sich gut an", wisperte die Königin, denn sie erreichten soeben die Abbruchkante der Grotte. „Schade. Die Mitternachtsstunde ist fast vorbei, ich werde wohl heute keine Antwort mehr bekommen."

„Das kommt ganz darauf an, wen Ihr befragen wollt, meine Liebe", sagte eine Stimme aus der Tiefe der Grotte, welcher ein tiefgrüner Schein folgte, der sich zu einem gigantischen Drachen formte.

„Großvater!"

„Keine Sorge, Ihr stört meine Ruhe nicht und ich wandere auch nicht mehr ruhelos umher. Dies ist der einzige Ort, an dem es mir möglich ist, mit Euch zu kommunizieren. Ihr habt es gefühlt, meine liebe Enkelin. Leider ist es mir verboten, die Geheimnisse zu lüften. Sucht den kleinen Prinzen da, wo Ihr ihn niemals vermuten würdet. Ein teuflischer Plan steckt dahinter." *Vor allem zweifelt niemals Unschuld und Ergebenheit der eigenen Ritter mit oder ohne Flügel an! Niemals!*

Die letzten Worte konnte nur Tessa hören. Der grüne Schein erlosch und ein deutlicher Lufthauch streifte die drei.

„Danke Großvater!" Lady Tessa trat den Rückweg an, wobei ihre Augen jetzt gleichmäßig blau leuchteten.

„Wo wir ihn nie vermuten würden", überlegte Sir Bill laut, als sie ihm Palas der Burg saßen und Lady Rosa zu ihnen stieß. „Muss wohl so sein, sonst wäre er sicher schon gefunden worden."

„Bei uns würde ihn keiner suchen", erklärte Lady Tessa plötzlich, „denn hier ist ja schon alles 100 Mal abgegrast worden."

„Richtig", gab Sir Bill zu. „Man braucht Wasser. Sehr viel Wasser. Einen Teich oder einen See. Ein Stück Flusslauf tut es auch."

„Oder ein großes Fass", ließ sich Lady Rosa vernehmen.

Lady Tessa schluckte. „Auch das müssen wir untersuchen. Brauer, Winzer, Fischer ... alle, bei denen ein Fass nicht auffallen würde."

„Ich werde König Vincent bitten, unter diesem Aspekt auch noch einmal hier suchen zu lassen", erklärte Sir Patrick leise.

„Ja, ich weiß. Es betrifft dann auch Burg Greifenstein", seufzte Lady Tessa. „Ich werde sie nicht vorwarnen, genau wie es unsere eigenen Ritter plötzlich treffen wird."

Sir Bill nickte. Er selbst, Sir Dan und sein Bruder Ben verfügten ebenfalls über ausgedehnte Wasserflächen. Alle Burgen und Güter mussten gleichermaßen durchkämmt werden, ohne Ansehen der Person.

Morgens flog Sir Patrick zum König, Lady Tessa und Sir Bill zuerst zu Lady Mo, die sich freute, einmal wieder andere Gesichter zu sehen, und darüber, dass auch Königin Tessa bei der Suche half. Ihr traute sie am ehesten zu, einen Erfolg zu erzielen.

„Ihr müsst essen, um Eurer anderen Kinder willen!", legte ihr Tessa ans Herz, der sofort auffiel, wie abgemagert Lady Mo aussah. Tessa ließ auch sofort reichlich Fisch bringen, den Mo gehorsam schluckte. Tessa hatte recht. Sie musste stark bleiben, sonst war alles verloren.

Der nächste Weg führte die Reisenden nach Kuckuckstein, wo soeben Sir Timothy landete und den Eilbefehl des Königs verkündete. Sir Jim übergab ihm alle Schlüssel und gesellte sich mit Lady Fran zu den Gästen. Auf Burg Greifenstein waren zur gleichen Zeit Sir Andrew und zwei Helfer gelandet, denen Sir Benjamin sofort Zutritt zu jedwedem Raum gewährte.

Als beide Burgen als unverdächtig abgehakt wurden, gab Lady Tessa zu, die Verursacherin der Aufregung gewesen zu sein und im eigenen Land das gleich Prozedere durchführen zu lassen. „Großvater Emerald hat mir geraten, da zu suchen, wo den Kleinen niemand vermuten würde." Sie berichtete von ihrer Ankunft in der Nacht und den Vorgängen in der Grotte der toten Drachen.

Lady Fran schmunzelte. „Er hat ganz sicher keine weiteren Kinder, denn ich war ihm schon lästig. Die Farbe Eurer Augen wechselte wegen seiner Anwesenheit."

„Das habe ich auch begriffen, als er plötzlich erschien", lachte Tessa. „Mich hatte es regelrecht in die Höhle der toten Drachen gezogen. Ich habe ihn ja nur als Geistwesen und liebevollen Großvater kennengelernt."

Sir Andrew grüßte nur von Ferne. An ihm war es, auch die Smaragdburg zu durchsuchen. Lady Shona ließ ihn gewähren und öffnete sogar das Tor zur Grotte. Andrew schüttelte den Kopf. „Das würde einer Entweihung gleichkommen. Ich bürge stattdessen mit meinem Leben dafür, dass Tim nicht hier ist."

Auf dem Heimflug hielten sich Königin Tessa und Sir Bill wiederum außer Sichtweite jedweder Wesen und landeten nachts. Am Morgen schwärmten nach einem festen Plan die Herren Dan, Ian und Bill

143

sowie die Damen Ashley und Amara mit je einem Helfer aus den Reihen der Menschenritter aus. Amara bekam das Weihergut zugeteilt. Es war nicht ungefährlich, all die baufälligen Gemäuer zu durchkämmen, die Sir Ben nur Stück für Stück instandsetzen lassen konnte. Sie landete direkt vor der Tür und übergab ihm den Befehl des Königs. Er las ihn durch, nickte und überreichte Prinzessin Amara sämtliche Schlüssel.

„Sie suchen das ganze Land nach einer Spur von Prinz Tim vom Volk der Wasserdrachen ab", erklärte Ben auf Arianes fragenden Blick.

„Hier im Land?", murmelte Ariane verständnislos.

„So steht es im königlichen Befehl." Er reichte ihr das Schreiben.

Kaum waren die Drachen ausgeflogen, brachte ein Bote einen unkenntlich versiegelten Brief an den Königshof – den lang erwarteten Drohbrief mit der Lösegeldforderung.

„Warum taucht er gerade jetzt auf?" König Cedric überflog die wenigen Zeilen immer wieder mit den Augen.

„Weil der Absender von unseren Durchsuchungen Wind und kalte Füße bekommen hat?", antwortete Königin Tessa im Tonfall einer Frage.

„Gut möglich."

„Man lässt uns nur einen Tag Zeit?"

„So steht es geschrieben." Sir Cedric las die Passage noch einmal vor. „Vielleicht sitzt der Verräter in unseren eigenen Reihen?"

Vor allem zweifelt niemals Unschuld und Ergebenheit der eigenen Ritter mit oder ohne Flügel an! Niemals! Es war, als würde Tessa die Worte ihres Großvaters noch einmal hören.

„Eure Augen leuchten grün!", stellte Sir Cedric völlig überrascht fest.

„Das wundert mich nicht", gab Tessa düster zurück. „Nichts ist im Fall des kleinen Prinzen, wie es den Anschein hat. Seid vorsichtig und entscheidet weise!"

„Ihr wisst offenbar mehr, als Ihr sagt!"

„Genug, um Unschuldige hoffentlich schützen zu können", erklärte Tessa. „Es ist ein Komplott, das Reich von innen zu zerstören."

Sir Cedric zog die Augenbrauen zusammen.

Nach den Gebäuden widmete sich Prinzessin Amara dem völlig verwilderten Teil des alten Weihergutes. Einen Teich, so konnte sie aus der Luft erkennen, erreichte man gut zu Fuß oder Pferd, was auch reichlich getan wurde, wie die Spuren andeuteten. Der Zweite war von einem mächtigen Ring aus ineinander verschlungenen Brombeerranken und chaotisch miteinander verwachsenen Sträuchern umgeben. Sie zog mehrere Schleifen über dem Wasser, immer wieder einen Punkt anvisierend, der beinahe wie ein Tunnel durchs Gestrüpp wirkte. Die Stelle konnte nur von außerhalb der Grundstücksgrenzen erreicht werden, wie sie gleich nach der Landung feststellte.

„Was ist das?", fragte ihr Helfer sofort, ebenfalls auf die Stelle zeigend, die Amara interessierte.

„Vermutlich ein versteckter Zugang zum Wasser. Ob durch Mensch oder Tier angelegt, werden wir untersuchen." Sie ging gebückt voran, um in dem niedrigen Gang nicht an Dornen und Zweigen hängenzubleiben. „Hier waren vor kurzem Menschen. Ich rieche es deutlich."

„Schaut! Was ist das?!", rief der Helfer, ein rangniederer Ritter, ein dickes Seil aus dem Schlamm ziehend.

Amara horchte auf. Wie hatte er das Tau finden können, wenn ihre scharfen Drachenaugen nichts entdeckt hatten? Ihre Fußspur ging sogar quer über die Stelle.

„Schauen wir doch ganz einfach, wohin es uns führt", redete der Ritter unbekümmert weiter.

Amara ließ ihm den Vortritt. Alles in ihr war plötzlich in Alarmbereitschaft. Sie mochte ihn nicht in ihrem Rücken wissen.

„Interessant, es führt ins Wasser!"

„Offensichtlich", erwiderte Lady Amara, sich auf unschöne Dinge vorbereitend, denn sie spürte eine deutliche Drachenpräsenz, die nicht von geflügelten Clanmitgliedern stammte.

Der Ritter zog und zerrte, doch nichts rührte sich.

„Gebt her!" Amara setzte unverwandelt ihre Drachenkräfte ein und hievte einen Käfig aus armdicken Eisenstäben aus dem Wasser, in welchem etwas Langes, völlig Schlammiges lag, das sich plötzlich kaum merklich bewegte.

„Aber das ist doch der vermisste Prinz!", rief der Ritter triumphierend.

Amara biss die Zähne aufeinander. Sie konnte zwar spüren, dass der Mann recht hatte, aber nicht sehen, dass die Schlammrolle einen Wasserdrachen darstellte. Hier stimmte etwas ganz gewaltig nicht!

„Und schaut mal da! Eine Lanze, mit der sie ihm Futter in den Käfig gesteckt haben!", hörte sie wie durch eine Watteschicht die Stimme ihres Begleiters.

Woher er das wohl so gut wusste? *Schwesterchen, wenn Ihr mich hören könnt, dann kommt sofort zum Weihergut, denn hier stinkt etwas gewaltig,* rief sie telepathisch nach Lady Ashley, aber so, dass auch ihre Eltern mithören konnten, falls sie sich in der Burg befanden. *Ich werde in wenigen Minuten den kleinen Prinzen nach Lilienstein bringen.*

„Geht durch den Gang zurück, ich fliege den Käfig hinter den Dornenwall", gebot sie dem Ritter. Als er verschwand, verwandelte sie sich, schöpfte mit der Schwinge Wasser und spülte den kleinen Drachen einigermaßen sauber. Dann packte sie sofort den Käfig und trug ihn über die Hecken, um noch vor Ort den gefangenen Prinzen zu befreien, der mehr tot als lebendig war. Man hatte ihn gefesselt und den Fang so zugebunden, dass er nur winzige Fische essen konnte.

Lady Amara zog ihren Dolch, um das Schloss zu knacken. Als das nicht fruchtete, bog sie in Drachengestalt die Gitterstäbe auf und holte Tim sacht heraus. „Alles wird gut, mein kleiner Prinz. Ihr seid gleich in Sicherheit!"

„Und Ihr wartet genau hier auf Lady Ashley, die Euch abholen wird", befahl sie dem Ritter, nahm vorsichtig den jungen Wasserdrachen auf und flog eilig davon.

Auf Burg Lilienstein beeilte man sich, alles für die Ankunft des Prinzen vorzubereiten. Zehn Mann der Garde zogen auf, um den Drachen im Burggraben zu bewachen, wo er bis zur Heimreise untergebracht werden sollte. Lady Tessa ließ das Badehaus vorbereiten, damit sie ihn gründlich untersuchen und notfalls behandeln konnte. Sir Ian flog zum See, Futter holen, weil des Königs Fischer jederzeit liefern konnte.

Inzwischen landete Lady Amara, Sir Dan und Sir Bill trugen Tim ins Haus. Der König eilte herbei und Lady Amara erstattete ihnen Bericht, während sie sich um Lady Mos Sohn kümmerten.

Tim war zu schwach, mit seinen Rettern zu sprechen, und Lady Tessa übertrug ihm Lebensenergie, bevor sich sein Zustand vielleicht noch verschlimmerte.

„Ich konnte Lady Ashley nicht erreichen", erklärte Lady Amara. „Ich fliege zurück und hole den Ritter zur Befragung. Es gibt einige Punkte, die er uns sehr genau erklären sollte!"

„Das sehe ich auch so!", erwiderte der König. „Sir Bill wird gleich morgen früh, wenn wir wissen, wie es wirklich um Sir Tim steht, zu Lady Mos Wasserburg fliegen und berichten. Bis der Prinz kräftig genug ist, wird er bei uns bleiben."

„Nach den Hochzeiten ist er sicher wieder fit!", rief Lady Amara, das Badehaus verlassend.

„Praktisch gedacht." Lady Tessa lächelte, obwohl sie wegen des grausamen Zustands des kleinen Drachen lieber hätte weinen mögen.

Tim ließ alles klaglos über sich ergehen. Zwar schmerzte es höllisch, wenn Lady Tessa seine Beine bewegte, weil sie viel zu fest gefesselt gewesen waren, aber die zauber- und heilkundige Königin war die Einzige, die ihm helfen konnte, wieder gesund zu werden. Er genoss es, wie sie mit einer Wurzelbürste und warmem Wasser den Schmutz von seinem Panzer schrubbte. Hin und wieder öffnete er die Augen, um Lady Tessa einen dankbaren Blick zu schenken. Plötzlich duftete es unwiderstehlich nach frischem Fisch und Tims Magen begann, wie ein wütender Hund zu knurren.

„Ihr könnt ihn ruhig füttern", sagte Lady Tessa, eifrig den geschundenen Körper weiter säubernd.

Ian begann und wunderte sich nach dem fünften großen Fisch, was alles in so einen kleinen Drachenmagen hineinpasste.

Lecker! Dann schlief Tim ohne Vorwarnung fest ein.

„Bewacht ihn gut!", bat die Königin Sir Dan. „Ich werde jetzt woanders dringender gebraucht."

Der vermeintlich helfende Ritter Lady Amaras hatte nichts Eiligeres zu tun gehabt, als ins übernächste Dorf zu laufen, denn im Nachbardorf hätte er keine Chance gehabt, und die Leute aufzuwiegeln. „Wir haben den vermissten Jungdrachen bei Sir Ben gefunden! Er wollte vom König Lösegeld erpressen! Wir sollten das Gut des Verräters niederbrennen und vom Erdboden tilgen!"

Da ein Ritter zu ihnen sprach, glaubten sie die Worte und zogen mit Zunderschwämmen, Mistgabeln und Knüppeln bewaffnet los, den Verräter um Hof und Leben zu bringen.

Lady Amara war, weil sie Lady Ashley nicht erreicht hatte, ohne das Gut zu überqueren, an den Weiher geflogen, um den Ritter abzuholen. Sie wunderte sich kein bisschen, dass der das Weite gesucht hatte. In alle Richtungen witternd, vernahm sie aus der Ferne den Kampflärm, die Schreie und ihr fuhr intensiver Rauchgestank in die Nase. *Ashley, ich brauche Euch!*

Schon unterwegs! Sucht den Ritter, ich kümmere mich um den Kampf! Das Dach des Haupthauses brannte bereits lichterloh, als Lady Ashley das Weihergut erreichte. Sie spie Drachenfeuer in die Reihen der Menschen, in denen gleich mehrere rangniedere Ritter fochten. Sie trieb sie als Drache auseinander und nahm dann sofort Menschengestalt an. „Seid Ihr von allen guten Geistern verlassen?!"

Noch nie war bei ihr der Urzorn der Drachen ausgebrochen, das änderte sich schlagartig, als sie sah, wie verzweifelt Lady Ariane und das Gesinde versuchten, ein Überspringen der Flammen auf die Stallungen zu verhindern. Im Nu flog sie wieder als Drache auf. Sie stieß einen furchtbaren Schrei aus, der sich zu derart schrillen Tönen steigerte, dass einige ohnmächtig zu Boden stürzten. Dann stand sie im Rüttelflug über der Feuersbrunst und um sie herum bildete sich eine schwarze Wolke, die sintflutartigen Regen zur Erde schickte, der die Flammen erstickte.

Königin Tessa flog heran, landete und beobachtete, ohne einzugreifen, wie Ashley die Wolke wieder auflöste, um unverwandelt den Schaden zu untersuchen.

Die Ritter kamen nur zögernd heran, denn die Gesichter der königlichen Drachen verhießen nichts Gutes. Einer schleppte den gefesselten Sir Ben mit sich. Lady Tessa knirschte mit den Zähnen, während ihre Augen blaue Blitze aussandten, die ungefähr die Wut im Inneren widerspiegelten.

Prinzessin Ashley hatte noch immer nicht bemerkt, dass ihre Mutter gekommen war. Sie riss ihren Dolch hervor und zerschnitt mit dem ersten Versuch die kompletten dicken Taue, mit denen man Sir Ben gebunden hatte. „Habt Ihr allesamt den Verstand verloren?!", herrschte sie die Männer an.

„Man hat den kleinen Wasserdrachen auf seinem Grund und Boden gefunden!", versuchte einer einzuwenden.

„Und das gibt Euch das Recht, Selbstjustiz zu üben?!", fragte Lady Ashley scharf.

„Was er getan hat, ist Verrat am König", wandte ein anderer ein, „und an allen Drachen."

„Ihr Schwachköpfe!" Ashley riss Bens Hemd auf. „Seht Ihr das Amulett? Es enthält die magische Asche der toten Ur-Drachen. Glaubt Ihr Wahnsinnigen, sie hätte zugelassen, dass Sir Ben einen von uns verrät? Lady Ariane trägt das gleiche Zeichen, welches nur Menschen anrühren können, die ein völlig reines Herz haben. Jeden anderen würde es töten! Ich werde nicht zulassen, dass irgendeinem, der auf diesem Gut lebt, auch nur ein Haar gekrümmt wird. Und ich werde alles daran setzen, das Komplott gegen Sir Bens Familie und unser ganzes Königreich aufzudecken. Wer mir ins Handwerk zu pfuschen versucht, wird es bitter bereuen!"

„Bravo! Besser hätte ich es auch nicht sagen können!"

„Mutter?!" Ashley wirbelte herum.

„Ich habe leider zu spät bemerkt, was hier vor sich geht, um diesen Wahnsinn zu beenden, bevor Schaden entsteht." Sie legte Ashley eine Hand auf die Schulter. „Danke, meine wundervolle Tochter, dass Ihr im Namen der großen Drachen das Allerschlimmste verhindert habt." Sie wandte sich an die

Ritter und ihre Schergen. „Drei Befehle, die genau so niedergeschrieben werden. Erstens: Ab sofort sitzt Lady Ashley im Beraterstab. Zweitens: Sie ist ab sofort meine Stellvertreterin als Heerführerin und hat Befehlsgewalt über alle Ritter. Drittens: Ihr alle werdet Euch kümmern, dass in genau einer Woche alle Brandschäden auf diesem Hof beseitigt sind. Wie Ihr es macht, ist Euer Problem."

Ben schloss für einen Moment die Augen, atmete tief durch. „Danke, meine Königin, danke Lady Ashley."

Lady Ariane stand am Rand des Platzes, noch immer Felix und Terence schützend an sich drückend. Snoopy hockte am ganzen Körper zitternd hinter ihr.

Prinzessin Ashley ging zu ihr hinüber und schloss sie samt den Kindern in ihre Arme. „Alles wird wieder gut. So wahr ich hier stehe!"

Eine halbe Stunde später wimmelte es auf dem Hof von Drachen, für die Königin Tessa ihre Befehle und die Worte Sir Emeralds wiederholte. „Jetzt verstehe ich auch, warum er die Worte *eigene Ritter* besonders betonte. Denn von diesen da drüben, hat uns keiner die Treue geschworen", fügte sie verächtlich hinzu.

Lady Amara blickte voller Bewunderung zu ihrer Schwester auf, die Mutter immer ähnlicher wurde und nun sogar, wie diese, über das Wetter gebieten konnte. Sie wusste, dass sie nicht die ersten Zwillingsschwestern der gleichen Linie waren, die sich kaum ähnelten.

Sir Bill legte seinem Bruder beide Hände auf die Schultern. „Braucht Ihr Hilfe?"

„Ja, die brauche ich. Helft mir, das Geschmeiß zu finden und unschädlich zu machen, das hinter all dem steckt."

„Das werde ich tun. Ich schwöre es bei Sir Emeralds Geist!"

Alf kam in wildem Galopp auf den Hof geritten. „Sir Bill! Mein Herr! Lady Tara verlangt nach Euch, die Hebamme ist auch schon da!"

Ben blinzelte. „Rasch! Beeilt Euch! Heißt Eure Tochter willkommen!"

Im nächsten Augenblick hob der weiße Drache mit einem einzigen mächtigen Flügelschlag ab, alles durcheinanderwirbelnd, was in seiner Nähe war.

Zwei Hochzeiten und eine Leiche

„Sieht ganz so aus, als müsste ich selbst ins alte Drachenland fliegen, und zur Hochzeit bitten", blinzelte Lady Amara. „Sir Bill ist verhindert, Lady Ashley ist die bessere Spurensucherin und die bessere Kämpferin."

„Das habt Ihr Euch auch verdient, denn Ihr habt den kleinen Prinzen gefunden", sprach Lady Ashley.

„Nur die Begleitumstände gefallen mir nicht", murmelte Lady Amara. „Ich bin regelrecht vorgeführt worden."

„Ihr hattet keine Wahl", versuchte Lady Ashley ihre Schwester zu trösten. „Hättet Ihr Euch um den Ritter gekümmert, wäre es für Sir Tim zu spät gewesen. Es stand schon auf des Messers Schneide. Überlasst den Schuft mir und widmet Euch den schönen Dingen. Denn darin seid Ihr die Bessere." Sie drückte ihre Schwester liebevoll an sich.

Sir Bill kam eiligen Flügelschlages zur Burg, um die glückliche Geburt seines Töchterchens zu vermelden. „Sie hat verdächtig blaue Augen", fügte er mit einem breiten Lächeln hinzu.

„Ich werde es morgen ihrem zukünftigen Gatten erzählen", blinzelte Lady Amara.

„Ihr fliegt?!", staunte Sir Bill, sich aufrichtig freuend, bei seiner Familie bleiben zu können.

Das Königspaar schickte ihn auch sofort dahin zurück. „Er hat uns nicht mal den Namen der Kleinen verraten!", lachte Königin Tessa, als sich der junge Ritter gleich vom Balkon aus in den Abendhimmel schwang.

Jane, hörten sie ihn sagen. *Ich bitte vielmals um Verzeihung!*

Die sei Euch gewährt, erwiderte die Königin schmunzelnd.

Lady Ashley begab sich mit Einbruch der Nacht auf die Suche nach dem verschwundenen Ritter. Sie konnte deutlich die Gerüche der Spuren am See unterscheiden. Wie er es überhaupt geschafft hatte, in den Suchtrupp aufgenommen zu werden, war Sache ihrer Mutter. Denn diese behielt sich persönlich vor, die Hexe im Kerker davon zu unterrichten, dass man sie mitnichten freilassen werde, wobei sie gleich die fehlenden Informationen mit auftreiben wollte.

Erst die Leute aufwiegeln und dann einfach verschwinden, dachte Ashley missmutig. *Nicht, dass wir diesmal im alten Drachenland suchen müssen. Das riecht mir auffällig nach den Wolkenfelsern.*

Das würde mich kein bisschen wundern, bekam sie als Antwort auf ihre ungeschützten Gedanken.

Sir Ian?! Wo steckt Ihr?

Ich sitze seit einer Stunde im Gebüsch und beobachte den Weiher.

Ashley durchquerte rasch den Tunnel aus Zweigen, hinter dem nur die Energien andeuteten, wo sich ihr Verlobter aufhalten musste.

„Mir hat es auch keine Ruhe gelassen", wisperte er, sie zum Gruß an seine Brust ziehend. „In solchen mondlosen Nächten findet man manchmal Antworten am Ort des Geschehens."

„Genau das hat mich auch hergetrieben", gab sie leise zurück. „Ich bin mehrfach froh, dass ich auf dem bewussten Turnier Knappendienst übernommen habe. Sonst hätte ich wahrscheinlich nie von den Amuletten erfahren, welche die beiden von Lady Brenda bekommen haben. Dann wäre ich vielleicht sogar auch auf der Fährte gewesen, Sir Ben die Schuld in die Schuhe zu schieben. Nachdem ich diesen sumpfigen Pfuhl gesehen hatte, war mir klar, dass Sir Ben noch niemals hier gewesen war. Ich habe gestern in seinen Gedanken gelesen, wie in einem offenen Buch. Er hatte keine Ahnung, dass es einen Zugang zum Wasser gab. Auch hatten und haben sie auf dem Hof andere Sorgen, als sich um einen schlammigen Teich zu kümmern. Sie haben es ja noch nicht einmal geschafft, im anderen See nach Fischen zu suchen, geschweige denn hier nach einer Stelle um einen Käfig zu versenken."

„Da lang!" Sir Ian verwandelte sich und startete.

Lady Ashley beeilte sich, es ihm gleich zu tun. Der leichte Nachtwind hatte offenbar ein paar Duftmoleküle herangetragen, wie sie Sir Ian auch hier am See aufgenommen hatte. Lautlos glitten sie bis zum Meer. Sir Ian landete bei einem Haufen Treibholz.

„Ein Transportschlitten für den Käfig", stellte Lady Ashley wenig überrascht fest, als sie zwischen das Gewirr der Stämme lugte. „In der Senke am hinteren Teich ist der ganze Boden aufgeweicht. Man hätte nicht einmal tiefe Spuren lange gesehen, weil die sofort wieder zerlaufen. Wahrscheinlich sind sie sogar in der Nacht dort gewesen, um sicher zu sein, dass niemand etwas bemerken konnte."

„Von den Gebäuden aus kann man weder sehen noch hören, was am Weiher geschieht", fügte Sir Ian hinzu. „Selbst mit Drachenohren ist es fast nicht möglich, leise Geräusche zu vernehmen."

„Richtig. Lady Amara hatte die Vorgänge auf dem Hof auch erst bemerkt, als es heftig zur Sache ging." Ashley trat nahe an den Spülsaum des Wassers. „Ich werde morgen die Dorfbewohner befragen, die der Schuft zum Sturm auf das Weihergut aufgewiegelt hatte. Vielleicht kann mir jemand einen Hinweis geben."

„Seid vorsichtig", bat Sir Ian.

„Bin ich", versprach Lady Ashley, sich gemeinsam mit ihm verwandelnd und zur Burg Lilienstein zurückfliegend.

Lady Amara besuchte nach dem Frühstück Sir Tim. Er hatte mehrere Fische verspeist, lag aber noch immer in einem großen Zuber, weil es seine körperliche Verfassung nicht zuließ, in den Burggraben umzusiedeln. Er freute sich sehr über den Besuch durch seine Retterin, der er herzlich für all die Mühen dankte. Er bat, nicht nur Mutter Mo, sondern auch allen anderen Drachen Grüße zu übermitteln. Er sei sehr glücklich darüber, welch fester Zusammenhalt unter Land- und Wasserdrachendrachen bestehe. Lady Amara kraulte ihn liebevoll zwischen den Hörnern, dann machte sie sich reisebereit.

Der Weg führte direkt zur Burg Drachenstein, wo sie mit königlichen Ehren empfangen wurde. Nach dem umfangreichen Bericht über die Befreiung des kleinen Prinzen, verriet sie auch, dass Sir Bills Tochter geboren sei und Jane heiße. Natürlich sparte sie die blauen Augen nicht aus. König Vincent schaute seine Gattin bedeutungsvoll an. Ein Drachenvolk unter Lady Tessas Fittichen musste gut gedeihen. Jetzt erst sprach Lady Amara die Einladung zur Hochzeit aus.

Sir Andrew wurde von der Turmwache gemeldet.

„Ich war so frei, Euch einen Begleiter für Euren Weiterflug an die Seite zu stellen", blinzelte Lady Maya.

„Wie wundervoll!", freute sich Amara, das Lächeln ihres Verlobten genießend. „Nun ist es mir eine noch größere Freude, zu den Hochzeiten zu laden. Ich möchte aber sofort aufbrechen, um einer Mutter die Last der Sorgen zu nehmen. Auf dem Heimflug komme ich noch einmal zu Euch."

„Ich liebe es, wenn alle glücklich sind", schwärmte Lady Maya, ihr Söhnchen an sich drückend, als die verwandelten Drachen vor dem Start zärtlich ihre Wangen aneinander rieben.

Die Wasserburg Lady Mos glich einer Festung. Nur fliegende Drachen kamen ohne Kontrolle hinein. Lady Amara hatte sich und Sir Andrew angemeldet, sodass alle vier Wasserdrachen im Hof hockten, um die hochedlen Gäste persönlich zu empfangen. Lady Amara stutzte, die Jungdrachen sahen genau so unterschiedlich aus, wie die meisten fliegenden.

Lady Mo lächelte. *Sie stammen zwar alle aus Gelegen vom gleichen Tag, aber von unterschiedlichen Eltern. Die edlen Spender haben genau durchdacht, was vonnöten ist, um dauerhaft ein neues Volk aufzubauen.*

„Eine großartige Überraschung!", rief Lady Amara erfreut. „Da möchte ich doch auch gleich eine kundtun. Wir haben Sir Tim gefunden und befreit. Er befindet sich in Obhut meiner Familie und erholt sich von den Torturen, die man ihm angetan hat."

Sir Andrew war genau so erstaunt, wie Lady Mo und ihre drei Zöglinge. *Kommt herein und erzählt,* bat die Königin der Wasserdrachen und ließ ihre Befehle durch Sir Andrew ans Personal geben. Augenblicke später wurde aufgetafelt, weil solch eine gute Nachricht gefeiert werden musste. Lady Amara begann, zu berichten. Am Ende erklärte sie: „So haben wir uns gedacht, dass Euch Sir Tim nach Hause begleiten wird, wenn er wieder ganz gesund ist, was mit unseren Hochzeiten zusammenfallen wird, zu denen wir Euch herzlich einladen."

Oh, danke! Ja, ja, wir werden kommen! Ich freue mich für Euch und für meinen Tim, dessen Kopf ich schon fast als Wandschmuck in irgendeiner Menschenburg erwartet habe. Lady Mo schüttelte sich angewidert.

Ina hatte ihren Kopf auf Lady Amaras Schoß gelegt und sich die ganze Zeit kraulen lassen.

Sie ist die Vorsichtigste, bemerkte Lady Mo am Rande, was auch Sir Jim so gesehen hatte. *Statt alles wissen zu wollen, tritt sie eher den Rückzug an, um in Ruhe gelassen zu werden. Tim war von den drei Rabauken aber der Friedlichste. Sie vermisst ihn so sehr.*

„Was geschehen ist, weiß ich auch noch nicht", betonte Lady Amara erneut, „ich bin ja sofort losgeflogen, um Euch zu informieren, als sicher war, dass er überleben würde."

Sie brachen auf, um bei Lady Fran und Sir Jim in der Kuckucksburg zu übernachten. Dass wenig später die Smaragddrachen ankamen, die Lady Anne und Sir Benjamin mitbrachten, war eine glückliche Fügung, die ihnen Zeit am nächsten Tag sparte. Lady Mo hatte Sir Timothy sofort wissen lassen, dass Tim gerettet worden war und durch wen.

„Dass Eure Schwester zur Heerführerin zweiten Grades avanciert ist, wundert mich kein bisschen", lachte Sir Timothy. „Sie mochte Kettenhemd und Schwert schon immer mehr, als Seidenröcke und Perlenschmuck. Es erstaunt mich aber, dass sie sich zu einer Wetterhexe gemausert hat. Aber Drachenzorn ist nicht zu unterschätzen. Besonders nicht in der vorliegenden Ahnenlinie."

Lady Fran grinste vergnügt. Sie hätte sich nie träumen lassen, Urmutter eines der mächtigsten Familienclans zu werden. Dass Lady Ashley mit Sir Ian die Fährte der Verbrecher aufgenommen hatte, stimmte sie zuversichtlich. „Ich setze auch große Hoffnungen in Lady Ariane", gab sie bekannt. „Sie ist nicht die Frau, der man ungestraft die Butter vom Brot klauen kann, wenn es um ihre Familie geht."

Tags darauf besuchten die Liebenden zuerst Lady Brenda und Sir Oliver.

„Sie sind doch hoffentlich körperlich unversehrt?!", rief die Drachendame aufgebracht, als sie vom Komplott gegen Sir Bens Familie erfuhr.

„Ja, ihnen geht es, den Umständen entsprechend, gut", beruhigte Lady Amara sie.

„Richtet Lady Ashley meinen tiefen Dank aus, dass sie Schlimmeres verhindert hat. Nicht auszudenken, was alles hätte geschehen können!" Lady Brenda nahm ihr Lieblingsarmband ab. „Das ist für Euch, weil ihr den kleinen Meerdrachen gerettet habt." Als Amara seufzte, fügte sie hinzu: „Völlig egal wie, er verdankt Euch sein Leben. Ein anderer hätte vielleicht Streit mit dem unwürdigen Ritter angefangen und dabei wertvolle Zeit bei der Rettung vergeudet. Nicht jeder, der eine einzelne Schlacht zu seinen Gunsten entscheidet, gewinnt auch den ganzen Krieg."

„Danke Mylady!" Lady Amara fühlte sich durch die Worte der weisen Dame sehr getröstet.

Lady Rosa schaute vom höchsten Turm nach den Drachen Amara und Andrew aus, die sich zum frühen Nachmittag angekündigt hatten. „Sie kommen! Sie kommen!"

Sir Patrick musste herzlich lachen. Seit sie fest zusammengehörten, schienen von beiden schwere Lasten abgefallen zu sein. Besonders Rosa wirkte an manchen Tagen völlig unbekümmert, womit sie ihn einfach mitriss. Er hatte sich in seinem ganzen Leben nie wohler gefühlt. Der einstige selbstauferlegte Einsiedler flog mit seiner Gattin zum Pläuschchen hier hin und Kaffeekränzchen da hin und nahm seine Visionen inzwischen mehr als Segen, denn als Fluch, weil er überall ein gern gesehener Ratgeber war.

Zum Thema Wasserdrachen sagte er nun: „Die Entführung des Kleinen war erst der Anfang. Seid auf der Hut, wenn Eure Hochzeiten und andere großen Feste anstehen. Es ist einigen Menschengestaltigen ein Dorn im Auge, dass wir die Meerdrachen zu uns geholt haben. Ich hoffe ebenfalls auf Lady Arianes Fähigkeiten, die unmöglichsten Situationen zu klären."

„Sie werden es nicht umsonst betont haben", überlegte Sir Andrew laut, als sie sich am Tag darauf von und bei seinem Bruder, König Vincent, verabschiedeten, wo über die Worte Lady Brendas und Sir Patricks bezüglich der resoluten Lady Ariane gesprochen worden war. „Kommt gut nach Hause, meine Liebste. Ich freue mich darauf, Euch in zwei Wochen in meine Burg führen zu dürfen."

Lady Amara schmiegte sich noch einmal an Andrews Brust, dann trat sie den Heimweg an. Über der Quellenburg kreiste sie neugierig, denn da hatten die Vermessungsarbeiten für den Fasskeller begonnen. Knecht Jonas grüßte herauf, Amara antwortete mit einem leisen Ruf und schwebte weiter. Sie landete direkt vor der Tür des Badehauses, weil zwei Wachen davorstanden, Tim also noch immer hier sein musste.

„Guten Tag, Prinz Tim!", schmunzelte sie, denn er hatte sich auf dem Rand der Badewanne niedergelassen. Die Schwanzspitze hing im Wasser, mit der er Wellenringe oder monotone Tropfengeräusche erzeugte.

Guten Tag, Lady Amara! Ihr seid gerade angekommen?

„Genau so. Viele, viele Grüße von Eurer Familie und allen befreundeten Drachen mit ihren Angehörigen. Besonders liebe Grüße aber von Lady Ina."

Oh! Danke! Danke! Tim sprang vom Rand auf den Boden, stellte sich auf die Hinterbeine, um Amara in die Augen schauen zu können. *Ihr habt Ina gesehen?*

Lady Amara nickte, setzt sich auf den Rand des Zubers und erzählte von ihrem Besuch in der Wasserburg.

Mir fehlt Lady Ina auch sehr, gab Tim zu. *Ein Tag ohne sie ist ein schlechter Tag.* Er konnte Amara deutlich die Gedanken am Gesicht ablesen, die sie in ihrem Kopf abschirmte, denn er sagte: *Ja, ich würde gegen alle um sie kämpfen.*

„Das wird wohl nicht nötig sein, wenn sie sich jetzt schon entschieden hat", meinte Lady Amara.

Wir sind Meerdrachen, seufzte Tim, *da läuft einiges anders, als bei den wunderschönen fliegenden Drachen.* Er verbeugte sich vor Lady Amara zum Zeichen seiner Verehrung.

„Ich glaube, dass die Liebe siegt!" Sie erhob sich, kraulte ihn sanft zwischen den Hörnern und bat: „Werdet ganz schnell ganz gesund!"

Ich gebe mir Mühe!

Im Palas freute man sich sehr, dass die Prinzessin wohlbehalten zurückgekehrt war. Königin Tessa schmunzelte, weil Amara Tim auf dem Rand hockend vorgefunden hatte. „Ich habe ihm Heilkräutersud ins Wasser gemixt. Den scheint er nicht sonderlich zu mögen. Ich bin schon zufrieden, wenn er sich nachts darin zur Ruhe legt."

Amara richtete Wort für Wort aus, was Lady Brenda gesagt hatte und fragte: „Habt Ihr denn schon irgendeine Spur gefunden?"

Lady Ashley nickte. „Sir Ian hat einen Hinweis entdeckt, dem ich gestern gefolgt bin. Er stieß auf die Duftspur eines Schlittens, mit dem man den kleinen Drachen zum Weiher gebracht haben musste. Ich bin der Spur gestern weiter gefolgt. Bis in eine kleine Siedlung im anderen Drachenland. Was denkt Ihr wohl, wer sie verwaltet?"

„Die Wolkenfelser!"

„Volltreffer!"

„Bei den Menschen wäre das ein glatter Grund einen Krieg anzuzetteln", murmelte Lady Amara, an das Inferno auf dem Gut Sir Bens denkend.

„Leider haben wir nur unsere Nasen, aber keine handfesten Beweise", gab Sir Ian zu bedenken. „Wir können nur darauf warten, dass sie einen Fehler machen, den jeder sehen kann. Dann können wir offiziell König Vincent um Hilfe bitten. Der Tag wird ganz sicher kommen, wir müssen nur Geduld haben und stets auf der Hut sein."

„Wenigstens normalisiert sich das Leben auf dem Weihergut wieder", erzählte Lady Ashley. „Ich fliege drei Mal täglich Inspektionsrunden. Ihr müsst Euch selber ansehen, mit welcher Angst im Nacken die Reparaturarbeiten laufen!"

„Jeder Ritter, den wir beim Sturm auf den Hof erwischt haben, hat gleich am ersten Tag Baumaterial und Handwerker geschickt", berichtete Sir Ian. „Unter dem alten König hätte man sofort ihre Güter eingezogen und der Krone einverleibt."

„Einer war sogar hier und hat um Vergebung gebeten", verriet Lady Tessa. „Wir haben seinen späten Treueschwur huldvoll entgegengenommen."

Ein paar Tage später begann man bei herrlichstem Wetter, den Festplatz herzurichten. Es regnete nur nachts, am Tag strahlte die Sonne. Die Damen Tessa und Ashley beteuerten immer wieder sehr auffällig, an der aktuellen Großwetterlage völlig unschuldig zu sein. Die Bauern freuten sich, denn die Feldfrüchte gediehen prächtig. Der Burggraben war wohlgefüllt und das Wasser so klar, dass man den gemauerten Grund sehen konnte. Denn an das unter hoher Strafe stehende Verbot, irgendetwas hineinzuwerfen, hielten sich alle peinlichst. Man fischte sogar Blätter und Zweige ab, die der Wind hinein wehte.

Dann kamen die Drachen. Sie hatten die V-Formation eines Zugvogelschwarms eingenommen. Allen voran flog Sir Timothy mit Lady Brenda auf dem Rücken.

Sir Ian und Lady Ashley begrüßten die Gäste. Lady Amara half Sir Andrew beim Aufbau seines Zeltes,

denn alle waren, wie stets, ohne ihre Knappen ange-
reist.

Sir Tim wurde unruhig. Er hatte am Morgen endlich Quartier im Burggraben beziehen dürfen. Nun
spürte er, dass seine Familie schon nahe war.

Sie sind da! Lady Tessa hörte ihn zur gleichen Zeit,
wie sie auch Lady Mo vernahm, die ihre Ankunft
bekanntgab. Sofort startete Sir Bill, um das Gittertor
zu öffnen, welches den Zugang vom Meer in den
Graben verhinderte. Er begrüßte Königin Mo und
die Familie herzlich und schloss sofort das Tor, als
sie es passiert hatten. Dann begleitete er sie die vier
Meilen bis zum nächsten Gitter direkt im Burgwall,
das Sir Dan offenhielt. Tim begrüßte seine Lieben
mit einem regelrechten Freudentanz, um schließlich
mit Lady Ina geruhsam Runde um Runde zu ziehen.
Am nächsten Morgen sollten die Zeremonien beginnen und das Fest, das für drei Tage angesetzt war.

Die Ritter waren vor dem Sonnenaufgang zur
Königsburg gezogen und die Damen sollten später
zu Pferd folgen. In der Rossburg lief alles nach Plan.
Jenna kümmerte sich um Baby Jane, damit sich
Mama Tara ins Festgewand kleiden konnte. Alf sattelte zwei Pferde und wenig später zog die Burgherrin mit ihrer Tochter im Arm, begleitet von Alf,
davon.

Auf dem Weihergut lief der Tag nicht wirklich gut
an. Felix hatte sich schon die ganze Nacht schlecht
gefühlt, er bekam Zähne und war quengelig. Lady
Ariane war erst gegen Morgen eingeschlafen. Sie
hatte die Weckversuche durch Nora und Bud völlig
ausgeblendet. Selbst das aufgeregte Gebell von
Snoopy half ihnen nicht weiter. Sie erschrak heftig,

weil die Sonne schon recht hoch stand, als sie endlich munter wurde. Sir war mit einem Satz aus dem Bett und in ihrem Festkleid. Klein Felix ließ alles über sich ergehen, denn inzwischen war er müde geworden. Bud half Herrin und Junior beim Aufsteigen auf das schon lange bereitstehende Pferd. Pebbles trabte los. Ariane tastete nach ihrem Waffenbeutel, den sie noch schnell irgendwie angelegt hatte, um nicht ganz wehrlos zu sein.

Hörner erklangen auf halbem Weg.

„Oh je, oh je! Wir kommen hoffnungslos zu spät!", seufzte sie traurig, Pebbles in den Trab zwingend und gleichzeitig den halb schlafenden Felix festhaltend.

Sie beschloss, den inoffiziellen Weg zum Burghof zu nehmen, welcher allein wegen der Wasserdrachen im Burggraben geöffnet war, und der direkt am Wasser entlang führte, was nur die Ritter und deren Familien wussten. Pebbles war ihn schon unzählige Male gegangen und bürgte für Sicherheit.

Ariane ritt um die kleine Mauer und riss Pebbles zurück, bevor er das versteckte Tor passieren konnte. Auf dem Weg kniete ein Mann, einen ledernen Trinksack in der Hand, dessen Inhalt er in den Burggraben schüttete, wobei er sehr darauf achtete, die Flüssigkeit nicht zu berühren. Dann warf er den leeren Sack hinterher.

Ariane sah rot! „Wasserdrachen! Sofort raus aus dem Graben! Sofort!", schrie sie und trieb Pebbles an. Den entsetzten Mann einfach umreitend, rief sie ihren Befehl an die Drachen noch einmal. Aber die hatten bei der ersten Warnung schon gemacht, dass sie aufs Trockene kamen.

Panik brach auf dem Burghof aus, die sich wie ein Lauffeuer zum Festplatz fortsetzte. Lady Ariane ritt bis auf den Hof, warf einem Wachsoldaten die Zügel zu, drückte einem anderen Felix in den Arm und rannte auf den schmalen Weg zurück, wo sich der merkwürdige Fremde gerade aufrappelte und aus dem Staub machen wollte.

Ein Griff in ihren Waffenbeutel genügte, um das richtige Werkzeug zu erwischen – zwei Wurfkugeln, die sie durch eine dünne Kette hatte verbinden lassen. Sie ließ die Kugeln kreisen und schleuderte sie, auf die Waden des Mannes zielend.

Treffer! Die Kette wickelte sich um seine Beine und brachte ihn zu Fall. Es stieß einen grauenhaften Schrei aus, als er merkte, dass er einem Abgleiten in den tiefen und breiten Graben nicht entgehen konnte. Mehrere Wächter eilten herbei.

„Nicht das Wasser anfassen!", mahnte Lady Ariane eindringlich.

Ihre bösen Ahnungen bestätigten sich in den nächsten Minuten. Als man den regungslosen Mann mit Piken aus dem Graben zog, hatte sich seine Haut schon zu großen Teilen aufgelöst.

Lady Mo rieb ihre Wange an Lady Arianes Schulter. *Danke, danke! Ihr habt uns das Leben bewahrt.*

„Ein imposanter Auftritt!", stellte Königin Tessa lächelnd fest. „Wir dachten schon, Ihr kommt nicht zur Hochzeit."

„Tut mir leid", murmelte Lady Ariane verlegen. „Ich habe es tatsächlich verschlafen."

„Na, aber ganz im Gegenteil! Es muss Euch nicht leidtun", rief Lady Tessa, den Soldaten mit Felix heranwinkend und den Kleinen seiner Mama übergebend. „Das Schicksal weiß manchmal ganz genau, was es tut. Kommt! Wir feiern nun auch Euch und die Rettung der Wasserdrachen."

„Pebbles steht schon abgesattelt und trockengerieben im Stall", erklärte Sir Dan auf Arianes suchenden Blick. „Ihr habt übrigens dem Schuft das Handwerk gelegt, den das halbe Königreich seit dem Anschlag auf Euern Hof sucht."

„Wirklich?!", riefen die Königin und Lady Ariane in freudigem Schreck. „Das ist doppelter Grund, zu feiern."

Sir Ben hatte sich in den letzten beiden Stunden Sorgen gemacht, jemand könne das Fest zum Anlass genommen haben, seine Familie erneut zu überfallen, weil Ariane nicht kam. Nun nahm er seine Lieben mit einem stolzen Lächeln in Empfang.

Ich habe doch gesagt, ich setze meine Hoffnungen auf Lady Ariane, hörten alle die triumphierende Drachenstimme von Lady Fran.

Vielen lieben Dank, Mylady! Lady Ariane strahlte über das ganze Gesicht, schließlich kam das Lob von einer der streitbarsten Drachenkriegerinnen und Mutter ihrer Königin.

Lady Brenda bat Ariane zu sich. „Wir haben Euch den Beinamen ‚die Rächerin' gegeben. Es kommt selten vor, dass wir Drachen einem Menschen auf diese Weise Hochachtung zollen."

Ariane wurde puterrot. „Und nur, weil ich wirklich und wahrhaftig verschlafen habe. Felix hat die ganze Nacht geweint und als er endlich schlummerte, bin auch ich ganz fest eingeschlafen. Dann habe ich gehofft, durch die Abkürzung Zeit zu gewinnen, um wenigstens noch etwas von den Zeremonien zu sehen und plötzlich war da dieser Mann ..."

Brenda schmunzelte. „Man muss das Schicksal nicht immer verstehen." Sie berichtete, wie grandios die Brautzüge gewesen waren, und dass sich beide Paare gleichzeitig das Wort gegeben hatten. „Dann war die Zeremonie jäh durch Euren exzellenten Einsatz unterbrochen worden und soll jetzt gleich fortgesetzt werden."

Der Zeremonienmeister rief soeben die Hochzeiter auf, sich wieder zu formieren, worauf alle die Plätze einnahmen, wo sie vor der Unterbrechung gestanden hatten. Ariane schüttelte amüsiert lächelnd den Kopf, denn Lady Ashley war nicht in ein Brautkleid gewandet – sie trug einen juwelenbesetzten goldenen Harnisch, der dem Sir Ians in einigen Details verblüffend ähnelte. Beide Rüstungen zeigten einen Drachen auf Brust und Rücken, wobei der jeweils vordere reich mit Smaragden und Aquamarinen geschmückt war. Auch die seidenen Untergewänder schimmerten smaragdgrün.

Lady Amara trug ein drachenblaues Gewand, das ganzflächig mit einem goldenen Drachen bestickt und ebenfalls edelsteinbesetzt war. Sir Andrews goldene Prunkrüstung zeigte das Wappen der Burg Sternfels, wobei der Stern aus einem riesigen Bergkristall geschliffen war. Auch die Umrisse des Drachen schienen mit funkelnden Bergkristallen besetzt zu sein. Beim näheren Betrachten gewahrte man unzählige hockende und fliegende Drachen, welche die gesamte Rüstung bedeckten.

Die beiden jungen Paare sollten nun den Schreittanz eröffnen. Statt in einigem Abstand stehen zu bleiben, schritten die Herren weiter bis zur anderen Seite des Festplatzes, wo sie sich, gleichzeitig mit den Damen, in Drachen verwandelten. Ein kurzes Nicken, dann schwangen sie sich kraftvoll in den Himmel.

Sie tun es wirklich! Hörten alle die aufgeregte Stimme von König Tessa. *Ich habe gewusst, dass es so kommen wird!*

Beide Paare waren inzwischen so hoch aufgestiegen, dass sie wie Punkte am Himmel wirkten. Sie begannen, einander im Drachentanz zu umkreisen. Enger, immer enger, bis sich die Paare mit den Vorderklauen verhakten, die Schwingen anlegten und trudelnd dem Boden entgegenrasten. Die Menschen schrien auf, die Drachen beobachteten gebannt das seltene Schauspiel. Kurz vor dem Aufschlag breiteten die Paare ihre Schwingen aus und gaben machtvollen Gegendruck, der sie wieder hinauf katapultierte. Gleichzeitig loderte das alles verzehrende Drachenfeuer aus vier Mäulern in alle vier Himmelsrichtungen. Die Drachen flogen kurze Schleifen und landeten unter dem Jubel der Massen mitten auf dem Platz. Vertrauens- aber auch Machtdemonstration. Nun eröffneten die glückstrahlenden Paare den Tanz und das Fest für alle.

Lady Mo steckte mit den Königen Cedric und Vincent die Köpfe zusammen. Sir Tim stand daneben und faltete plötzlich bittend die Vorderklauen. Königin Tessa lächelte, blinzelte und kraulte ihn zwischen den Hörnern.

„Lady Ariane, kommt doch bitte einmal her!", rief Sir Cedric schließlich. „Für die großen Verdienste um drei Königreiche schenke ich Euch das Stück Land bis zum Meer."

Ariane fasste sich ans Herz und dankte mit halb erstickter Stimme.

Sir Vincent erhob sich. „In Lady Mos Namen lasse ich Eure Teiche und die Abläufe instand setzen." *Bis zum Meer, denn Sir Tim möchte Euch gern besuchen kommen und gute Freundschaft mit Eurer Familie halten,* fügte er für die anderen Menschen nicht hörbar hinzu.

„Danke, danke!"

Ein großes Monster im Teich kann manchmal wunder wirken, blinzelte Lady Mo, mit der Kralle auf sich selbst deutend.

Wir klauen auch keine Fische!

Über diese Worte Tims brachen alle in schallendes Lachen aus, die der Drachensprache mächtig waren.

Er bekam, wie seine Geschwister einen wassergefüllten Zuber an der Tribüne, von wo aus er den kleinen Felix beaufsichtigen durfte, wenn Mama Ariane mit den anderen sprach. Für Lady Mo standen die stärksten Drachen bereit, sie hin und wieder zum Fluss zu tragen, damit sie sich befeuchten konnte. Sie brachte beim ersten Mal für Ariane zwei Perlmuscheln mit, die tatsächlich recht ansehnliche Exemplare enthielten. Sie und auch das Königspaar wussten, dass das Geheimnis der Perlen bei Ariane sicher war.

Felix saß auf einer Decke neben Sir Tims Wasserbecken und lachte jedes Mal hellauf, wenn ihm der Jungdrache die nasse Nase ins Gesicht stupste. Lady Ina hielt es schließlich nicht mehr in ihrem Fässchen und sie ringelte sich neben Felix in der warmen Sonne zusammen. Sir Ben kommandierte Terence ab, das Jungvolk zu bewachen, was für alle als fröhliches Spiel gedacht war, in das es auch schnell mündete.

Amara gesellte sich zu Ariane. „Ihr habt mein Trauma endgültig beendet", erklärte sie. „Ich habe mir gerade die traurigen Überreste des Verbrechers angesehen. Kein Zweifel, es ist genau jener ehrlose Ritter, der wusste, wo der Käfig versenkt war. Deshalb kannte er auch den geheimen Weg um den Burggraben, von dem nicht viele eine Ahnung haben. Ich lasse Euch morgen zehn Gössel bringen, die einmal stattliche weiße Gänse werden." Im Gehen wandte sie sich noch einmal um: „Das Pergament in seinem Besitz hat zwar die Säure zerfressen, aber das Siegel war zu entziffern! Wir werden die Rädelsführer früher oder später fassen."

„Mir wäre früher lieber", gab Ariane blinzelnd bekannt.

„Mir auch, damit ich weiß, dass unsere Kinder in Sicherheit aufwachsen können", hörte sie Königin Maya sagen, die mit Söhnchen John auf dem Arm herankam.

„Ich bin froh, zu Hause unseren Hund Snoopy als Wächter zu haben", verriet Lady Ariane. „Er hat die Gefahr gemeldet, bevor ich überhaupt eine Ahnung hatte, dass die brandschatzende Horde zu uns wollte. Ich werde mir auf dem weitläufigen Areal wohl noch zwei weitere Hunde zulegen."

„Wie steht es mit der Option, das Gut zur Wehrburg auszubauen?", fragte Königin Maya.

Ariane hob die Schultern. „Darüber haben wir nie spekuliert. Es kostet ja auch alles Geld, das wir im Augenblick noch nicht haben."

„Sollte ich die Hintermänner fassen, werde ich sie es ausschwitzen lassen", knirschte König Vincent. „Denn ich habe bis gerade eben überlegt, welches wirklich sinnvolle Geschenk ich Euch machen könnte."

„Apropos Geschenk! Schaut mal, wer da kommt!", rief Sir Cedric.

Es war Brauer Clemens mit einem Pferdewagen. Zwei große Fässer Bier standen, gut verzurrt, auf der Ladefläche. „Mehr ist es leider noch nicht, aber dem Tag angemessen. Wohl bekomme es!"

„Fantastisch, dass Ihr es doch schon freigeben könnt!", freute sich Sir Dan, seinem Meister dankbar die Hand drückend.

„Hmm, ein wirklich edler Tropfen!", lobten die Herren Clemens' Kreation.

Terence durfte vom Kinderdienst auf ‚Bewachung' seines Vaters wechseln, was beiden vergnügliche Stunden auf dem Fest einbrachte.

Vergnüglich war für die Erwachsenen, wenn die Babys Jane und John einander nah kamen. Dann schillerten die Augen der beiden, stets abwechselnd, von drachen- bis dunkelblau und die Mütter konnten sich nicht des Gedankens erwehren, dass die Kleinen rege miteinander kommunizierten.

Felix fühlte sich bei seinen Drachenfreunden wohl. Er versuchte sogar, auf Tims Rücken zu klettern, was Ina mit einem beherzten Biss ins Hosenbein verhinderte. Lady Ariane lachte sich ins Fäustchen. Die kleine Drachendame wusste sich zu helfen. Sie erklärte, auch auf Besuch kommen zu wollen, wenn der Teich sauber sei.

„Ihr seid immer gern gesehen!", freute sich Lady Ariane.

Ich vermute, es wird hier vor der Küste in absehbarer Zeit Wasserdrachen geben, die sich dauerhaft niederlassen, hörten alle Lady Mo sagen.

Sie sind uns herzlichst willkommen! Lady Tessa war klar, um wen es sich dabei handeln werde. *Es ehrt uns sehr, wenn sie sich trotz des ausgestandenen Ärgers hier sicher fühlen.*

Lady Brenda bat Sir Oliver, sie am kommenden Tag zum Weihergut zu begleiten, wo sie sich selbst von den Reparaturarbeiten überzeugen wollte.

Ah, da ist ja Lady Ariane mit Sir Felix und Snoopy. Sie lassen den Kleinen wirklich keine Sekunde aus den Augen.

Guten Morgen! Ariane winkte hinauf.

Brenda flog bis zum verwilderten Teich weiter, wo sie landete. „Ein furchtbarer Ort, so wie er jetzt ist. Ich wette, das Gestrüpp ist schuld an allem. Es entzieht dem Boden und dem kleinen Weiher zu viel Feuchtigkeit." Sie riss einen riesigen Busch mitsamt Wurzeln aus dem morastigen Grund und pulverisierte ihn mit ihrer Drachenflamme. *Wenn es die Menschen tun, dauert es gefühlte 100 Jahre!* Sie griff nach der nächsten Pflanze.

„Hört auf! Lasst mich das machen!", rief Sir Oliver, sich wieder verwandelnd und ihre begonnene Säuberungsaktion fortsetzend.

Ariane wunderte sich, wohin die Drachen verschwunden waren und dass immer wieder kurz Rauch aufstieg. Sie ließ sich Pebbles bringen und ritt dahin, wo sie den Ursprung der Dunst- und Rauchschwaden vermutete.

„Es geht recht schnell, wenn man weiß, wie man es anstellen muss", lachte Lady Brenda bei ihrem Eintreffen. „Ich hoffe, Ihr seid nicht böse, wenn wir hier schon ein klein wenig umgestalten."

„Niemals!" Ariane staunte über die Geschwindigkeit, mit der Sir Oliver agierte.

Ist fast wie Kampftraining, ließ er verlauten und machte seelenruhig weiter.

„Darf ich auch trainieren?", sagte jemand hinter ihnen.

Die Damen fuhren erschreckt herum, während Sir Oliver amüsiert vor sich hin kicherte. *Aber sicher doch, Sir Bill. Ich habe ja erst die Hälfte geschafft.*

Der weiße Drache war unbemerkt auf der Wiese zwischen den Teichen gelandet und hatte sich zu Fuß angeschlichen. Eine kurze Absprache, dann zerrte Sir Bill das Gestrüpp aus dem Boden und Sir Oliver verbrannte es.

Als der König nachfragte, wo er denn bliebe, erwiderte Sir Bill: *Ich habe mit Sir Oliver trainiert. Wir kommen gleich gemeinsam mit Lady Brenda.*

Die Drachenlady lachte herzlich, verwandelte sich und huschte mit den Rittern davon. Zurück blieb Lady Ariane mit Felix, die kaum glauben konnte, was soeben geschehen war. Sie begab sich zum Haus und sagte Bud Bescheid, gleich zur Königsburg reiten zu wollen. Snoopy schaute sehnsüchtig hinterher. Aber seine Herrin hatte befohlen, dass er bleiben solle, also gehorchte er und strolchte bei Nora und dem Geflügel herum. Das war auch immer ganz amüsant. Zumindest wenn man schnell war und sich nicht von den aufgebrachten Gänsen schnappen ließ.

Gegen Mittag kam ein Reiter mit zwei Körben am Sattel, aus denen es piepste und fauchte. Snoopy hatte sich schon am Vortag gewundert, weil ein kleines Gatter gebaut worden war. Nun schaute er aufmerksam zu, wie zehn flauschige Gänseküken aus den Körben in ebenjenes abgegrenzte Stückchen Wiese gesetzt wurden.

„Gut aufpassen!", bat Nora, worauf sich Snoopy in die Sonne legte und kein Auge von der schnatternden Bande ließ. Da gab es zum Beispiel den Habicht, der neulich erst ein Huhn geholt hatte.

Die Ruhe vor dem Sturm

Diesmal ritt Ariane über die Zugbrücke, von wo aus sie einen Blick auf den Bach werfen konnte, der den Burggraben speiste. „Gütiger Himmel!", rief sie beim Anblick des verwelkten Grases auf beiden Seiten.

„Er hatte mehr, als nur einen Behälter Gift dabei", hörte sie Sir Ian sagen. „Wir haben die Reste von fünf Trinksäckchen gefunden, die der ätzenden Flüssigkeit nicht standgehalten haben. Hättet Ihr ihn nicht bemerkt, wäre es das sichere Ende der Wasserdrachen gewesen." Er half ihr vom Pferd, das er gleich einem Stallknecht übergab.

„Wie kann jemand nur so heimtückisch sein?!"

Sir Ian hob die Hände. „Das wird Sir Felix eines Tages ebenfalls fragen, wenn er seine Geschichte erfährt und begreift, was man ihm zugedacht hatte. Gut, dass es auch Menschen wie Euch gibt."

Lady Ariane seufzte. „Dabei komme ich mir eher vor wie der Feierschreck des Königreiches. Wo ich bei Festen auftauche, gibt es erst mal Ärger."

Sir Ian begann zu lachen. „Eine wirklich interessante Betrachtungsweise. Ich sehe es eher so, dass Ihr zur rechten Zeit am rechten Fleck seid, um handfesten Ärger im Keim zu ersticken. Das ist auch nicht jedem gegeben. Ein bisschen erinnert Ihr mich an Sir Patrick und sein zwiespältiges Verhältnis zu seinen überaus wertvollen Zukunftsvisionen."

„Nicht übel, der Vergleich!", hakte Sir Patrick ein, der das Gespräch mit angehört hatte. „Das Schicksal hat Euch sicher nicht zum letzten Mal vor weitreichende Entscheidungen gestellt. Denkt an den Beinamen, den wir Euch gegeben haben."

„Ich denke eher, Ihr wisst schon wieder etwas, das allen anderen noch verborgen ist", erwiderte Lady Ariane seufzend. „Ich werde also auf der Hut sein."

„Daran tut Ihr gut", bekräftigte Sir Patrick und fragte fast im gleichen Atemzug: „Was würdet Ihr Euch wünschen, wenn das Ende aller Tage bevorstände, und Ihr nur einen einzigen Wunsch frei hättet, der nur Euch allein betreffen darf?"

„Dann wünschte ich, ich könnte die Drachengrotten auf Burg Blackstone und Emerald Castle sehen", kam es, ohne dass Ariane nachdenken musste.

Die Drachenritter wechselten einen langen Blick. Diese Antwort hatte keiner erwartet.

„Kommt mich im nächsten Jahr doch einfach mit Familie besuchen, wenn auch Euer zweites Kind laufen kann, und vergesst nicht, Euren Knappen mitzubringen", sprach Sir Patrick lächelnd. „Es wird uns eine große Freude sein, Euch begrüßen zu dürfen."

„Ohhhh! Vielen Dank, Sir Patrick!" Arianes Herz klopfte vor Freude, als müsse es zerspringen.

Sobald sie sich den Damen anschloss, schaute Sir Ian Sir Patrick prüfend an. „Ich bin sicher, sie hat recht. Ihr wisst etwas, das von großer Bedeutung ist, und sie scheint der Schlüssel zu sein."

„Möglich", antwortete Sir Patrick ausweichend. „Es gibt einige Dinge, an die sie, als Mensch und besonders als Frau, ganz anders herangeht, als wir Drachen, mögen wir auch noch so mächtig sein. Ihre besondere Gabe mit eingerechnet."

Lady Ariane liebte es, mit Felix und Snoopy ans Meer zu reiten, wobei sich ihnen immer wieder Lady

Tara mit ihrem Töchterchen anschloss. Der junge Hund, den sie sich inzwischen angeschafft hatte, saß dabei in einem Korb am Sattel, weil er noch zu jung war, um lange Strecken laufen zu können. Snoopy übernahm eine Art Vaterrolle für den Winzling, der viel und schnell von seinem großen Vorbild lernte.

Felix hatte ein gutes Auge für allerlei Wunder, die das Meer anspülte und so sammelte er leidenschaftlich Bernstein. Zuerst auf allen vieren, weil er im weichen Sand oft hinfiel, recht bald aber fest auf zwei Beinen gehend und stehend. Mama Ariane steckte die Schätze in ein Säckchen, damit kein Körnchen verloren ging. Sich selbst nach den glänzenden Brocken bücken, fiel ihr inzwischen schon schwer, denn sie stand kurz vor der Niederkunft. Felix freute sich sehr auf das Baby. Ihm war es egal, ob Bruder oder Schwester. Hauptsache jemand, mit dem man spielen konnte, wie mit der kleinen Lady Jane, die auch schon krabbelnd die Welt entdeckte. Papa Ben sah es genau so. Wichtig war nur, dass das neue Familienmitglied gesund und wohlbehütet aufwachsen konnte.

Der Winter löste den Herbst ab und eines Morgens lag der Schnee meterhoch vor dem Haus, sodass Bud und zwei Knechte aus dem Fenster steigen mussten, um die Türen frei zu schaufeln. Lady Ariane fühlte sich nicht wohl. Sie hatte schon die ganze Nacht lang so ein merkwürdiges Ziehen im Rücken, das sich schließlich bis zum Bauch ausdehnte. Langsam dämmerte ihr, dass der Nachwuchs drauf und dran war, das Licht der Welt zu erblicken, und noch dazu ziemlich eilig. Ehe sie telepathisch Sir Bill um einen Flug für die Hebamme bitten konnte, hielt sie schon ihr Töchterchen im Arm. Sir Ben rief Nora herbei, die ihrer Herrin hilfreich zur Seite stand und sich im völligen Chaos kümmerte, dass Mutter und Kind nicht zu Schaden kamen.

„Du hast eine kleine Schwester, die Fabienne heißt, und auf die du immer sehr gut aufpassen musst", flüsterte Papa Ben, Sohn Felix fest an sich drückend. „Terence wird dir dabei helfen."

Der Knappe nickte. Auf diese Aufgabe hatte er sich bei Sir Felix und Lady Jane gut vorbereitet. Er wusste, was mindestens auf ihn zukam und was sein Herr erwartete. Snoopy legte den Kopf schief und lauschte. Das Babygeschrei irritierte ihn. Erst als ihm Sir Ben seine neugeborene Tochter zeigte, begriff er, dass in ihr das Herz schlug, welches er schon lange bei seiner Herrin gefühlt hatte. Sein Wedelschwanz verriet, dass er sich über den Familienzuwachs freute und dass er ihn immer beschützen werde.

Terence streichelte Snoopy und nahm Sir Felix' Hand. „Wir passen gemeinsam auf!"

Ein riesiger schwarzer Kopf mit blauen Hörnern tauchte vor dem Fenster auf. *Ich komme gleich rein! Muss erst mal den Knechten helfen, ehe sie unter der Schnee- last zusammenbrechen.* Lady Ashley drückte den Schnee auf dem Hof platt und stapelte die Schollen neben dem Hauptgebäude. Sie bahnte auch gleich noch einen Weg zu den Ställen. Eine dreiviertel Stunde später saß sie an Lady Arianes Bett und durfte das Baby im Arm wiegen. „Ich habe gefühlt, dass etwas in der Luft lag", verriet sie, lächelnd das winzige, rosige Gesicht betrachtend.

Bud brachte heißen Kräutertrank, den die Frauen erfreut entgegennahmen. „Ohne Prinzessin Ashleys

Hilfe würden wir wohl in vier Tagen noch Schnee schaufeln", seufzte er überaus dankbar.

Da rauschten draußen erneut Drachenschwingen. Sir Bill hatte im Landeanflug große Augen bekommen, weil der Hof schon beräumt war. Beim Anblick von Lady Ashley mit dem Baby schüttelte er amüsiert den Kopf. „Ich hätte es wissen müssen. Ihre spirituelle Bindung zu Eurer Gattin ist einfach phänomenal. Mich hat nur der viele Schnee beunruhigt, sie hingegen muss gefühlt haben, dass Eure Tochter geboren worden ist."

„Genau so war es", bestätigte Lady Ashley. „Warum auch immer. Jetzt, wo ich weiß, dass alles in Ordnung ist, werde ich wieder starten und die frohe Nachricht weitertragen." Sie verabschiedete sich fröhlich blinzelnd und huschte davon. Sir Bill eilte auch nach Hause, um den frisch gebackenen Großeltern von ihrer süßen Enkelin zu erzählen. Eine Woche später feierten sie im Rittersaal des Gutes die Geburt der Kleinen. Alle fanden Platz, auch wenn es eng wurde, und jeder wurde satt. Snoopy schwebte auf Wolke Sieben, es gab reichlich Knochen zu benagen und Nora legte im Schnee ein Depot an, von dem der treue Hund noch lange zehren konnte.

Fabienne wuchs rasch und war genau so ein Schnellstarter wie Felix, sie nutzte ebenfalls jede kleine Gelegenheit, sich an etwas in die Senkrechte zu ziehen und auf noch wackligen Beinen zu stehen.

„Wird nicht mehr lange dauern", schmunzelte Papa Ben, „dann spielt sie mit Felix fangen."

Ariane tippte ihn kichernd an. „Schaut mal da! Snoopy hat sie schon!"

Fabienne hatte den Hund als Aufstehhilfe ausersehen und gleich noch die Chance genutzt, eine Hand fest in dessen Fell verkrallt, neben dem großen gutmütigen Tier herzulaufen. Felix klatschte begeistert in die Hände. Nun war seine kleine Schwester auch schon groß. Denn wer laufen konnte, war in seinen Augen genau das. Es machte ihm wenig aus, dass ihn die ungeübte Fabienne beim Umfallen einfach mit umriss. Er stand auf, zog die Nase hoch und saß gleich wieder auf dem Boden, weil sich Fabienne mit ganzem Gewicht an ihn hängte. Doch statt zu weinen, begann er zu lachen, als sei ihm das Groteske der Situation klar.

„Ich denke, wir sollten schon jetzt nach Blackstone aufbrechen", schlug Ben vor. „Wenn wir noch länger warten, überrascht uns der Winter auf der Heimreise."

„Ihr habt recht. Sir Patrick hat ja nicht gesagt, dass Fabienne ganz sicher auf den Beinen sein muss. Wir werden morgen packen und übermorgen losreiten." Ehe Ben Fragen stellen konnte, erklärte sie: „Mit einem Wagen sind wir zu langsam und zu unbeweglich."

„Gut. Dann nehmen wir zwei Packpferde mit und jeder eines der Kinder aufs eigene Ross. Terence ist für die Beipferde zuständig."

Bud wurde beim Abendbrot entsprechend instruiert. Man saß noch beisammen, als es vor dem Haus rauschte und einen Moment später trat Sir Bill ein. „Ihr habt gerufen – da bin ich"!

Sir Ben erklärte die Situation.

„Natürlich fliege ich zwei Mal am Tag Inspektion!", versprach Sir Bill. „Wenn Bud Hilfe braucht, muss er es mir nur sagen, dann bin ich sofort zur Stelle. Lady Ariane hat recht, es ist wirklich besser, zu reiten. Ihr könnt ausweichen und Pfade betreten, die mit einem Wagen völlig unmöglich wären."

„Wir werden auch ganz offen unser Wappen und deutlich sichtbar Waffen tragen, um Wegelagerer möglichst abzuschrecken, so sie nicht in ganzen Horden angreifen", fügte Sir Ben hinzu.

Genau so geschah es. Sir Ben schärfte Terence ein, dass er immer aufmerksam sein müsse, auch wenn die Landschaft noch so friedlich wirke. Ben nahm Felix vor sich aufs Pferd, Ariane Fabienne, dann zogen sie davon. Bis zur Grenze zu König Vincents Reich mussten sie mindestens ein Mal im Zelt schlafen. Ben und Ariane wollten sich mit der Nachtwache abwechseln. Als sie noch dabei waren, ihr Lager hinter den ersten Bäumen aufzubauen, um nicht sofort gesehen zu werden, rauschte es über den Wipfeln.

„Drache!", strahlte Felix, den Kopf seiner Schwester dahin drehend, wo soeben Sir Bill landete.

Ihr werdet alle schlafen. Ich bleibe bis zum Morgengrauen hier, hörten sie ihn sagen und legten sich dankbar nieder. Sir Bill behielt die ganze Nacht die Drachengestalt bei und verschwand genau so plötzlich, wie er gekommen war, als die Reisenden am Morgen munter wurden.

„Wenn wir gut vorankommen, können wir heute auf dem Gut eines königstreuen Ritters übernachten", verriet Sir Ben, nach dem Frühstück seiner Gattin auf Pebbles helfend. Terence gab Bescheid, die Packpferde fest an seinem Sattel vertäut zu haben. „Weiter!" Sir Bens Ross trabte gemächlich los. Es kannte den Weg genau so gut wie sein Reiter. Wie schon am Vortag hielten sie alle zwei Stunden eine kurze Rast, um die Kleinen nicht zu überanstrengen. Terence war dankbar, dass er, wenn seine Arbeit getan war, ein wenig mit den Kindern seines Herrn spielen durfte, was den Knappen anderer Ritter oft strengstens verboten war. Lady Ariane behandelte ihn so fürsorglich, dass er sich manchmal auf die Zunge biss, um nicht versehentlich ‚ja, Mutter‘, statt ‚ja, meine Herrin‘, zu sagen. Es kam selten vor, dass sie schimpfte, und wenn, dann hatte er es ganz sicher auch verdient.

„Du lächelst so", stellte Sir Ben mit fragendem Unterton fest, als Terence gerade wieder daran dachte, wie gut er es mit seinen Herrschaften getroffen hatte.

„Ich habe auch allen Grund dazu", gab der Knabe freimütig bekannt und erklärte, was ihn so froh stimmte. „Nun verstehe ich auch, weshalb die Drachenritter sagen, Ihr seid fast wie sie, auch wenn sie andere Worte dafür wählen."

Sir Ben strich Terence übers Haar. „Da scheint wohl wirklich was dran zu sein. Ich kann es nicht haben, dass jemand nur wegen hoher Geburt hofiert wird, wenn er im tiefsten Inneren ein Schuft ist. Ehre, wem Ehre gebührt. Fleiß, Treue und ein gutes Herz werden hingegen bei mir immer ein offenes Ohr finden, egal in welchem Körper sie stecken. So wie ich behandelt werden möchte, lasse ich es den anderen angedeihen. Ich möchte, dass du dich gern an deine Knappenjahre bei mir erinnerst. Genau wie ich mich gern daran erinnere, was ich mit meinem Herrn, Ritter Dan, erlebt habe. So, nun müssen wir uns sputen, um vor dem Einbruch der Dunkelheit einen Hof zu erreichen."

Terence nickte, flitzte davon und machte seine drei Pferde startklar.

„Da vorn ist schon die Grenze", erklärte Sir Ben, auf zwei gewaltige Felsbrocken deutend, die links und rechts des Weges standen und mit den Wappen der Könige behauen waren.

„Wetten, dass ich genau so aufgeregt bin, wie du?", blinzelte Lady Ariane Terence zu, dessen Herz man fast klopfen hören konnte, als sie hindurch ritten.

„Hinter diesem kleinen Waldstück liegen zwei winzige Dörfer", erklärte Sir Ben und wie zur Bestätigung kreuzten drei Reiter ihren Weg. Doch statt Sir Bens Gruß zu erwidern, zogen sie mit finsteren Gesichtern vorüber.

Lady Ariane schaute ihnen mit zusammengezogenen Augenbrauen hinterher und Terence fragte leise: „Mein Herr, sehen so Raubritter aus?"

„Möglicherweise, mein Junge. Beeilen wir uns, gastfreundlichere Menschen zu finden!"

Sie trieben die Pferde an. Endlich waren in der Ferne einige Katen zu sehen, die von einem großen Haus aus vermauerten Feldsteinen überragt wurden. Beim Anblick des fremden Ritters und seiner Familie kam der Herr der winzigen Siedlung persönlich heraus. „Darf ich Euch ein Nachtlager anbieten, meine hohen Herrschaften? Die Burg des Königs ist noch mindestens einen ganzen Tagesritt entfernt."

„Dafür wären wir Euch von Herzen dankbar", erwiderte Sir Ben.

„Dann kommt herein und seid meine Gäste!"

Felix und Fabienne blinzelten völlig verschlafen, als sie von den Pferden gehoben wurden. Terence übernahm alle fünf Rösser und brachte sie zu einem Gatter mit einem Schleppdach, wo er sie absattelte und trocken rieb. Ein Wassertrog stand bereit und eine Raufe mit frischem Heu. Sir Ben trug das Gepäck ins Haus, wo alle auch ihre Waffen ablegten.

Der Gastgeber wartete, bis Terence hereintrat, dann ließ er zwei gewaltig große Hunde von den Ketten. „Es ist seit ein paar Tagen nicht geheuer in unserer Gegend", kommentierte er sein Tun. „Finstere Gestalten sollen sich herumtreiben."

„Ich glaube, denen sind wir am Waldrand begegnet", erwiderte Sir Ben, während Lady Ariane ein Schauer überlief, als sie an die Galgenvogelgesichter der Reiter und Terences Frage dachte.

„Wirklich?!" Der Hausherr rang die Hände. „Dann haben wohl Eure gediegene Bewaffnung und das Wappen dafür gesorgt, dass sie Euch in Ruhe gelassen haben."

„Was sind das für Leute?", wollte Sir Ben wissen.

Der Hausherr beugte sich ganz nah an Bens Ohr und flüsterte: „Wolkenfelser Drachen, die niemals fliegen werden, munkelt man. Bei einem will ein Ausgeraubter einen Ring mit deren Wappen gesehen haben."

Sir Ben wechselte einen langen Blick mit Gattin und Knappen, dann legte er Terence eine Hand auf die Schulter. „So werden wir beide in den nächsten Tagen besonders wachsam sein müssen. Du darfst ab sofort deinen Dolch offen tragen."

Terence nickte stumm, zum Zeichen, dass er die auch die restliche Botschaft verstanden habe.

„Eine große Verantwortung für Euren Sohn", staunte der Gastgeber.

Sir Ben und Terence grinsten vergnügt, Lady Ariane schmunzelte in sich hinein. „Genau so ist es", bestätigte Sir Ben. „Nur dass der junge Mann nicht mein Sohn, sondern mein Knappe ist."

„Was für uns aber keinen Unterschied bei der Behandlung macht", fügte Lady Ariane hinzu, weil die Augen des Mannes immer größer wurden.

„Seid Ihr auch Drachen?", fragte die Frau des Hauses, wegen der Worte ihrer Gäste.

„Nein. Ich bin nur der Bruder des weißen Drachens", gab Sir Ben lächelnd Auskunft.

„Ohhh!", rief der Gastgeber verzückt. „Dann müsst Ihr Sir Ben vom Weihergut sein, wenn ich die Wappen richtig deute! Das ist für uns fast so, als wäret Ihr fliegende Drachen."

Wenig später stand ein wahres Festmahl auf dem Tisch, um die edlen Gäste aus dem Königreich am Meer zu ehren. Nachdem die Kinder gegessen hatten und zu Bett gebracht wurden, durfte Terence auf sie aufpassen und schlafen, sobald die beiden eingeschlummert waren. Es dauerte keine Viertelstunde, bis alle drei im Tiefschlaf lagen, wie Lady Ariane mit mildem Lächeln feststellte.

Erst jetzt begannen die Gastgeber, Fragen zu stellen, die ihnen auf den Nägeln brannten. Sie erhielten prompt umfassende Antwort, in einer Weise, wie es hierzulande nur die geflügelten Drachen machten. Natürlich hatten sie auch schon einmal den weißen Drachen mit den blutroten Augen über ihr Dorf fliegen sehen. Händler trugen die wundersamsten Geschehnisse von Ort zu Ort, sodass sich viele

Legenden um die Familien der Drachen rankten, die Sir Ben zum großen Teil als wahr bestätigte.

Die Nacht war ruhig verlaufen. Die riesigen scharfen Hunde hatten Raub- und Mordgesindel offenbar bestens auf Distanz gehalten.

Beim Abschied schenkte Lady Ariane den freundlichen Herbergsleuten zwei große, klare Bernsteine, die ihnen Glück bringen sollten. Terence sattelte die Pferde und schon ritten die fünf Reisenden davon. Mit dem festen Versprechen, auf dem Nachhauseweg wieder hier zu übernachten.

Terence drehte sich ab und zu um, was schließlich Sir Ben auffiel. „Was hast du?", fragte er besorgt.

„Ich weiß es nicht, mein Herr. Ich fühle mich, als würde ich beobachtet", murmelte Terence unsicher.

Sir Ben nickte. „Du scheinst nicht der Einzige zu sein. Lady Ariane zieht auch schon seit fast zwei Stunden die Augenbrauen zusammen."

„Ich wollte keine Panik machen, weil die Reiter sehr weit hinter uns sind und auch nicht näher kommen." Lady Ariane tippte mit dem Finger dahin, wo sie unter der Kleidung das Drachenamulett trug, zeigte dann auf eines ihrer Ohren und verriet: „Ich kann das Schnaufen ihrer Pferde hören. Jedes Mal wenn wir rasten, dann halten sie auch an. Wir werden definitiv beobachtet."

„Wir werden schneller reiten, um vor dem Einbruch der Dämmerung die Königsburg zu erreichen", schlug Sir Ben vor und half seiner Gattin, Fabienne fester in ihr Tragetuch zu binden. „Gut festhalten!", mahnte er Felix, für den er ebenfalls eine Art Tragetuch aus einer Decke kreierte. Nur dass er ihn sich auf den Rücken lud. Felix krallte seine Finger in den Kragen von Papas Gambeson.

„Fertig?!"

„Fertig!", gab Terence bekannt.

Die Pferde trabten an und bald schon galoppierten sie. Fabienne bettete ihren Kopf an Mamas Brust und schlief ein. Felix zupfte sich Papas Kapuze zurecht, um ebenfalls ein weiches Kopfkissen zu haben, gähnte und tat es seiner Schwester gleich. Dabei vergaß er nicht, sich mit beiden Händen am Kragen von Papas Kleidung festzuhalten. Beim Anblick des Felsens mit Burg Drachenstein, ließ Sir Ben die Pferde wieder traben. Die scharfen Augen der Turmwache hatten sie sicher schon im Visier. Hier werde man sie ganz bestimmt nicht mehr überfallen.

Lady Maya empfing mit Prinz John auf dem Arm die Gäste persönlich. Zwei Stallburschen bekamen den Befehl, sich um die Pferde zu kümmern, ein Knecht half Terence, das Gepäck ins Haus zu tragen. „Ihr seid scharf geritten", stellte sie mit Blick auf die schäumenden Rösser fest.

„So ist es, Majestät", erwiderte Sir Ben. „Wir hatten über mehrere Stunden unliebsame Begleitung."

Lady Maya runzelte die Stirn. „Die Beschwerden häufen sich. Jetzt schrecken sie offenbar nicht einmal mehr zurück, wenn Kinder dabei sind! Tretet ein! Du auch", fügte sie hinzu, als sich Terence zur Küche begeben wollte, wie es einem Knappen zukam. Mit einer tiefen Verbeugung dankte Terence und hielt sich ab sofort direkt hinter seinem Herrn auf, der ihn nach der Begrüßung durch den König zum Kinderdienst befahl.

Sir Ben überbrachte die Grüße der Familie seines Bruders und berichtete über die vielen Fortschritte, die Lady Jane machte. Natürlich sparte er nicht aus, dass Terence immer wieder als Vertrauensperson auch seine Nichte beaufsichtigen durfte.

König Vincent schmunzelte, als er hier sah, wie brav die kleinen Herrschaften Fabienne und Felix, dem Älteren aufs Wort gehorchten. Er staunte, mit welcher Selbstverständlichkeit Terence Lady Ariane beim Zubettbringen der Kleinen half und schlafen durfte, wenn sie schliefen, ohne vorher Meldung erstatten zu müssen.

„Terence ist ein zukünftiger Ritter in Ausbildung", erklärte Sir Ben. „Ich kann mich in jeder Beziehung auf ihn verlassen. Er hat mit seinen gerade mal neun Jahren Erfahrungen gesammelt, die den Kleinen noch völlig unbekannt sind. Eines wissen beide aber ganz genau, dass er alles tut, um sie vor Bösem zu bewahren. Es ist ihre Art Dankbarkeit, seine Ratschläge und Bitten zu befolgen. Lob zu bekommen, fühlt sich auch immer besser an, als ausgeschimpft zu werden. Er hat meine Erlaubnis, sie tadeln zu dürfen, wenn sie sich daneben benehmen. Ich werde es auch niemals dulden, wenn ihm einer der beiden deshalb absichtlich das Leben schwer macht."

„Weiß er es?", fragte Lady Maya.

„Ja. Er hat uns neulich selbst gesagt, dass er sich wie ein Sohn bei uns fühlt", antwortete Lady Ariane nicht ohne Stolz.

„Ungewöhnlich", staunte Lady Maya, „aber auch kein Wunder, wo ihm Ehrlichkeit bis ins Kleinste vorgelebt wird."

König Vincent kontaktierte noch am Abend alle auf dem Weg der Gäste liegenden Drachennester, dass Gesindel die Reise unsicher mache. Der Clan lauerte schon lange darauf, die Wolkenfelser auf frischer Tat zu ertappen. Die einzige Möglichkeit, ihnen endgültig das Handwerk zu legen.

„Diese Überwachung gefällt mir ausnehmend gut", blinzelte Lady Ariane, als auf dem Weiterritt immer wieder die Umrisse von Drachen durch den dünnen Wolkenschleier schimmerten.

„Mir auch", gab Sir Ben zu.

Terence staunte. Er war stolz darauf, all diese fliegenden Riesen da oben schon einmal in jeder ihrer Gestalten gesehen zu haben. Sie hielten drei Mal Rast, damit sich die Kinder austoben und die Pferde ausruhen konnten. Als die Sonne langsam unterging, baten sie auf dem Hof eines unbedeutenden, aber königstreuen Drachens um Nachtquartier.

Auch ohne das Wappen gesehen zu haben, wurde der fremde Ritter mit Familie herzlich willkommen geheißen. Umso größer war die Freude, als die Gastgeber herausfanden, wen sie hereingelassen hatten. Jeder wusste, dass Sir Ben zur Burg Blackstone zog, aber keiner ahnte, dass er wirklich den kürzesten Weg querfeldein nahm und in den kleinen Gehöften um Herberge ersuchen werde.

Wie gut die Kinder den Ritt verkrafteten, zeigte, wie perfekt sich die Familie darauf vorbereitet hatte. Die Gastgeberin bereitete für die Kleinen Grießbrei zu und musste lachen, mit welch sehnsüchtigem Blick Terence nach den Schüsseln auf dem Tisch spähte. Felix hatte es bemerkt, denn er zupfte die

Frau sacht am Ärmel. „Für Terence bitte, bitte auch."

„Aber natürlich!", schmunzelte sie, dem Knappen ebenfalls eine volle Schüssel gebend, der sich hocherfreut und vielmals bei ihr und Sir Felix bedankte.

„Verratet Ihr mir das Rezept?", fragte Lady Ariane, als alle drei die Schüsseln blitzblank leer löffelten.

„Das tu ich gern. Ich zeige Euch auch, wie man mit der Handmühle dem Weizen die richtige Körnung gibt."

Terence durfte mit auf die Tenne gehen und sich den Mahlvorgang anschauen. „Ich bin sicher, er hat sich jedes Wort gemerkt", erklärte Lady Ariane. „Dann brauche ich zu Hause nur noch einen Freiwilligen, der nach getaner Arbeit mitnaschen darf." Terence hob mit strahlenden Augen beide Hände. Das Gelächter der Frauen hörte man bis ins Haus und wenig später amüsierten sich auch die Männer, dass sich Terence als Leckermäulchen zu erkennen gegeben hatte.

Der nächste Tag begann mit zähem Nebel, sodass sich die Abreise verschob, bis man wenigstens 100 Fuß weit sehen konnte, um die grobe Richtung einhalten zu können.

„Die Burg Blackstone solltet Ihr bei Einbruch der Dunkelheit erreichen, wenn Ihr nur zwei Pausen macht", überrechnete der Hausherr. „Auf dem direkten Weg liegen keine weiteren Gehöfte, wo Ihr schlafen könntet. Falls Ihr im Zelt übernachten wollt oder müsst, bedrohen Euch keine großen Raubtiere. Nur die Wildschweine können recht lästig werden."

„Gut zu wissen", dankte Lady Ariane. „Wir werden ganz einfach schauen, wie es sich ergibt."

Dass die Horden der Wildschweine allgegenwärtig waren, zeigten die großflächig umgeackerten Wiesen, die sie überqueren mussten.

„Nicht wirklich einladend", stellte Sir Ben fest, zur Eile drängend.

Es wurde schon dämmrig, als sie überhaupt erst die Silhouette der Burg in der Ferne entdeckten.

„Nicht zu schaffen", waren sie sich einig und stiegen von den Pferden. „Uns fehlt die Zeit, die der Nebel gefordert hat."

Der kleine Bach, dem sie gefolgt waren, stimmte sie milde. Wenigstens mussten weder sie noch die Pferde Hunger oder Durst leiden.

„Ich übernehme die erste Wache", legte Lady Ariane fest. Sie schlug mit einem Zunderschwamm Feuer in den eilig zusammengesuchten Reisighaufen, um die Schweine durch den Rauchgeruch auf Distanz halten zu können. Ab und zu schob sie einen Ast in die Glut, der dann langsam niederbrannte.

Sir Patrick war mehrmals auf den höchsten Turm gestiegen und hatte nach den Gästen ausgespäht. Nun gewahrten seine scharfen Drachenaugen das winzige Feuer, die Umrisse des Zeltes und der Pferde.

„Habt Ihr sie endlich entdeckt?", fragte Lady Rosa, in einen warmen Umhang gehüllt, weil Sir Patrick nach Raubtierart witterte.

„Ja. Seht Ihr den winzigen rötlichen Schein? Das ist ihr Feuer gegen umherschleichendes Getier. Auch glaube ich, Lady Arianes Aura vor dem Zelt zu fühlen. Offenbar hat sie die erste Wache übernommen. Wenn menschliche Räuber angreifen, tun sie es oft im Morgengrauen. Dann sind Sir Bens und Terences

Waffen vonnöten, um zurückschlagen zu können. Aber das wird nicht erforderlich sein. Seit gestern haben die fliegenden Späher die Verfolger nicht mehr gesehen. Die werden erst wieder aus ihren Löchern kriechen, wenn die fünf nach Hause reiten."

„Ahnungen?"

Sir Patrick nickte. „Machen wir es ihnen in den nächsten Tagen so schön es irgendwie geht. Sie haben es verdient."

„Reiten wir ihnen morgen entgegen?" Lady Rosa schaute sich noch einmal nach dem kaum wahrnehmbaren Licht um.

„Das tun wir", versprach Sir Patrick lächelnd. Immerhin nahte jemand, der ihr viel von ihrer Enkelin erzählen konnte. Telepathische Berichte waren ja schön, aber gesprochenes Wort wog mehr für sie als Mensch, der nicht selbst der Drachensprache mächtig war.

Sir Patrick musste herzlich lachen, als er am frühen Morgen den Turm bestieg und Lady Rosa schon dort war. Sie machte keinen Hehl aus ihrer übergroßen Vorfreude. „Da! Ich glaube, jetzt haben sie gerade das Zelt abgebaut! Zu den Pferden!" Sie sprang wie ein junges Mädchen die Stufen der Wendeltreppe hinunter. Sir Patrick grinste vergnügt und ließ sich als Drache mit weit ausgebreiteten Schwingen in den Hof fallen. Lady Rosa riss die Tür auf, sah ihn hocken und begann zu kichern. Er war immer öfter zu Späßen aufgelegt, die er früher nie gemacht hatte. Es stand ihm aber vorzüglich zu Gesicht, wie auch die anderen Drachen zufrieden feststellten.

Kaum saß Lady Rosa auf dem Pferd, musste Sir Patrick ihren Tatendrang bremsen, sonst hätte sie es glatt die ganze Strecke galoppieren lassen. Breit lächelnd gab sie schließlich nach. Er hatte ja recht. Wozu die Pferde abhetzen, wenn ihnen die Gäste in leichtem Trab entgegenkamen.

„Reiter!", meldete Sir Ben plötzlich.

„Aber nur zwei", winkte Lady Ariane ab.

„Ein Mann und eine Frau und man sieht keine Waffen", stellte Terence mehr für sich fest.

„Ich glaube, der Mann braucht auch keine, der hat Besseres zu bieten!", schmunzelte Sir Ben, den Herrn der Burg erkennend.

Es gab ein fröhliches Hallo auf beiden Seiten und den witzigen Hinweis von Lady Rosa: „Wir wollten nur sicher sein, dass Ihr Euch auf den letzten Meilen nicht verlauft." Sie blinzelte Terence lustig zu.

Und Schildkröten können fliegen, dachte der Knappe amüsiert.

„Das trifft es ganz genau", lachte Sir Patrick.

Terence grinste ertappt. Weil die Damen voran ritten und sich die Herren am Ende einordneten, musste sich Terence auch nicht mehr ständig auf die Pferde konzentrieren und die Umgebung im Auge behalten. Ganz entspannt strebte er inmitten der kleinen Karawane auf die riesige Burg auf dem schwarzen Felsen zu. Den Duft der legendären Rosen konnte man sogar schon hundert Meter vor der Mauer riechen. *So etwas würde an unserem Turm auch prima aussehen,* überlegte Terence. *Ich werde Sir Patrick um zwei Triebe für Lady Fabienne und Sir Felix bitten. Er wird mir bestimmt nicht den Kopf abbeißen.*

Sir Patrick und Sir Ben, die beide die Gedanken vernommen hatten, wechselten ein amüsiertes Grinsen. Dass ein so junger Knappe Anblick und Duft der imposanten Gewächse so hoch im Wert einstufte und zudem nicht an sich selbst dachte, kam äußerst selten vor.

Er wird nicht mit leeren Händen nach Hause reiten, versprach Sir Patrick.

Terence ahnte nichts davon, er legte den Kopf ganz weit in den Nacken, um das Farbenspiel Tausender rosafarbener und roter Blüten genießen zu können. Sir Patrick beobachtete den Knaben sehr genau und erinnerte sich an das, was ihm von den Übernachtungsgastgebern zugetragen worden war. Er werde sich in den nächsten Tagen selbst ein Bild machen und gegebenenfalls eine Entscheidung treffen, die Sir Ben vorzüglich gefallen dürfte. Terence überließ im Hof der Burg die Pferde den herbeigeeilten Stallknechten, und half seinem Herrn, das Gepäck zu tragen.

„Terence, spielst du mit uns?", bat Sir Felix, als alle ihre Zimmer bezogen hatten.

Terence beugte sich zu Felix hinunter, nahm ihn in den Arm: „Ihr müsst Euch gedulden, mein kleiner Herr. Wenn meine Arbeit beendet ist, werde ich fragen, ob ich Zeit mit Euch verbringen darf. Das versteht Ihr doch sicher."

Felix nickte seufzend. „Ja, das verstehe ich. Ich weiß, dass ich Euch nicht stören darf. Papa schimpft sonst. Ich werde warten."

„Das ist gut. Passt schön auf Lady Fabienne auf, solange ich nicht da bin."

„Das werde ich machen. Versprochen!" Sir Felix nahm seine kleine Schwester an die Hand und begab sich zu den Damen.

Terence folgte seinen Herrn und Sir Patrick zur Waffenkammer, die er staunend betrachtete. Hier gab es ganze Galerien prachtvoller, mit unzähligen Edelsteinen besetzter Rüstungen, sodass Terence zuerst meinte, in der Schatzkammer zu sein. Dann fiel ihm ein, dass die Drachen ja unglaublich alt werden konnten und viel Zeit hatten, solche Schätze anzuhäufen. Damit war für ihn das Thema Reichtum vom Tisch und er wandte sich den großartigen Waffen zu, mit denen die beiden Herren sogar ein kleines Trainingsscharmützel gleich an Ort und Stelle austrugen. Terence fand, dass sich sein Herr sehr gut gegen den Drachenmann hielt, der ganz sicher gewaltige Kräfte aktivieren konnte, wenn er nur wollte.

„Wie wäre es mit uns beiden?", hörte er Sir Patrick fragen.

„Ich will es versuchen, auch wenn ich noch nie mit einem Schwert gefochten habe", erwiderte Terence, sich dem Gegner stellend und abrufend, was er bisher beim Zusehen von allen Kämpfen gelernt hatte. Dabei war er dankbar, dass Sir Patrick nicht auf Kraft, sondern auf Technik setzte.

„Nicht übel, für den allerersten Versuch", waren sich die Ritter einig und befanden, dass Terence ab sofort mit dieser Waffenart ausgebildet werden sollte.

Der hätte vor Freude, die ganze Welt umarmen mögen. Damit sprang er gleich zwei Stufen in der Hierarchie der heimischen Knappen höher und musste sich nicht mehr alles von diesen gefallen lassen.

Die Damen hatten mit den Kindern die Burg erkundet, wobei Felix stets die Hand seiner Schwester hielt und darauf achtete, dass sie auf den holprigen Steinen der Wege möglichst nicht stürzte. Wenn es doch passierte, nahm er sie tröstend in den Arm und schon versiegten die Tränen.

„Die beiden machen fast alles gemeinsam", berichtete Lady Ariane. „Sir Felix verzichtet auf vieles, weil es Lady Fabienne noch nicht kann, und er es nicht ohne sie tun möchte. Dann versucht er stets, mit ihr zu üben. Er teilt auch alles mit ihr. Letztens hat er einen besonders schönen klaren Bernstein in ihr Säckchen gesteckt, weil sie noch nicht in der Lage ist, wirklich erfolgreich danach zu suchen. Er liebt sein Schwesterchen sehr."

„Werdet Ihr ihm sagen, dass er ein angenommenes Kind ist?", fragte Lady Rosa.

„Nur, wenn es ihm eines Tages ohne diese Information nicht mehr gut gehen sollte", erwiderte Lady Ariane nach kurzem Überlegen. „Bis dahin ist und bleibt er unser Erstgeborener, mit allen Rechten und Pflichten."

„Drache!", rief Fabienne fröhlich, in den Himmel zeigend. Dabei breitete sie die Arme ganz weit aus, weil dieser Drache ungewöhnlich groß war.

„Ah, das ist Sir Timothy", erklärte Lady Rosa. „Der ist wirklich riesengroß." Sie ahmte Fabiennes Geste nach.

Um nicht alles durcheinanderzuwirbeln, landete Sir Timothy vor dem Tor, was die Kinder sehr genau beobachteten. Da man ihnen immer wieder eingeschärft hatte, dass man vor fliegenden Drachen keine Angst haben musste, wenn man ein reines Herz hatte, lächelten beide fröhlich, als der verwandelte Ritter zu ihnen kam. Lady Fabienne streckte ihm sogar die Arme entgegen, worauf Sir Timothy die Kleine schmunzelnd hoch nahm. Felix schaute ihn sehnsüchtig an und durfte auf dem anderen Arm Platz nehmen. Ja, dieser Drache war genau so lieb wie Onkel Bill oder Tante Ashley, welche die beiden auch hin und wieder hochhoben. Sir Timothy grinste vergnügt.

„Ach, da haben wir ja den Dritten im Bunde", stellte er zufrieden fest, als Terence mit den Männern herankam. „Und alle haben offenbar die lange Reise bestens verkraftet. Obwohl unser Knappe etwas abgekämpft ausschaut."

„Das trifft im wahrsten Sinn des Wortes zu", bestätigte Sir Patrick. „Er hat eben zum allerersten Mal mit einem Schwert in der Hand gekämpft, dabei gleich einem Drachen gegenübergestanden und sich tapfer geschlagen."

„Glückwunsch, junger Mann!", rief Sir Timothy beeindruckt. „Früh krümmt sich, was ein ordentlicher Haken werden will."

„Danke, mein Herr", strahlte Terence. Am Lob des Kriegsherrn König Vincents lag ihm viel.

Als der Abend kam, durfte Terence die Kleinen beaufsichtigen. Sie waren wie aufgezogen, plapperten in einer Tour und an Schlafen schienen sie nicht zu denken.

„Wollt Ihr ihm nicht helfen?", staunte Lady Rosa.

Mama Ariane schüttelte den Kopf. „Er findet ganz sicher eine Lösung. Es sollte mich arg wundern, wenn es nicht so wäre."

Es wurde tatsächlich ganz schnell still und Lady Ariane winkte Rosa, ihr zu folgen: Terence hatte entnervt seine Schuhe ausgezogen, sich mitten ins Bett gesetzt, die aufgekratzten Geschwister links und rechts in seine Arme genommen und ihnen erzählt, was er alles in der Rüstkammer, die eigentlich ein ganzer Saal war, erlebt hatte. Und genau so sitzend waren alle drei eingeschlummert. Die Frauen zogen sie einfach ein Stück hinunter, deckten sie gut zu und huschten wieder davon.

„Da muss er völlig verzweifelt gewesen sein", bekannte Lady Ariane.

„Ihr werdet ihn doch nicht bestrafen?!", rief Sir Patrick.

„Ach, i wo! Er hat schließlich eine geniale Lösung gefunden, um endlich Ruhe in den Gänsestall zu bekommen", lachte Sir Ben.

Die Erwachsenen machten große Augen, als sie sich zur Ruhe begaben. Terence lag in seinem eigenen Bett, als sei er nie woanders gewesen. Dafür schlenderte er auch schon sehr zeitig am Morgen zum Brunnen, wo kurz darauf die Herren Ben und Patrick eintrafen.

„Bereit für ein Schwert-Training?", fragte der Drachenherr.

„Ganz der Eure", lächelte Terence, sich verbeugend.

Ein Knecht brachte die Trainingswaffen und drei Kettenhemden in passenden Größen. Nach zehn Minuten beendete Sir Patrick den Kampf. „Hast du nachts überhaupt geschlafen oder hast du heimlich geübt?!", fragte er überrascht, weil Terence seine Bewegungen im Voraus zu ahnen schien.

„Ich ... ich ... ich bekomme gesagt, was ich tun muss", murmelte Terence verlegen.

„Von wem?" Sir Ben schaute zum Himmel auf, weil er dort einen Drachen vermutete.

Terence hob hilflos die Schultern. „Ich kenne die Stimmen nicht, kann sie aber flüstern hören."

„Noch eine Runde!", forderte Sir Patrick und Terence gehorchte. Auch diesmal schienen ihn die Stimmen gut zu beraten, denn er parierte alle Schläge mit der richtigen Technik.

„Ich habe da so eine Vermutung ...", schmunzelte Sir Ben, sein Amulett aus dem Ausschnitt ziehend. Es war auffallend warm geworden. „Treffer."

Sir Patrick nickte kaum merklich. Sein Plan nahm Gestalt an. Doch zuerst lieferte er sich einen freundschaftlichen Kampf mit Sir Ben, welchen Terence mit zusammengekniffenen Augen analysierte. Ein Mensch konnte gegen einen echten und gut ausgebildeten Drachen keine wirkliche Chance haben. Es sei denn, er trüge den Drachenkeim in sich. Aber wo man den herbekommen sollte, wenn man nicht gebissen worden war, blieb Terence ein Rätsel.

Er wollte auch nicht weiter darüber nachdenken. Er genoss stattdessen lieber die Ritte in die Umgebung. Oder den Jagderfolg seines Herrn, der einen kapitalen Hirsch zur Strecke brachte. Wenn mittags die Kleinen schliefen, lernte er bei Sir Patrick die Geschichte des Clans mit solchem Eifer, dass Lady Ariane und Sir Ben ins Grübeln kamen.

Drachenzorn

Der Tag in den weitläufigen Gärten der Burg war für die Kinder ein wundervolles Erlebnis gewesen. Auf dem Rückweg ballten sich am Horizont finstere Wolken zusammen, es begann zu grollen und Fabienne krallte sich an ihrer Mama fest. Lady Rosa spähte schon beunruhigt nach ihnen aus. So wie sie den Palas betraten, wechselte Lady Rosa einen kurzen Blick mit Sir Patrick und bekam ein kaum merkliches Nicken als Antwort.

Sie wandte sich an die Kleinen: „Was haltet Ihr davon, wenn ich Euch die Geschichte der duftenden Rosenstöcke am großen Turm erzähle? Euer Papa wird indes gut auf uns aufpassen, denn Eure Mama muss etwas Dringendes erledigen. Aber keine Angst, Sir Patrick und Terence beschützen sie."

„Oh ja, eine Geschichte!", rief Felix. Fabienne klatschte in die Hände. Sir Ben nahm beide auf die Oberschenkel, um ihnen im tobenden Gewitter Sicherheit zu geben. Lady Rosa begann beim Schein eines Öllämpchens zu berichten.

Terence eilte mit mühlsteingroßen Augen seiner Herrin nach, die mit Sir Patrick den Weg tief ins Innere der Burg antrat. Er bekam eine Fackel, wie sie, und ahnte, dass er auf dem Weg war, ein großes Geheimnis zu erfahren.

Staunend beobachteten die beiden Menschen, wie die blau strahlenden Augen des Drachenmannes den Weg erhellten. Beide hatten schon viel über diese Fähigkeit der Drachen gehört, es aber noch nie selbst gesehen.

Lady Ariane blieb plötzlich stehen, schloss für einen winzigen Moment die Lider und fasste nach ihrem Amulett. *Sie rufen mich,* hörte Sir Patrick ihre gedankliche Stimme wispern.

Dann sollten wir sie nicht warten lassen, gab er genau so zurück und schritt weiter. „Vorsicht, noch drei Ellen, bis sich der Abgrund auftut!", mahnte er kurz darauf flüsternd, damit ihn auch Terence verstehen konnte.

Einen Wimpernschlag später standen alle drei an der Abbruchkante der riesigen Grotte. Lady Ariane hob die Fackel, um mehr erkennen zu können. Sie fühlte, wie ungeheure Energieströme ihren Körper durchfluteten. Terence fasste sich aufseufzend ans Herz. Sir Patrick lächelte stumm. Dann kniete sich Lady Ariane an den Abgrund und ließ ihren Zeigefinger über die fettige Asche gleiten, die seit Jahrhunderten die Wände bedeckte. Die schwarze Masse begann auf Arianes Haut grün zu leuchten, wanderte als dünner Faden deren Arm hinauf und schien ihr direkt ins Herz zu dringen. „Danke für alles!" Lady Ariane wischte Tränen fort, weil sie völlig überwältigt war.

Terence spürte einen eisigen Hauch um sich herumstreichen, als stände er inmitten eines Staubteufels. Ganz von der Hand zu weisen war der Vergleich nicht, denn die Luft um ihn herum flimmerte grün, wenn man genau hinschaute, und hatte deutlich die Gestalt einer Spirale. Lady Ariane schüttelte staunend den Kopf. Sir Patrick nickte bedeutungsvoll. Da löste sich der Wirbel auch schon auf und Terence flüsterte ergriffen: „Danke, Ihr wundervollen, magischen Drachen."

Lady Ariane legte ihm einen Arm um die Schulter, beide verbeugten sich vor der letzten Ruhestätte der Drachen und ließen sich von Sir Patrick hinaus führen, dessen Augen nun so hell leuchteten, als trüge er ebenfalls eine Pechfackel.

Er verschloss sorgfältig den Zugang, löschte die Feuer und strahlte regelrecht vor innerem Frieden. Seine Einladung hatte einen Erfolg gebracht, den er in seiner ganzen Tragweite noch nicht ermessen konnte. „Oh ha!", entfuhr es ihm, als sein Blick Terence traf.

Lady Ariane hielt sich eine Hand vor den Mund, um nicht laut aufzuschreien – Terence war plötzlich einen halben Kopf größer als vorher, die Ärmel endeten weit über den Handgelenken und die Hosenbeine mitten an den Waden. Zudem spannte sein Wams, als wolle es zerreißen, sodass er es vorsichtshalber aufknöpfte. Mit merkwürdig gekrümmten Zehen in den Stiefeln stakste er mühsam zum Palas zurück.

Sir Ben begann bei seinem Anblick schallend zu lachen. „Mach dir nichts draus, es wird sich schon was finden lassen, das halbwegs passt."

Sir Felix versuchte vergeblich, Ärmel und Hosenbeine seines großen Vorbilds durch Ziehen auf die gewünschte Länge zu bringen.

„Das habe ich auch schon erfolglos versucht", murmelte Terence, hilflos die Schultern hebend.

„Folge mir!", rief Sir Patrick. „Wir beide gehen auf die Jagd nach standesgemäßer Kleidung."

Eine halbe Stunde später kamen sie sehr erfolgreich zurück und Terence verriet mit tiefster Dankbarkeit in der Stimme, dass er einen großen Reisesack voller herrlicher Gaben erhalten hatte. Wobei er glücklich die weich gegerbten Stiefel an seinen Füßen streichelte.

„Was bekommt Ihr von mir?", fragte Sir Ben.

Sir Patrick winkte ab. „Bei mir würden all die schönen Kleider nur sinnlos in der Truhe herumliegen, während der junge Mann ordentlich Staat damit machen kann. Zudem erinnere ich mich ziemlich gut an einen jungen Ritter, der einem jungen, armen Mädchen einen wundervollen Pelzmantel geschenkt hat, nur um sie glücklich lächeln zu sehen."

„Hmm, hmm, an den erinnere ich mich auch", sagten Ariane und Ben völlig deckungsgleich, worauf Lady Rosa und Sir Patrick in fröhliches Lachen ausbrachen.

Nun wird Terence wohl nicht mehr viel Lust haben, mit den Kleinen zu spielen, vermutete Sir Patrick.

„Mein Herr, ich werde jeden Befehl meiner Herrschaften getreulich ausführen, selbst wenn ich jetzt groß wie ein Baum wäre", antwortete ihm der Knappe ernst.

„Du hast gehört, was ich in der Drachensprache gesagt habe?!", staunte Sir Patrick.

Laut und deutlich, als würdet Ihr mit dem Mund zu mir sprechen. Terence grinste vergnügt. „Der grüne Wirbel hat es mir geschenkt."

„Interessant!", riefen alle Erwachsenen zugleich, worauf Terence amüsiert kicherte. Er wusste ziemlich gut, was das bedeutete – dass er nun Teil der verschworenen Drachengemeinschaft war, wie auch Lady Ariane und Sir Ben.

Sir Patrick legte ihm beide Hände auf die Schultern. „Das Geheimnis des Clans ist bei dir sicher. Dir ist bewusst, welche Ehre dir zuteil wurde, und du bist kein Schwätzer. Und du bist ehrgeizig, ein Ziel wirklich zu erreichen. Schauen wir mal, was die Magie der Drachen in den nächsten Jahren mit dir vor hat."

„Ich schwöre, immer und überall zum Wohl des Clans der großen Drachen zu wirken!", sagte Terence, eine Hand auf sein Herz legend.

Lady Fabienne und Sir Felix schauten stolz zu ihrem großen Vorbild auf.

Zwei Tage vor der Abreise von Blackstone kam Sir Timothy noch einmal vorbei, um Lady Ariane mit Familie nach Emerald Castle einzuladen, damit sich ihr sehnlichster Wunsch in allen Punkten erfüllen konnte. Sie saß mit Terence bei Lady Rosa und übte, um selber besser zu werden, bei ihr mit Terence gemeinsam Lesen und Schreiben. Sir Timothy trat heran, stutzte und schaute beide prüfend an. Beide lächelten und nickten. Sie verstanden, dass er die Veränderungen in ihren Auren bemerkte.

Der Tag des Abschieds von Burg Blackstone wurde sehr emotional. Terence zog mehrmals die Nase hoch, Felix schaute zu den Rosen am Turm hinüber und rief „Auf Wiedersehen!", Fabienne winkte den imposanten Gewächsen ein Lebewohl zu. Lady Ariane und Sir Ben verabschiedeten sich mit Dankesworten von Lady Rosa und Sir Patrick, von der Grotte der toten Drachen mit stillen, liebevollen Gedanken.

Ein Knecht nahte mit etwas Langem, Schmalem, das dick in Stroh eingewickelt war. Sir Patrick nahm es und winkte Terence heran. „Ich habe nicht vergessen, worum du mich vor drei Tagen gebeten hast.

Behandle sie auf der Reise so, wie ich es dir erklärt habe, dann wirst du sie heil nach Hause bringen. Viel Glück und Freude damit!"

Terence kniete nieder, als reiche man ihm sein erstes eigenes Schwert. Für ihn waren die Stecklinge der wundervollen Rosen nicht weniger wert. Lady Ariane erfuhr erst jetzt von seinem Wunsch und drückte Terence fest an sich, als sie die wertvolle Fracht sicher verstaut hatten.

„Oh, ich bin neugierig!", rief Sir Patrick, sich die Hände reibend, als die Pferde die Zugbrücke passierten.

„Ihr wisst doch schon wieder was!", stellte Lady Rosa fest. Sie bekam ein vergnügtes Grinsen zur Antwort.

Am späten Morgen des nächsten Tages erreichten die Reiter die Smaragdburg. Sir Patrick hatte am Vortag alle Drachen von den Geschehnissen auf Blackstone unterrichtet. So war es kein Wunder, dass Lady Fran und Sir Jim noch vor den Reisenden nach Emerald Castle flogen, um diese dann mit zu begrüßen. Felix hatte die beiden zwischen den Wolken erspäht und auch die Farben verraten: rot und gelb. Damit war klar, dass es nur die Herrschaften von Kuckuckstein sein konnten. Terence war sofort im Bilde, als sie auf den Burghof ritten, denn Lady Fran sah seiner Königin zum Verwechseln ähnlich. Und sofort zuckten sämtliche Daten zu der ungewöhnlichen Drachendame durch sein Hirn. So zuerst, dass sie nach ihrer Tochter, Lady Tessa, und Enkelin Lady Ashley, die drittgefährlichste Kämpferin des Clans war. Dass sie bis zur Wiedergeburt der Ahnherrin in Tessa sogar die Gefährlichste auf viele Jahrzehnte gewesen war und Königin. Königin, wie einst Lady Rosa.

„Kommst du noch nach, wie viele Königinnen du schon persönlich kennengelernt hast?", schmunzelte Fran.

„Ich glaube, ich kann es gerade noch fassen, Herrin", lächelte Terence, mit einer tiefen, tiefen Verbeugung, ihren Gruß erwidernd.

„Bei Prinzessinnen und Prinzen wird es schon schwerer?"

„Das ist wahr. Aber ich gebe mir Mühe."

Fran lachte vergnügt. „Sir Patrick hat mit verraten, dass du die Ahnenlinien des Clans fast fehlerfrei aufsagen kannst. Das gelingt nicht mal jedem ohne Flügel geborenen Drachen."

„Danke, Mylady!"

Als sich Terence um das Gepäck kümmerte, wandte sich Fran Ariane zu. „Ihr werdet ihn doch mit in den Berg nehmen?!"

„Es nicht zu tun, wäre ein furchtbares Vergehen", erklärte Lady Ariane. „Die Geister der Drachen würden es ganz sicher nicht ungestraft lassen. Ich glaube, sie haben Großes mit ihm vor."

„Es gefällt mir ausgezeichnet, dass auch König Cedric eine Seherin hat", rieb sich Fran die Hände.

Ariane seufzte tief. Sie empfand ihre Gabe genau so als Last, wie Sir Patrick viele Jahrhunderte lang.

„Jeder hat sein Päckchen zu tragen", orakelte Lady Fran, ihre Hand streichelnd.

Ariane lächelte. „Ja, ich weiß." Lady Fran hatte mehrmals schwer zu tragen gehabt.

Terence war den Männern in die Burg gefolgt und stand, als die Frauen und Kinder kamen, noch immer starr vor Staunen. Ja klar, hatte man ihm erzählt, welch grandiosen Anblick der Rittersaal böte, das war aber etwas anderes, als hier zu stehen und zu merken, dass man es mit Worten fast nicht beschreiben konnte.

Sir Felix schaute sich ebenfalls mit riesengroßen Augen um. „Alles Grün!", war sein ganzer, völlig verblüffter Kommentar. Lady Fabienne klatschte vergnügt in die Hände und spielte verzückt mit dem grünen Schein auf ihrer Haut.

Wir sollten sofort die Grotte aufsuchen, hörten, außer den Kindern, alle Sir Timothy sagen.

Lasst mich das tun, bat Lady Fran.

Sir Timothy nickte und die Drachendame bat Lady Ariane und Terence, ihr zu folgen. Mit den Worten: „Schaut, wo Ihr hintretet und berührt, um aller guten Geister willen, nicht die Wände der Grotte", öffnete sie das riesige Tor im Berg, um es nach dem Eintreten sofort wieder zu verschließen.

Das Grabmal ihres Vaters strahlte durch die Dunkelheit, indem es das intensive Licht ihrer Augen in den unzähligen Facetten der Edelsteine widerspiegelte. Alle drei verbeugten sich und Terence erschrak, weil er begriff, dass er nicht auf winzigen Kieselsteinchen, sondern Perlen stand. Lady Fran schritt stumm weiter, um durch den Spalt in der Felswand zu steigen, der zur magischen Grotte führte. Terence versuchte sogar, den Bauch einzuziehen, um ja nicht an den Stein zu kommen.

Am Grund der Grotte blieben alle stehen. Lady Fran breitete die Arme aus. Ein kühler Lufthauch umstrich die Besucher, dann erschienen Bilder an den Wänden. Personen, die man nur von hinten sehen, aber doch erkennen konnte. Lady Ariane erschrak, Terence schaute mit offenem Mund zu, was sich ereignete. Lady Fran ließ die Arme sinken, sah ihren beiden Begleitern tief in die Augen und wandte sich zum Gehen.

Vor dem Sarkophag Sir Emeralds verharrten sie wieder einen Moment, um sich zu verabschieden. Lady Fran bemerkte hocherfreut, dass sich beide bei ihm für all das Gute bedankten, das ihnen widerfahren war.

Als sie im Garten auf die anderen stießen, bemerkten diese sofort die ernsten Gesichter. „Haben sich die Geister abweisend gezeigt?", fragte Sir Timothy besorgt.

„Nein. Nein, keinesfalls", erwiderte Lady Ariane nachdenklich. „Sie haben uns etwas aus der nahen Zukunft gezeigt. Einen Überfall, dem wir auf der Heimreise ausgesetzt sein werden. Dann geschieht etwas ..." Sie suchte vergeblich nach Worten.

„Was geschieht?", wollte Sir Jim wissen.

Ariane hob genau so hilflos die Schultern wie Terence und auch Lady Fran konnte keine Auskunft geben.

„Was habt ihr gesehen?", bohrte Sir Timothy weiter.

„Blut. Es war alles voller Blut. Ein furchtbares Gemetzel ..." Lady Ariane drückte ihre Kleinen an sich.

„Ich glaube an die Macht der Drachen", flüsterte Terence. „Und daran, dass sie uns beschützen."

„Wohl gesprochen, junger Mann!" Lady Shona lächelte. „Ich habe ein gutes Gefühl."

„Ich übrigens auch", erklärte Lady Fran. „Komm her, Terence! Diese Perle ist für dich. Und nur für dich."

Er nahm das Kleinod staunend entgegen.

„Für Lady Ariane habe ich dies hier." Sie hielt einen wundervollen Smaragdkristall hoch.

Sir Ben nahm seine Gattin in den Arm. „Ich glaube fest daran, dass der Blick in die Zukunft etwas Gutes bewirken wird."

„Welchen Weg werdet Ihr einschlagen?", fragte Sir Timothy.

„Ich habe vor, die Furt über den Fluss zu nutzen, wo sich Burg Kaltenberg erhebt", gab Sir Ben bekannt. „Jetzt dürfte er fast ausgetrocknet und kein Hindernis für die Pferde sein."

„Das ist richtig", bestätigte Sir Jim. „Ich bin gestern erst dort entlanggeflogen."

Mit dem Sonnenaufgang zogen die Reiter los, um möglichst weit zu kommen. Am besten in die Sichtweite der Königsburg, um unbehelligt lagern zu können.

Um die Mittagsstunde erreichten sie das breite Flussbett. Sir Ben hieß die anderen warten, übergab Felix an Terence und ritt vorsichtig die flache Böschung hinunter. Der Fluss war, bis auf ein zwei Ellen breites Rinnsal trocken gefallen. Das Wasser ging seinem Pferd knapp bis über die Fesseln, die Strömung war kaum nennenswert, der steinige Untergrund fest und so durchritt er die ganze Breite, um auf der anderen Seite den sanften Hang zu erklimmen. So wie sein Pferd oben stand, wollte er das Handzeichen zum Überqueren der Furt geben. Nur kam es nicht dazu: Fünf Reiter preschten aus dem Wald, rissen Terence und Lady Ariane die Kinder aus den Armen und galoppierten davon. Sir Ben schrie entsetzt auf.

Lady Ariane trieb ihr Pferd an, um sie zu verfolgen. Terence schnitt einfach die Führungsseile der Beipferde durch und galoppierte ihr nach. Die verwaisten Tiere trotteten ihm hinterher. Sir Ben überquerte eilig noch einmal die Furt, in der Hoffnung, nicht zu spät zu kommen und um seine Familie und den Knappen zu retten. Am Waldrand vernahm er das markerschütternde Gebrüll eines großen Raubtiers, das grauenerregende Schreien mehrerer Männer und das schrille Kreischen seiner Kinder. Bangen Herzens folgte er den Hufspuren und gelangte zu einer Lichtung, wo ihn das Grauen erwartete.

Terence stand schreckensbleich und totenstarr mit gezogenem blutigem Dolch neben einem Busch, unter dem Lady Fabienne und Sir Felix kauerten, die noch immer aus Leibeskräften schrien. Seine geliebte Frau schien verschwunden zu sein. Von den fünf Reitern war nicht viel übrig, offenbar waren sie in wenigen Sekunden von rasiermesserscharfen Krallen zerfetzt worden. Als Sir Ben näher trat, regte sich etwas und aus den blutigen Resten quälte sich Lady Ariane auf die Knie, um völlig benommen zu verharren.

Mit zwei schnellen Sätzen war Sir Ben bei ihr, um sie zu stützen und zu trösten. „Seid Ihr verletzt?"

„Ich glaube nicht", stammelte Lady Ariane, ihr blutbesudeltes Kleid betrachtend. „Was ist mit den Kleinen und Terence?"

„Sie stehen alle drei unter Schock. Offenbar hat Euch das, was hier gewütet hat, das Leben gerettet", erklärte Sir Ben. „Welcher Art war das hilfreiche Wesen?"

„Ich weiß es nicht", flüsterte Lady Ariane, sich schwankend erhebend. „Vielleicht hat Terence es erkannt."

Der Knappe begann am ganzen Körper zu zittern, als ihn Sir Ben an der Schulter berührte, weil er auf Ansprache nicht reagierte. Die Kleinen kamen unter den Ästen hervor und krallten sich an die Beine ihres Vaters, der mühsam versuchte, etwas über die Vorgänge zu erfahren. Felix hatte sich beim Sturz vom Pferd den Kopf gestoßen und blutete aus einer großen Platzwunde an der Stirn. Fabienne hielt mit der rechten ihre linke Hand fest, die kraftlos herunterhing. Auch sie schien im hohen Bogen vom Pferd gefallen zu sein. Vielleicht hatte das inzwischen verschwundene Wesen, Sir Ben weigerte sich, es als Bestie zu bezeichnen, die Kleinen sogar davon geschleudert, damit ihnen nichts Schlimmeres geschah.

„Mama war's", flüsterte Sir Felix immer wieder und Lady Fabienne nickte heftig.

„Was war Mama?", fragte Sir Ben verständnislos.

Felix krümmte die Finger und brüllte wie ein Bär. „Mama war grün und hat sie ..." Er fuchtelte mit den imaginären Pranken, weil ihm in der Aufregung das Wort ‚zerrissen' nicht einfiel.

„Ja, das habe ich auch gesehen", flüsterte Terence. „Als ich hier ankam, hatte sie schuppige Haut wie die Drachen und scharfe Zähne, wie sie. Dann ging alles ganz schnell. Sie hat vier Männer ganz allein getötet, und den fünften, den ich nur verwundet hatte, gleich mit."

213

„Hallo?! Ist da wer?!", erklang es von der anderen Seite der Lichtung.

Sir Ben schreckte zusammen. „Wer kommt?!"

„Wir sind Ritter des Herrn von Kaltenbrunn!"

„Kommt her, aber macht Euch auf einen hässlichen Anblick gefasst!", rief Ben und schärfte den drei Kindern ein: „Kein Wort davon, was ihr gesehen habt."

Zwei geharnischte Reiter näherten sich. „Gütiger Himmel! Was ist denn hier geschen?"

„Wir sind überfallen worden und haben unerwartete Hilfe bekommen", versuchte Sir Ben zu erklären. „Meine Gattin und meine Kinder sind verletzt, meinem Knappen geht es einigermaßen gut."

„Fast möchte ich auf einen Drachen wetten", sagte einer der Männer, die zerrissenen Leichen untersuchend. „Wir haben ein lautes Brüllen gehört."

„Es ging alles ziemlich schnell. Wir haben gar nicht gesehen, wer oder was uns geholfen hat", erwiderte Sir Ben.

„Es wäre besser, Ihr folgtet uns zur Burg, um Euch verbinden zu lassen und die Kleider zu reinigen. Ein sicheres Nachtlager findet Ihr da auch."

Lady Ariane nickte und Sir Ben half allen auf die Pferde. „Geht es wieder?", fragte er Terence.

„Ja, Herr." Der Knappe nahm die Zügel seiner drei Tiere. Zwischen den Bäumen tauchte ein gesattelter Rappe auf. „Mein Herr! Das Ross kenne ich!", rief Terence. „Auf ihm saß einer der finsteren Männer, als wir über die Grenze kamen!"

Ritter Ben fing das Tier ein. „Du hast recht. Das heißt, dass sie uns seit Wochen beobachtet haben! Die haben nur darauf gewartet, dass ich den Fluss überquere, um mit euch vieren leichtes Spiel zu haben!"

Inzwischen hatten die Ritter des Herrn von Kaltenberg das Wappen Sir Bens erkannt. Sie waren im Bilde, den Bruder des weißen Drachens mit den roten Augen vor sich zu haben und geleiteten die Reisenden mit gutem Gewissen nach Kaltenberg, wo sie großes Aufsehen erregten. Während sich Terence mit den Knechten um Pferde und Gepäck kümmerte, Lady Ariane und die Kleinen vom Leibarzt des Burgherrn behandelt wurden, untersuchte Sir Ben mit den Rittern den eingefangenen Rappen.

„Schaut an, schaut an! Briefe mit dem Siegel der Wolkenfelser!", rief der Burgherr zufrieden. „Wir haben die Bande schon seit Monaten im Visier und konnten ihrer nie habhaft werden! Ich behalte die Pergamente als Beweis gegen die Wolkenfelser, Ihr bekommt das Pferd mitsamt Zaumzeug und Waffen. Als kleine Wiedergutmachung, weil Euch auf meinem Land Böses widerfahren ist. Kommt! Schauen wir, wie es Eurer Familie geht!"

Terence meldet Vollzug, dass Tiere, Gepäck und Waffen gut untergebracht seien.

„Du hast ab sofort Kinderdienst und stehst Lady Ariane zur Verfügung", legte Sir Ben fest, Terence mit hinein nehmend.

Die Dame des Hauses brachte die beiden zu einem Zimmer, wo die drei Liebsten Sir Bens bereits ganz fest schliefen.

„Du darfst auch schlafen", flüsterte Sir Ben und der Ritter von Kaltenberg fügte hinzu: „Gehe zuvor hinüber zur Küche und lasse dir etwas zu essen geben, bevor du zu Bett gehst. Die drei sind hier sicher."

„Danke, Herr!" Terence huschte davon.

Sir Ben zog sich mit den Kaltenbergern in den Rittersaal zurück, wo Wein und Speisen aufgetragen wurden. Sie hatten sich noch nicht einmal gesetzt, als draußen eindeutig Drachenschwingen rauschten. Einen Augenblick später trat Sir Timothy herein, überrascht, Sir Ben hier zu finden.

„Was ist geschehen? Wo sind Eure Familie und Terence?", fragte er besorgt. „Ihr wolltet doch heute eine große Etappe reiten."

„Das ist eine lange, verworrene Geschichte", antwortete Sir Ben.

„Erzählt sie uns! Ich habe Zeit." Sir Timothy bekam ein Gedeck und machte es sich gemütlich. *Ihr könnt frei sprechen, die Ritter von Kaltenberg sind absolut königstreu und in jeder Weise zuverlässig. Und mein Anliegen hat wirklich Zeit.*

Sir Ben seufzte. „Verzeit, Sir Timothy, ich möchte zuerst erfahren, wie es um meine Lieben steht."

„Nur zu!"

„Wir haben uns zuerst um Lady Fabienne gekümmert und das gebrochene Handgelenk geschient. Sehr tapfer, hat sie es klaglos über sich ergehen lassen", berichtete die Dame des Hauses. „Sir Felix hat das Verbinden der großen Platzwunde an der Stirn wie ein Mann ertragen, zumal er vorher die gesunde Hand seines Schwesterchens gehalten hat, um sie zu trösten. Lady Ariane hatte nur ein paar Kratzer an Hals, Armen und Händen. Das Blut auf ihrem Kleid stammte ausschließlich von den Toten. Allerdings plagten sie rasende Kopfschmerzen, sodass sie noch schneller als die Kleinen geschlafen hat", erzählte die Burgherrin weiter. „Ich habe das Reinigen sämtlicher Kleidung befohlen, die heute Abend wieder trocken sein sollte, so heiß wie der Tag heute ist."

„Herzlichen Dank!", freute sich Sir Ben. „Nun sollt Ihr hören, wie ich das Ganze erlebt habe." Er sprach jeden kleinen Erinnerungsfetzen an.

„Lady Ariane lag zwischen den Toten?", fragte Sir Timothy kopfschüttelnd.

„So ist es. Es kommt aber noch seltsamer!", rief Sir Ben. „Alle drei, also Sir Felix, Lady Fabienne und Terence behaupten übereinstimmend, dass sich Lady Ariane in ein grünes Drachenwesen verwandelt und das Blutbad angerichtet hätte. Bevor ich meine Gattin befragen konnte, kamen die Ritter von Burg Kaltenberg und ich habe alle gebeten, kein Wort über die Verwandlung zu verraten."

„Na, das erklärt manches!", lachte der Herr der Smaragdburg. „Ich habe gefühlt, dass es hier einen neuen Drachen gibt, und wollte natürlich sofort herausfinden, wer es ist! Ja, die alte Regel sollte man stets beachten: Reize nie eine Drachenmutter, denn ihr Zorn ist furchtbar. Ich habe mir das Schlachtfeld aus der Luft angesehen. Eure Gattin nennt man wahrlich nicht umsonst ‚die Rächerin‘."

„Oh!", staunten die Kaltenberger. „Davon haben wir gehört, die zierliche Lady aber nicht mit der gefürchteten Rächerin gleichgesetzt. Wir hatten es schlicht für eine Legende gehalten."

„Nein, meine Herren, Sir Bens zerbrechlich wirkende Gattin hat beiden Reichen große Dienste erwiesen. Ich bin überaus erfreut, dass in ihr sogar die Drachenstärke steckt. Auch ohne Flügel und

217

Feuer ist sie uns durchaus ebenbürtig." Sir Timothy klopfte Sir Ben fest auf die Schulter. „Es ist Euer Verdienst, denn Ihr habt Lady Ariane immer den Rücken gestärkt, egal worum es ging. Ich bedauere es zutiefst, dass Ihr kein Drache werden könnt."

„Es ist nicht meine Bestimmung. Ich habe dafür zu sorgen, dass jene sich entwickeln können, denen der Drachenkeim geschenkt wird", erwiderte Sir Ben lächelnd. „Wobei es mich doch etwas überrascht, dass sich meine Gattin und nicht Terence verwandelt hat."

„Mich auch!", gab Sir Timothy zu. „Denn er ist ein Kandidat in vorderster Reihe." Sir Timothy unterrichtete die Kaltenberger über die Vorgänge in der Drachengrotte, so wie er sie von Lady Ariane, Sir Patrick und Terence erfahren hatte.

„Die Freude, Euch und Eure Lieben hier beherbergen zu dürfen, wächst mit jedem Augenblick!", strahlte die Dame des Hauses.

Die Turmwache meldete mehrere gesattelte Pferde ohne Reiter auf der Bannmeile der Burg. Nachdem man die Tiere eingefangen und die Satteltaschen durchsucht hatte, stellte sich heraus, dass Lady Ariane die letzten abtrünnigen Wolkenfelser Männer getötet und damit das komplette Geschlecht ausgelöscht hatte. Der Trubel im Hof weckte die streitbare Dame, die wenig später, noch immer sehr blass, im Rittersaal erschien.

„Verzeiht bitte, dass ich Euch solche Umstände mache", wandte sie sich zaghaft an die Herrschaften der Burg.

„Wir trinken gerade auf Eueren Sieg über die Verbrecher!", gab Sir Timothy schmunzelnd bekannt.

„Ach herrje! Ich habe die Kerle eigentlich nur geohrfeigt und mit den Fäusten taktiert, weil ich so schnell meinen Dolch nicht ziehen konnte. Dann hat einer versucht, mir mit dem Schwert den Kopf abzuschlagen, ich habe rot gesehen und wohl noch etwas fester hingefasst. Als ich mit ihnen fertig war, war auch nicht mehr viel von ihnen übrig. Dabei habe ich nicht mal wirklich begriffen, was geschehen ist. Mir wurde schwarz vor Augen, ich merkte, wie ich stürzte, und dann bin ich irgendwann von der Stimme meines Gatten wach geworden. Dass es aber auch immer Ärger geben muss, wenn ich irgendwo auftauche", seufzte Lady Ariane betroffen. „Habe ich mich wirklich in ein Drachenwesen verwandelt, wie die Kinder behaupten?"

Die anderen brachen in herzliches Lachen aus. „Das ist ziemlich sicher. Wir haben Euch zwar nicht als solches gesehen, aber den furchtbaren Schrei und das Fauchen gehört. Das Blutbad kann nur jemand angerichtet haben, der sich mit messerscharfen Klauen und Zähnen zur Wehr setzte", erklärte einer der Ritter.

„Wir waren den Übeltätern seit Monaten erfolglos auf der Spur", gab der Herr von Kaltenberg freimütig zu. „Sie haben geplündert, geraubt, erpresst und gemordet. Ihr habt sie uns und dem ganzen Reich vom Hals geschafft. Wir werden Euch bis zur Königsburg begleiten, um die Dokumente aus den Satteltaschen Sir Vincent zu übergeben."

„Ich werde zu Lady Mo fliegen und berichten", versprach Sir Timothy. „Sie wird glücklich sein, endlich wieder normal leben zu können, ohne Angst um ihre Kinder haben zu müssen."

Lady Ariane nickte erfreut. „Grüßt sie ganz lieb von uns. Wir können solche Sorgen bestens verstehen."

Es klopfte, Terence trat herein. „Verzeiht die Störung. Lady Fabienne und Sir Felix sind aufgewacht."

„Ich komme!" Lady Ariane entschuldigte sich.

„Sie werden Hunger haben!" Die Gastgeberin eilte zur Küche, um Brei zu ordern.

„Der schmeckt anders gut", stellte Sir Felix nach wenigen Happen fest.

„Anders gut?", staunten die Kaltenberger.

„Er meint sicher, dass der Grieß aus anderem Getreide als Weizen ist", vermutete Lady Ariane schmunzelnd.

„Das stimmt. Es ist Hirse. Euer Sohn ist ein kleiner Feinschmecker."

Terence half Fabienne, ihr Schüsselchen leer zu löffeln, wobei sie ihrer verbundenen Hand schweigend finstere Blicke widmete. Trotzig zog sie die Nase hoch.

„Sie hat sicher Schmerzen", stellte einer der Ritter fest.

Sir Ben hob die Schultern. „Das würde sie nicht zugeben. Wir können es nur beobachten. Ich bin schon froh, dass die Schwellung etwas zurückgegangen ist."

Die Dame des Hauses rief eine Magd herbei. „Führe die drei zu den Schildkröten. Sie werden sicher noch nie lebende Tiere gesehen haben."

Felix fasste nach Fabiennes gesunder Hand, seine andere reichte er Terence. Neugierig folgten sie der Magd in den sonnigen Garten, wo nicht nur exotische Pflanzen, sondern auch verschiedene exotische

Tiere gehalten wurden. Terence kannte die meisten Geschöpfe nur aus Büchern, hatte aber schon einmal einen leeren Schildkrötenpanzer gesehen. Für die Kleinen war alles neu. Fabienne vergaß sogar für eine Weile, dass ihr Handgelenk, genau genommen, sehr weh tat.

Sir Felix verdrehte lustig die Augen, als Fabienne die wandelnden Pflastersteine einfach ‚Röte' nannte, weil sie das schwere Wort Schildkröte nicht ausspre-chen konnte.

„Ihr wisst aber, das die Kleinen jetzt immer Schild-krötenburg sagen werden?", verriet Lady Ariane mit einem Blinzeln beim Abschied am nächsten Morgen.

Die Kaltenburgerin winkte lachend ab. „Das Wich-tigste ist, dass sie sich gern an uns erinnern."

„Und an den Brei, der anders gut schmeckt", kicherte Terence vergnügt.

Sie saßen auf. Da kam ein Pferdeknecht um die Ecke, noch zwei Tiere am langen Zügel führend.

„Ich habe Sir Jonas befohlen, Euch nach Hause zu begleiten, er wird die beiden Rosse führen. Euer Terence hat mit drei Pferden schon genug zu tun." Der Ritter von Kaltenberg gab das Zeichen zum Aufbruch.

Lady Fabienne saß wieder bei Mama mit auf dem Pferd und trug die verletzte Hand in einem bunten Seidentuch. Die Kaltenburgerin hatte extra eins herausgesucht, auf welchem eine Schildkröte abgebil-det war. „Sie passt auf, dass Ihr gut nach Hause kommt, meine kleine Dame, und dass die Hand schnell wieder heilt." Fabienne bedankte sich mit einem glücklichen Lachen.

Felix hatte darauf bestanden, den Verband an seinem Kopf zu entfernen. Die schorfige Narbe verlieh ihm ein martialisches Aussehen. Die Ritter staunten, wie rasch man trotz der Kinder vorankam. Fabienne und Felix hatten inzwischen gelernt, auf dem Pferderücken aus dem Bocksbeutel zu trinken, sodass man nur eine längere Mittagsrast einlegte, damit sich die Pferde erholen konnten. Terence kontrollierte akribisch seine Rosen, die er hin und wieder befeuchtete. Zwischendurch fungierte er ungefragt, aber gern in Anspruch genommen, als dienstbarer Geist aller Reiter und das Lob darüber, erfreute seine Herrschaften sehr.

König Vincent stieg selbst auf den Turm, als ihm die Wache mehrere Ritter unter Waffen mit unterschiedlichen Wappen meldete. Mit scharfen Drachenauge erkannte er, wer sich da näherte und gab Befehl, die Gäste sofort zu ihm zu führen.

„Hier waren wir schon mal", rief Sir Felix beim Anblick der Burgsilhouette.

„Das ist richtig!", lobte ihn Sir Ben, es war wichtig, die freundlich gesonnenen Adelssitze schon am Umriss zu erkennen. Felix hatte sich die Königsburg sogar von der Rückseite eingeprägt, obwohl er sie nicht lange im Blick gehabt hatte.

„Ihr wollt wohl Pferde züchten?!", staunte der König, weil die freien Tiere alle Lady Ariane gehörten.

„Das ist die Kampfbeute der streitbaren Dame, mein König", schmunzelte der Ritter von Kaltenberg. „Sie hat geschafft, was uns nicht gelungen ist." Und erzählte, weil sich Terence mit dem Kindermädchen der Königin um die Kleinen kümmerte, was ihn dazu getrieben hatte, Sir Bens Familie hierher zu begleiten.

„Ihr meint das offenbar alles ernst!", rief Königin Maya, Lady Ariane erschreckt betrachtend.

„Todernst!" Der Herr von Kaltenberg packte den Stapel Briefe und Urkunden auf den Tisch. „Sie hat die Männer allein niedergemacht und das Recht, die Pferde und Waffen zu nehmen. Nur auf die Pergamente habe ich bestanden, weil es auf meinem Land geschehen ist."

Über König Vincents Gesicht huschte ein breites genüssliches Grinsen. „Sir Ben, lasst mit dem Bau beginnen! Ich habe es Eurer Gattin ja schon lange versprochen, dass ich die Wolkenfelser das Geld ausschwitzen lasse. Nun hat sie sogar selber dafür gesorgt, dass von denen kein Einspruch kommen kann. Die Kaltenberger bekommen die Burg Tanneck und die dazugehörenden Ländereien. Ich denke, damit dürften alle zufrieden sein."

Der Ritter von Kaltenberg bedankte sich hocherfreut bei Sir Vincent, aber auch bei Lady Ariane, der Ursache für dieses großzügige Geschenk seines Königs.

Mit vielen Grüßen an Sir Bills Familie machten sich die Reiter am nächsten Morgen auf den Weg zum letzten Übernachtungsort vor der Grenze, wo alle überauserfreut und herzlich empfangen wurden. Auch hier herrschte größtes Entzücken darüber, die Wegelagerer endgültig los zu sein.

„Hier habe ich zum ersten Mal das schwarze Pferd gesehen", erklärte Terence Ritter Jonas. „Und ich habe sogar gefragt, ob so Raubritter aussehen."

„Gut, dass du das Pferd ansprichst!", rief Lady Ariane. „Ich schenke es dir, weil du mir sofort nachgeritten bist, obwohl du wusstest, dass wir kaum Chancen haben würden."

„Heißen Dank, meine Herrin!", strahlte Terence. „Es ist ein wundervoller Rappe."

Lady Ashley erfuhr als Erste, dass Lady Ariane in heimatliche Regionen zurückkehrte und fand sich während der Mittagsrast bei den Reitern ein. Natürlich waren alle Drachen durch König Vincent informiert worden, was sich auf der langen Reise zugetragen hatte, und die Drachendame wandte sich nach der herzlichen Begrüßung sofort Lady Fabienne zu. „Wir beide schauen jetzt nach Eurer Hand", legte sie fest. „Tut sie noch weh?"

Fabienne nickte mit zusammengepressten Lippen, die Erwachsenen wechselten sorgenvolle Blicke und Felix war sofort zur Stelle, um seiner Schwester Trost zu spenden. Ashley nahm das Tuch ab und löste die Verbände. Fabienne biss sich auf die Unterlippe. „Es wird nicht weh tun, was ich mache", versprach Lady Ashley, ganz sanfte heilende Energie in den Bruch sendend. „Tut das gut?"

Fabienne nickte lächelnd. Ja, das tat richtig gut und sie konnte auch sogleich die Finger besser bewegen. Felix fasste sich an die Stirn, denn dort kribbelte es seltsam.

„Ach, schaut an! Da hat ja sogar Euer Bruder etwas von meinen heilenden Kräften abbekommen!", schmunzelte Ashley, als Felix den dicken Grind abzog und glatte, rosige Haut zum Vorschein kam. „Und Ihr, kleine Lady, braucht nun keinen Verband mehr."

„Röte?", fragte Fabienne traurig.

„Die Schildkröte könnt Ihr nun als Schultertuch tragen!" Ariane band es ihr um, worauf Fabienne sofort wieder lächelte.

„Und Euch geht es gut?" Lady Ashley streichelte Arianes Hand.

„Alles bestens."

„Wenn irgendwann mal nicht, dann sagt es mir. So von Drache zu Drache."

„Das wisst Ihr auch schon?!" Lady Ariane schüttelte ungläubig den Kopf.

Lady Ashley lachte herzlich, verwandelte sich und segelte davon.

„Ich habe auch gepetzt", meldete sich Terence. „Mir tat es so leid, dass Lady Fabienne solche Schmerzen hatte und nicht einmal Sir Felix Trost spenden konnte. Da habe ich Lady Ashley gefragt, ob sie mir vielleicht ein heilendes Mittel verraten kann. Dass sie gleich selbst herkommt, hab ich nicht geahnt."

„Das hast du gut gemacht!", lobte Sir Ben. „Du hast den Schwarzen wahrlich verdient."

Sir Jonas wunderte sich auch kein bisschen, dass am Abend der Rückkehr die Drachen auf dem Hof des Weihergutes landeten, wie andernorts Tauben. Snoopy führte Freudentänze auf und überall sah man nur strahlende Gesichter. Beim Wein erzählte Sir Ben Sir Jonas, warum einige Mauern rußgeschwärzt waren.

„Ihr habt wahrlich nicht wenig erlebt!", rief der Gast.

Am nächsten Tag ritten die beiden Männer mit Terence zur Königsburg Lilienstein, wo das Herrscherpaar gleich die besten Handwerker für den Burgenbau rufen ließ. Der alte Turm sollte nicht angetastet werden, sodass die wundervollen Rosen, die der Knappe für die Kinder seines Herrn erbeten hatte, in Ruhe anwachsen konnten.

„Ich hätte Lust, Euern Knappen in ein Scharmützel mit den Großen zu schicken", überlegte König Cedric laut.

„Was hält Euch davon ab?", erwiderte Sir Ben.

„Wie gefällt dir meine Idee?", fragte der König Terence.

„Ausnehmend gut. Ich kann dabei nur lernen, mein König." Terence verbeugte sich.

„Diese Herangehensweise gefällt mir. Dann morgen früh in voller Bewaffnung auf dem großen Turnierplatz!", rief Sir Cedric, sich die Hände reibend.

„Das macht Euer König doch nicht ohne Grund", wandte sich Sir Jonas auf dem Heimweg an Sir Ben.

„Ganz sicher nicht. Entweder will er den Großen eine Lektion erteilen, oder er weiß etwas, das wir nicht wissen und will antesten, ob etwas dran ist, an der Sache. Wir werden sehen. Terence wird die besten Waffen bekommen, die sich in meiner Rüstkammer befinden und auf seinem eigenen Rappen in den Kampf ziehen."

Und ich werde morgen seinen Vater zum Turnierplatz bringen, hörte er die Stimme von Sir Dan und bedankte sich herzlich. Terence bekam die Nachricht nicht, denn Sir Dan hatt sie vor ihm abgeschirmt, damit die Überraschung umso größer sein werde. Alle Ritter des Landes, die Knappen ab 12 Jahre trainierten, erhielten noch in der Nacht die Einladungen für das Blitzturnier vor Lilienstein. Die Drachen fanden sich auch so stets ein, um Zeit miteinander verbringen zu können.

„Aufgeregt?", fragte Sir Jonas beim Frühstück.

Terence schüttelte den Kopf. „Die kochen alle nur mit Wasser." Als er den Harnisch anlegte, der einmal seinem Herrn gehört hatte, wurde er noch ruhiger. Er gurtete sich das Schwert um, den Dolch steckte er in den Stiefelschaft, der dafür extra eine eingenähte Scheide hatte. Schon deshalb liebte er die Stiefel von Sir Patrick. Lady Fabienne saß wieder mit auf Pebbles. Sir Felix durfte bei Sir Jonas mitreiten, der es nicht übers Herz gebracht hätte, die harmlose Bitte abzuschlagen. Terence streichelte seinen Wallach. „Auf in den Kampf! Ich verlasse mich auf dich!"

Es waren zehn Knappen, die sich zum Turnier stellten, und Terence war mit Abstand der Jüngste. Die Hälfte der jungen Männer stand kurz vor dem Ritterschlag und die anderen waren mindestens 14 Jahre alt. Die schadenfrohen Blicke, als es hieß, Geschicklichkeit und Schwertkampf, interessierten Terence nicht. Im Gegensatz zu ihnen allen, hatte er bereits, nur mit einem Dolch in der Hand, gegen einen echten Feind gekämpft. Dass er schon seit Wochen Schwertunterricht bekam, würden sie zeitig genug merken. Dann entdeckte er seinen Vater zwischen den Zuschauern und hörte Lady Arianes Stimme: *Du schaffst das!* Sie hob beide Daumen.

Danke, Mylady. Ich gebe mir Mühe.

„Ich habe ein komisches Gefühl", murmelte Lady Ariane, worauf Lady Tessa einen vielsagenden Blick mit Sir Cedric wechselte. Lady Fabienne und Sir Felix saßen auf Papas Knien, um gut sehen und Terence anfeuern zu können. Jeder wusste, dass die

227

beiden ihn wie einen großen Bruder liebten. Fabienne hatte sogar ihr ‚Röte'-Tuch umgebunden, weil diese Tiere wie Drachen gepanzert waren und Terence Glück bringen sollten.

Der Rappe schien den Geschicklichkeitsparcours zu kennen, denn Terence musste kaum die Richtung vorgeben. Er wurde Vierter beim Ringestechen.

Königin Tessa zog die Augenbrauen zusammen. Dass bei Terence die Ringe mehr schaukelten, lag keinesfalls am Wind. Lady Ariane ballte die rechte Hand zur Faust. Sie merkte nicht, dass sie vom Königspaar sehr genau beobachtet wurde.

Die Tjost wurde mit Lanzen gestochen, die am vorderen Ende ein dickes, mit Schafwolle gefülltes, Lederpolster trugen.

Er ist noch nie eine Tjost geritten, zürnte Lady Ariane.

Beruhigt Euch! Er ist ein cleveres Bürschlein, gab Sir Ben mit unbewegter Miene zurück.

Die Regeln wurden verkündet. Es durften ausschließlich Treffer auf Arme, Brust- und Rückenharnisch des Gegners gesetzt werden. Alles andere sollte zur Disqualifikation und Sperre für den späteren Schwertkampf führen.

Terence hielt sich tapfer, obwohl es die fünf Ältesten darauf anlegten, ihn hart an der Grenze zum Ausschluss zu traktieren, indem sie versuchten, seinen Hals zu treffen. Rein zufällig natürlich. Durch Abrutschen am Rand seines Panzers. Einer tat es immer wieder, ohne das der König einschritt. Lady Ariane gab ein Geräusch von sich, das dem verhaltenen Knurren eines wütenden Hundes glich. Sir Cedric tippte Lady Tessa an. Arianes Haut hatte für einen kurzen Moment einen deutlichen smaragdgrünen Farbton angenommen.

Es wird Zeit, dass du es ihm heimzahlst, hörte Terence Arianes Stimme, als er den letzten Versuch gegen den rabiaten Kerl ritt. *Zeige uns endlich, was dir geschenkt wurde!*

Euer Wunsch ist mir Befehl, Herrin. Terence visierte die Armkachel an und nutzte im Vorbeiritt das erste Mal seine Drachenstärke, die er aus Gründen der Fairness bisher zurückgehalten hatte. Er hakte mit Drachenblick blitzschnell genau am Rand der Kachel ein und seinem Gegner den Arm aus, wodurch er ihn gleich mit aus dem Sattel stieß.

Geht doch! Lady Ariane lächelte breit und äußerst zufrieden, weil dieser Gegner ganz bestimmt auf diesem Turnier kein Schwert führen werde.

Dass sich die anderen vier nun wie Wölfe auf Terence stürzen würden, war vorauszusehen und er ließ es darauf ankommen, indem er ihnen auffordernde Blick schenkte.

Die Regeln legte der König wie beim Ritterturnier fest: Paare und wer seinen Gegner besiegte, konnte sich wild auf jeden werfen. Da einer bei der Auslosung übrig blieb, wartete der nur darauf, sein Mütchen an Terence zu kühlen.

Sir Ben beobachtete mit Sorge die Augenduelle. *Mach sie schnell nieder,* bat er.

Wird erledigt, gab Terence kurz zurück, denn der Erste stürmte bereits auf ihn ein. Augenblicke später flog dessen Schwert davon und der freie Kämpfer stürzte sich auf Terence. Dass er sich am Ende gegen drei Schwerter wehren musste, hatte nicht einmal der König vorausgesehen. Es waren allesamt

17jährige, weil die jungen, unerfahrenen Knappen in Sekundenschnelle aus dem Rennen waren.

Nun hielt sich Terence schon drei Minuten recht passabel und stachelte damit die Angreifer noch mehr auf. Als wieder einer unfair hinterrücks nach Terences Hals schlug, glücklicherweise aber nur den Rand des Rückenpanzers traf, wollte der König den Kampf abbrechen. Nur kam es nicht dazu, denn die Ereignisse überschlugen sich: Terence stieß einen Wutschrei aus, der fast die Trommelfelle sprengte, er fetzte sich mit einem Griff den Brustpanzer vom Leib. Die dicken Lederriemen rissen wie Grashalme und die drei Schwertkämpfer sprangen, Entsetzen in den Augen, ein paar Schritte zurück.

Vor ihnen baute sich ein smaragdfarbener Drachenmann auf, der ihnen die Waffen aus den Händen riss und diese beinahe spielerisch überm Knie zerbrach. „Schluss mit dem Unfug!", zischte er.

„Oh!" Lady Ariane beugte sich interessiert vor. „Habe ich auch so ausgesehen?"

„Nein, Mama, Ihr saht noch viel gefährlicher aus!", rief Felix, seinen Blick nicht von Drache Terence wendend.

„Bravo!", rief der König. „Genau das wollte ich wissen!" Er ließ die Ritter und ihre Knappen antreten, um den einen viel Glück für die weitere Ausbildung zu wünschen, die anderen zu schelten, weil Ehre wohl ein Fremdwort sei, und sich am Ende Sir Ben und Terence zuzuwenden. „Ich hoffe sehr, dass unser junger Freund irgendwann auch die zweite und dritte Stufe der Drachenwerdung erklimmt. Ich denke da an einen gewissen Sir Jim von der Kuckucksburg, der seine vier Beine und die Flügel auch erst später bekam." Er blinzelte seiner Gattin fröhlich zu. „Dann haben wir hier auch noch die Drachendame Ariane, die vorhin gerade wieder kurz vor der Verwandlung stand, um unter dem unfairen Volk aufzuräumen."

„Ach herrje! Ihr habt es bemerkt?!"

„Wer plötzlich grün schimmert, fällt schon irgendwie auf", lachte Lady Tessa.

Lady Ashley schmunzelte. „Jedenfalls weiß ich nun, dass Ihr beide direkt zu den Smaragddrachen gehört. Sonst würdet Ihr nämlich ganz einfache oliv- und nicht smaragdgrüne Schuppen ausbilden. Urgroßvater Emerald hat in der Grotte sicher bemerkt, dass Ihr unter meinem Schutz steht."

„Ach, deshalb hat es Sir Timothy gefühlt, als ich mich verwandelte!", rief Lady Ariane überrascht.

Königin Tessa nickte. „Wir sind jetzt echte Clanverwandte, was mich aufrichtig freut, weil ich es nicht erwartet habe."

„Danke, danke, meine Königin!", strahlte Lady Ariane.

Terence wurde indes von seinem überglücklichen Vater in die Arme geschlossen, der das Gesehene kaum glauben mochte. „Ach, hätte es deine Mutter nur erleben können!", rief er immer wieder.

Sir Jonas fühlte sich in der Runde der Drachenritter wohl. Für ihn gab es nur selten Gelegenheit, mit den mächtigen Wesen zu sprechen, und nun hatte er einen Teil der Geschichte zweier neuer Drachen hautnah miterlebt. Er freute sich darüber, auch in Zukunft bei ihnen allen ein gern gesehener Gast zu sein. Als er zwei Tage später nach Hause aufbrach, tauchten bis zur Grenze immer wieder Drachen am Himmel auf, um seinen Weg zu sichern.

Als er sich zur Übernachtung am Waldrand einrichtete, landete Sir Ian: „Ihr könnt ganz in Ruhe schlafen, ich werde wachen und Euch morgen einen kleinen Flug zur heimatlichen Burg spendieren. Ich will meinen Vater besuchen und das liegt ja fast in gleicher Richtung."

Dass Ritter Jonas am nächsten Tag wie ein Held empfangen wurde, ließ sogar Sir Ian hellauf lachen. Das Schwierigste war gewesen, das flugungeübte Pferd in den Griff zu bekommen, weshalb Jonas grinsend erklärte: „Ihr müsst Ritter Ian feiern, nicht mich."

Die Kämpfer der Weiherburg

Auf dem Weihergut begannen am gleichen Tag die Vermessungsarbeiten und die ersten Ochsenkarren mit Steinquadern für den Mauerbau trafen ein. Terence ritt jeden Morgen nach dem üblichen Training zur Rossburg, um beim weißen Drachen zu lernen, wie er seine Kräfte kontrollieren könne. Denn es schien sich jetzt schon abzuzeichnen, dass ihn der König beim nächsten Turnier der Ritter an den Start befehlen werde, um seine Fortschritte auszutesten. Und auch Lady Ariane nahm Schwertunterricht. Aber heimlich, bei Lady Ashley, wenn mittags die Kinder schliefen. Snoopy wachte über die Kleinen und die Damen zogen sich in den Waffensaal zurück.

Als Sir Felix von allein begann, mit einem Holzschwert die Bewegungen der Ritter nachzuahmen, gab ihn Sir Ben bei Sir Dan in die Lehre. „Man verdirbt es nur, wenn man den eigenen Sohn ausbildet", pflegte Sir Ben zu sagen. „Frischer Wind bringt schneller voran, als eine altbekannte Brise."

Felix setzte alles daran, von seinem Dienstherrn genau so gelobt zu werden, wie sein Vater, der seine hervorragende Ausbildung dem gleichen Drachenritter verdankte. An den Wochenenden durfte er nach Hause reiten, um Zeit mit seiner Familie zu verbringen. In den ersten beiden Jahren holte ihn Terence ab und brachte ihn auch wieder zurück zur Quellenburg.

Fabienne lebte an den Wochenenden richtig auf. Felix fehlte ihr. An manchen Tagen saß sie stundenlang mit Snoopy bei den Rosenstöcken, die inzwischen viermannshoch den Turm bedeckten und deren Blütenduft man auf dem ganzen Innenhof wahrnehmen konnte.

Der Ausbau des Weihergutes zur Wehrburg ging rasch vonstatten, weil das Material keine Berge hinauf gekarrt werden musste. Nach drei Jahren war der erste Mauerring mit einem massiven Tor fertig. Eine hilfreiche Änderung sorgte dafür, dass statt eines zweiten Mauerrings ein breiter Graben mit einer Zugbrücke angelegt wurde. Man hatte nämlich beim Ausschachten für das erste Fundament festgestellt, dass schon in geringer Tiefe Grundwasser austrat, welches aus einer anderen Schicht zu stammen schien, als das Brunnenwasser. Denn der Brunnen fiel nicht trocken, obwohl sich immer mehr Wasser im Graben sammelte.

Terence hatte seine Ausbildung zum Ritter noch nicht ganz beendet, als ihn König Cedric tatsächlich zum Turnier befahl. Logisch, dass er da wieder auf jene traf, die ihn seit langem in die tiefste Hölle wünschten, weil sie der König zurückgestuft und erst zwei Jahre später zu Rittern geschlagen hatte. Die mürrischen Gesichter ignorierte er. Seiner Kraft bewusst, konnten sie ihm bestenfalls wieder als Meute oder mit wenig ehrenhaftem Verhalten gefährlich werden. Wobei er auf diesem Treffen beide Varianten zusammen in Betracht zog. Es gab Dinge und Menschen, die sich einfach nie änderten.

„Was wird geschehen, wenn sie sich wieder wie wilde Tiere auf Terence stürzen?", fragte Lady Ariane König Cedric.

„Dann werde ich einer einzigen Person, die kein Ritter sein darf, erlauben, ihm beistehen zu dürfen, wenn er sich nicht verwandeln will. Ihr scheint wieder Ahnungen zu haben!"

„So ist es, mein König." Ariane nahm ihren Platz auf der Tribüne ein.

Sir Felix führte Lady Fabienne am Arm dahin, wo die Töchter und Söhne der anderen Adelsfamilien dem Spektakel beiwohnen wollten. Hätte er geahnt, dass sich ausgerechnet der windige Sir Peter mehr für seine Schwester als die Kämpfe interessierte, wäre er mit ihr ganz brav auf der Tribüne geblieben. Sir Peter war drei Jahre älter als Felix und hatte nicht die Laufbahn eines Ritters eingeschlagen. Er glänzte einzig damit, der Sohn eines berühmten Mannes zu sein. Da Sir Felix noch Knappe war, flirtete Peter ungeniert mit Lady Fabienne, um deren Bruder zur Weißglut zu bringen.

Inzwischen nahmen die Reiter Aufstellung, um das Königspaar zu begrüßen und sich dem Kampfgericht vorzustellen. Von Größe und Statur war ihnen Terence durchaus ebenbürtig. Auffallend war das Pferd, das er ritt. Es war aus einem ungewollten Liebesabenteuer eines Thunderstorm-Hengstes mit einer Rappenstute hervorgegangen, stand seinem Vater aber kaum in Wildheit und Kampfgeist nach, wobei es etwas größer als seine Mutter geraten war. Das Muttertier hatte den kleinen Hengst verstoßen und Terence bat Sir Bill auf Knien, ihn das Fohlen mit der Hand aufziehen zu lassen, weil es sonst in der Form von Steaks oder Gulasch auf den Tellern gelandet wäre. Sein alter Rappe war in die Jahre gekommen, knusperte bei Sir Ben Gnadenbrot und diente Lady Fabienne als Reittier für kurze Ausflüge zu den Weihern. Sein neues Ross bekamen selbst Eingeweihte heute zum ersten Mal zu sehen.

„Gar nicht so übel", murmelte Lady Tessa. „Zwar weder das Eine noch das Andere, aber allemal imposant. Schaut Euch nur die Muskeln an!"

„Ich denke, wie werden heute wieder so einiges auch vom Reiter zu sehen bekommen", munkelte König Cedric vergnügt und eröffnete das Turnier.

Terence hatte in den letzten Jahren gelernt, dass sich bei derartigen Veranstaltungen jeder selbst der Nächste und es sinnvoll war, von Anfang an für klare Fronten zu sorgen. Also nutze er seine Drachenkräfte und sammelte alle Ringe ein. Beim Wurf mit der Streitaxt ging nur eine nicht genau ins Zentrum und nach ihm musste die Zielscheibe ausgetauscht werden, so tief waren die Äxte ins Holz gedrungen. Das Bogenschießen gewann er haushoch, weil er zweimal sogar mit dem nächsten Pfeil dessen Vorgänger im mittleren Kreis spaltete. Die Drachen klatschten frenetisch Beifall.

„Macht es nach, wenn Ihr könnt!", forderte Lady Fabienne Sir Peter auf, der ausgemacht dumme Sprüche über Terence von sich gab.

„Er wüsste nicht mal, wie man einen Bogen hält", grollte Sir Felix.

„Das sehe ich auch so", erwiderte Lady Fabienne aufgebracht. „Begleitet mich zu den Tribünen! Ich brauche sachkundige Unterhaltung." Sie hängte sich in den angebotenen Arm ein und schritt stolz wie eine Königin neben ihrem Bruder her. Lieber ein Knappe als Begleiter, der das Kriegshandwerk wirklich verstand, als ein schwerreicher Nichtsnutz, der nicht einmal wusste, wovon er sprach.

Lady Tessa schmunzelte. Den Wortwechsel hatten ihre Drachenohren vernommen und sie freute sich, dass Fabienne charakterlich ganz nach ihren Eltern geraten war. Sie arbeitete auf dem Hof, wenn Hilfe nötig war, hatte immer ein gutes Wort für Mägde und Knechte und wäre die Letzte gewesen, die Knappen das Leben schwer gemacht hätte.

Auf dem Turnierplatz wurde noch einmal Hand an die Strecke für den Lanzenritt gelegt, die Paare ausgelost und schon startete der Wettbewerb.

„Ich weiß auch nicht, aber ich habe immer öfter das Gefühl, die Herren Ben und Bill vor mir zu haben", lachte der König, als bereits vier Pferde in den Besitz des Knappen Terence gefallen waren.

„Gebt Acht, jetzt kommen die Sahnehäubchen!", rief Königin Tessa, denn die beiden Jungritter, die Terence wenig wohlgesonnen waren, standen bereit.

Er brauchte zwar alle Versuche, um sie zu Boden zu schicken, aber er schaffte es und genehmigte sich auch diese beiden Pferde.

„Bin gespannt, ob sie sie freikaufen", witzelte Sir Felix, als Lady Fabienne begeistert klatschte.

„Wer ist eigentlich sein dienstbarer Geist? Ich habe noch nicht einmal das Gesicht gesehen!", rief Lady Ariane.

„Na wer wohl?", feixte Sir Ian, auf den verwaisten Platz seiner Gattin deutend. „Ihre Heilkräfte haben ihr den Vorzug vor Sir Felix gegeben, der liebend gern für Terence agiert hätte. Aber Lady Fabienne dürfte nicht böse sein, dass es anders gekommen ist.

Ich habe sie schon lange nicht mehr so glücklich lächeln sehen."

„Darüber mache ich mir auch langsam Sorgen", gab Lady Ariane zu.

Die halbe Stunde Pause zwischen Tjost und Schwertkampf war um. Der Kampfrichter stellte die Paarungen zusammen. Sekunden später erklangen die ersten Schwerthiebe, abgewehrt mit Schilden.

Nach zehn Minuten hatte Terence bereits zwei Gegner und am Ende schließlich vier. Lady Ariane ärgerte sich gerade wieder buchstäblich grün, bis der ersehnte Ruf de Königs erklang: „Ein Freiwilliger für Terence!"

Ariane riss das Schwert ihres Gatten aus der Scheide und übersprang trotz Kleid die Wand der Tribüne.

„Oh nein!", hauchte Lady Fabienne. Sir Ben schrie: „Um Himmels willen!" Die anderen saßen starr vor Schreck.

„Ähhh, damit habe ich nun wirklich nicht gerechnet!", rief König Cedric erbleichend.

Einige Drachen machten sich startbereit, setzten sich aber wieder nieder, nachdem sie die ersten Aktionen der resoluten Dame gesehen hatten. Lady Ashley grinst sich eins hinter ihrem geschlossenen Visier.

Lady Ariane strahlte in smaragdgrünem Naturpanzer, der einen Harnisch überflüssig machte. Gemeinsam mit Terence trieb sie die Ritter über den Platz. Als nur noch zwei übrig waren, wandte sie sich zum Gehen. Einen Wimpernschlag später spürte sie einen heftigen Stich in den glücklicherweise gut geschützten Rücken, hörte ohrenbetäubendes Raubtiergebrüll und wurde vom Schatten eines großen Drachens bedeckt. Terence räumte auf. Dass der ehrlose Ritter danach nie wieder eine Waffe führen konnte, wunderte keinen. Der andere Endrundenkämpfer saß benommen auf dem Boden und ließ sich von Lady Ariane willig auf die Füße ziehen. Er war nur direkt in einen Prankenhieb gelaufen, der ihn bewusstlos niederstreckte.

„Gut siehst du aus, mein Lieber!" Lady Ariane streichelte Drache Terence zwischen den Hörnern.

„Ihr aber auch, besonders, wenn Ihr wütend seid!", gab er, zurückverwandelt, das Kompliment blinzelnd zurück. „Herzlichen Dank für die Hilfe! Ich wusste gar nicht, dass Ihr den Schwertkampf beherrscht!"

„Ich auch nicht!", rief Sir Ben, unter einsetzendem Gelächter von der Tribüne.

Sir Ian zeigte neugierig auf den freien Platz neben sich, worauf Lady Ariane heftig nickte. Sie reichte ihrem Gatten das Schwert hinauf. „Eine ausgesprochen gute Waffe. Danke fürs Borgen."

„Und da mache ich mir Sorgen, wer außer dem alten Snoopy die Burg sichern soll, wenn alle Männer weg sind!", murmelte Sir Felix, worauf das Gelächter erneut aufflammte.

König Cedric ließ gleich den Knappen und dessen Herrin zu sich rufen. Mit einem vergnügten Grinsen schlug er Terence zum Ritter und empfahl ihm, aus den erbeuteten Pferden ordentlich Gewinn zu ziehen.

Dann ließ er Lady Ariane niederknien. „Euch schlage ich ebenfalls zum Ritter des Reiches und damit Ihr nicht wieder borgen müsst, bekommt Ihr mein Schwert!"

„Großen Dank, mein König. Immer die Eure!"

„Ich denke, nun überlegen es sich alle drei Mal, ehe sie die Weiherburg angreifen!", rief Sir Marc, seiner streitbaren Schwester von Herzen gratulierend.

„Das nächste große Turnier ist in vier Jahren, wenn Sir John und Lady Jane heiraten", verriet Königin Tessa Felix hinter vorgehaltener Hand.

„Oh, ich werde bereit sein!", schwor er mit funkelnden Augen.

Sir Terence erklärte nun ganz offiziell, auf der Weiherburg bleiben zu wollen, womit er der Familie seines Dienstherrn eine riesige Freude machte.

„Habt bitte ein Auge mit auf meine Schwester", bat Sir Felix, als er zur Quellenburg zurückkehren musste. „Ich ertrage es nicht, dass dieser Sir Peter um sie herumschwänzelt, wie ein rolliger Kater!"

„Ich verspreche es Euch!" Sir Terence schaute dem Freund nachdenklich hinterher. Es war nichts das erste Mal, dass eine ähnliche Bitte kam.

Sir Terence stand ein paar Wochen später noch unter einem Fenster der Rossburg, als er drinnen Lady Tara sagen hörte: „Ich mache mir Sorgen um Lady Fabienne. Sie wird von Tag zu Tag magerer und stiller. Ich werde ihr morgen verraten, dass Sir Felix nicht ihr leiblicher Bruder ist und sie sehr wohl einen Grund hat, eifersüchtig zu sein, wenn er auf Knappen-Turnieren Kränze einsammelt."

„Tut, was Ihr für richtig haltet", erwiderte Sir Bill. „Ich verstehe ja auch nicht, warum sie es ihnen nicht schon lange erklärt haben."

„Vielleicht wollen sie warten, bis er zum Ritter geschlagen ist?", mutmaßte Lady Tara.

Sir Terence huschte auf Zehenspitzen davon. Sir Felix nicht der leibliche Sohn? Das konnte er sich kaum vorstellen. Aber Lady Tara würde nicht solche Worte sagen, die Sir Bill bestätigte, wenn es nicht so wäre. Ganz unmöglich schien es ihm schließlich auch nicht mehr, weil er daran dachte, wie er von klein auf behandelt worden war. Er fühlte sich ja selbst oft wie ein Sohn. Auch heute noch.

Am kommenden Wochenende ahnte er, dass Lady Tara mit Lady Fabienne gesprochen haben musste. Die begann nämlich, Sir Felix schöne Augen zu machen, obwohl sie erst zwölf Jahre war. Wenn er davonreiten musste, schaute sie vom Turm aus hinterher und wenn der nächste Samstag anbrach, wartete sie schon morgens auf dem Turm, ob sie ihn in der Ferne erkennen könne. Mehr als ein Mal zog sie sich da oben heftige Erkältungen zu, weil die Winterkälte irgendwann durch die dicksten Pelze drang, wenn man sich nicht bewegte.

Und Felix wurde immer unleidlicher. Bei jedem Scharmützel mit anderen Knappen, das der König ausrichten ließ, schäumte er vor Wut, wenn er Sir Peter nur von Ferne sah. Sein Unmut gipfelte in unwirschen Antworten, die er seiner Familie und auch Sir Terence gab. Sir Dan konnte sich keinen Reim auf die Gemütsschwankungen machen, von denen die anderen erzählten, er selber aber nicht betroffen war. Sir Felix setzte wahrlich alles daran, nicht einen Fleck auf seine makellos weiße Knappenweste zu bekommen.

Sir Terence genoss als lediger Drache das Privileg, wichtige Botendienste zu den Clanmitgliedern König Vincents fliegen zu dürfen. So schaute er eben auch

241

ganz regelmäßig bei den Kaltenbergern vorbei, in der Smaragdburg und auf Blackstone. Den Rückweg nahm er stets über Kuckuckstein und die Wasserburg von Lady Mo, ehe er König Vincent seine Aufwartung machte.

Auf beiden Seiten bereitete man sich auf die Hochzeit der jungen Drachen vor, die allerdings noch immer keine Ambitionen zeigten, sich zu verwandeln. Sir John hatte inzwischen den Ritterschlag erhalten und sich sogar eine eigene Burg zwischen dem Gebiet seines Vaters und Kaltenberg erkämpft. Ehe ihm jemand zuvorkommen konnte, hatte sich Sir Jonas um Anstellung beworben, denn der Herr von Kaltenberg bildete wieder neue Knappen aus. Es war eng geworden, in der alten Feste.

Sein junger Dienstherr war froh, einen erfahrenen Ritter zur Seite zu haben, der manchen Sturm erlebt hatte und überdies als absolut treu galt. So ernannte er ihn kurzerhand zum Verwalter, um für andere klare Fronten zu schaffen. Sir Terence wurde von beiden freudig willkommen geheißen und nahm das Nachtlager dankend an.

Nach Lady Fabienne und Sir Felix befragt, seufzte Sir Terence tief und schüttete sein Herz aus, ohne zu erwähnen, welches Geheimnis er erfahren hatte.

„Hm", machte Ritter Jonas. „Er hat sie ja schon immer auf Händen getragen und sie mochte auch keinen Augenblick ohne ihn sein. Jetzt, wo sie erwachsen werden, stürzt die schmerzliche Erkenntnis, dass man einander nicht haben kann, wohl beide in ein tiefes Loch."

„Das wäre eine logische Erklärung", überlegte Sir Terence laut. *Obwohl ich mir nicht vorstellen kann, dass sie ihm nicht brühwarm verraten hat, was Lady Tara zu berichten wusste,* fügte er in Gedanken für sich hinzu.

„Erzählt meiner Liebsten, dass ich nun ein nettes Häuschen für traute Zweisamkeit habe", bat der Königssohn, als Sir Terence wieder nach Hause flog.

„Ich werde es nicht vergessen", versprach Sir Terence, als Drache gleich vom Turm aus startend. *Ich bin sicher, dass es ihr hier sehr gefallen wird!*

Ich hoffe es! Sir John schaute dem davonfliegenden Smaragddrachen lange nach. „Zeit für die letzten Vorbereitungen", wandte er sich an Sir Jonas.

Zu Hause wurde Drache Terence von den Damen empfangen und musste lachen, weil sie es kaum erwarten konnten, Nachricht zu bekommen. Lady Ariane brachte Braten und Lady Fabienne nahte mit dem Weinkrug. Sir Ben grinste vergnügt, weil die Neugier beiden aus jedem Gesichtszug schaute. Sie zügelten sich aber, bis der junge Ritter in Ruhe gegessen hatte. Dann bestürmten sie ihn mit Fragen.

Am interessantesten war natürlich, dass Sir Jonas den Sprung zum Verwalter auf einer Drachenburg geschafft hatte. Er hatte nie ein Geheimnis daraus gemacht, keine eigene Burg haben zu wollen. Nun konnte er seinen Traum leben, weil er ganz einfach gefragt hatte. Etwas, das er, ohne die Weiherburger kennengelernt zu haben, wohl nie gewagt hätte. Er hatte durch sie am eigenen Leib erfahren, dass Drachen nicht so unnahbar waren, wie sie Fremden auf den ersten Blick erschienen, und auch, dass sie keinen ‚fraßen‘, der ein Anliegen hatte.

Das große Turnier zu Ehren der Hochzeiter lockte Ritter aus aller Herren Länder an. Es gab Preise in den Einzeldisziplinen zu erringen, so auch ein

Damaszenerschwert, dessen Wert schwindelerregend hoch war. Einen Tag, bevor die Hochzeitsfeierlichkeiten für den Sohn des Drachenkönigs Vincent und die Tochter des weißen Drachen Bill beginnen sollten, erhielten drei Knappen den Ritterschlag. Unter ihnen Sir Felix, der nun an den Kämpfen teilnehmen konnte.

Mit den Rittern kamen schwerreiche Edelleute, die auf Brautschau für ihre Söhne waren. Sir Felix litt Höllenqualen, weil seine hübsche Schwester ständig umschwärmt wurde. In der Wut machte er im Turnier jeden nieder, der ihm vor die Waffen kam, um sich irgendwie abzureagieren. Dass ihm der Zorn zu einem neuen Schwert verhalf, das jeder begehrt hatte, gestaltete sich für ihn schon fast zur Nebensache.

Der König erteilte ihm schließlich den Auftrag, für die Sicherheit und den Komfort von Lady Brenda zu sorgen. Sir Felix nahm überaus dankbar an und die betagte Dame freute sich sehr darüber, noch einmal alle sehen zu können, denn es zeichnete sich immer deutlicher ab, dass ihre Lebenszeit ablief.

Auffällig oft waren sie und Sir Oliver mit Sir Timothy in ernste Gespräche vertieft, sodass Lady Tessa schließlich die Herren Vincent, Patrick und Timothy zur geheimen Königsunterredung mit ihrem Gatten einlud.

„Ich glaube, wir sollten uns Gedanken darüber machen, dass Lady Brenda hier ihren letzten Atemzug tun könnte", eröffnete sie das Gespräch.

„Ähnliche Worte habe ich heute Morgen von Lady Ariane gehört", erklärte Sir Patrick, „und ich teile die Sorge."

Der Gefleckte Drache nickte. „Lady Brenda geht davon aus, dass es genau so geschehen wird. Sie hat mich gebeten, alles zu tun, dass ihre Drachenkraft zum Zeitpunkt ihres Ablebens auf ein anderes Mitglied der Gemeinschaft übergehen kann. Des Weiteren möchte sie in der heimatlichen Gruft beigesetzt werden, weil Sir Oliver sonst das Herz endgültig brechen würde."

Jeder wusste, dass Sir Timothy, Träger des Geistes des Großen Drachens, alle Wünsche der weisen, gütigen Dame Punkt für Punkt erfüllen werde. So wie er einst beseelt worden war, sollte auch Lady Brenda noch sehen können, wie sich ihr Wunsch erfüllte. Sir Oliver wirkte nach außen gefasst. Wie es in seinem Inneren aussah, konnte man nur ahnen. Lady Brenda ließ sich nicht anmerken, dass sie Vorkehrungen getroffen hatte. Sie scherzte und lachte mit den anderen, wie man sie eben kannte. Sie genoss besonders die Gesellschaft von Lady Ariane und Sir Ben. Sie fühlte deutlich, dass sich beide ihretwegen sorgten, verbarg es aber gut in ihrem Herzen.

Amüsiert registrierte sie, wie finster Sir Felix schaute, wenn einer der jungen ledigen Ritter seiner Schwester den Hof machte. Wie eifersüchtig er jeden Tanz beobachtete, zu dem sie irgendeiner aufforderte. Auch, dass Sir Terence immer wieder die Lippen aufeinanderpresste und kaum merklich mit dem Kopf schüttelte, entging ihr nicht.

Am Morgen der Hochzeit des jungen Drachenpaares erklangen Fanfaren. Menschenmassen säumten den Festplatz. Königin Tessa musste herzlich über die verblüfften Gesichter lachen, als sich, statt eines Brautzuges ein rabenschwarzes Thunderstorm-Ross näherte, das Lady Jane auf seinem Rücken trug, eingehüllt in drachenaugenblaue Gewänder, die wie Schleier im Wind wehten.

Auf dem Weg vor der Königsburg erklang ebenfalls Hufschlag. Auch Sir John ritt auf einem Thunderstorm-Riesen heran, nur dass dieser strahlend weiß war.

„Das gibt es doch nicht!", rief König Cedric. „Wo kommt den plötzlich der Schimmel her? Ich wusste nicht mal, dass es weiße Pferde aus dieser Linie gibt!"

König Vincent grinste verschmitzt. „Das war über die Jahre unser bestgehütetes Geheimnis. Dieses Tier ist ein Albino. Und falls Ihr Euch gewundert habt, dass Sir Terence seit gestern wie vom Erdboden verschluckt war – er hat heute Nacht das Pferd hierher gebracht, damit sein Anblick wirklich jeden überraschen konnte."

Die Brautleute ritten langsam aufeinander zu, grüßten sich mit strahlendem Lächeln und erreichten Seite an Seite die Mitte des Festplatzes. Sir Terence half Lady Jane vom Pferd und übernahm beide Tiere, um sie in den königlichen Stall zu bringen. Von ihm ließen sich die Rösser willig führen, denn beide kannten ihn. Er verpasste also nicht viel von der Zeremonie, in welcher das Paar auf ewig verbunden wurde.

Ein einsamer Dudelsackspieler begann, eine Melodie zu spielen, zu der sich das junge Paar gemessenen Schrittes bewegte.

„Das war so nicht geplant", flüsterte Lady Maya überrascht.

Lady Tessa antwortete mit einem unwissenden Schulterzucken.

Die Musik wurde lauter, schneller und am Ende wirbelten Lady Jane und Sir John wie eine Windhose auf der Stelle. Plötzlich ließen sie einander los und flogen fast zu den gegenüberliegenden Enden des Platzes. Die Menge schrie auf, weil sie an ein Versehen glaubte.

In einem klagenden Laut, einem Drachenschrei ähnlich, endete das Lied und im selben Augenblick hockten sich zwei olivgrüne Giganten gegenüber.

„Das gibt es doch nicht!", rief König Vincent, weil sich Sir John noch nie verwandelt hatte.

Auch Sir Bill war völlig perplex, dass seine Tochter plötzlich als Drache erschien.

Als die beiden Riesen gleichzeitig aufflogen, fasste sich Lady Tessa an den Kopf. „Sie wollen doch nicht etwa ...? Wenn das nur gut geht! Sie kennen sich doch kaum!"

Da wurden auch schon alle Zeugen eines Drachentanzes, wie man ihn lange nicht mehr gesehen hatte. Unter dem Jubel der Menge spien sie Feuer, als sie sich kurz über dem Boden voneinander lösten. Kaum verwandelte sich Lady Jane zurück, nahm Sir John sie auf die Arme und trug sie bis zur Tribüne, wo sich beide bis zum Boden vor Lady Brenda verneigten. Dann traten sie auf den Dudelsackspieler zu und reichten ihm zwei Beutel Geld auf seine wahrhaft wundervolle Kunst.

Lady Brenda rieb sich zufrieden die Hände. „So viel geballte Ladung Drachenenergie, wie sie hier zusammensitzt, musste einfach reichen, die magische

Melodie zum Ziel zu führen. Ein bisschen Hexenzauber tut richtig gut, auf meine alten Tage."

Königin Tessa lachte vergnügt. „Selbst ich habe fast vergessen, dass Ihr mehr Magie aus dem Nebelwald mitbekommen habt, als manche überhaupt ahnen. Eure Idee war einfach wundervoll in jeder Weise."

Für einen Moment hatte ich die Befürchtung, das sei schon die Erfüllung Eures Wunsches, hörte sie Sir Timothy erleichtert sagen.

Mein Lieber, ich werde doch den Kindern nicht den schönsten Tag ihres Lebens verderben! Lady Brenda lächelte charmant und fügte laut hinzu: „Es gibt Wünsche, für deren Erfüllung mir das Erbteil meines Vaters vollauf genügt." Dabei blinzelte sie fröhlich.

Die Brautleute eröffneten nun das Fest für jedermann. Im Gewimmel der vielen Tänzer verlor Sir Felix Lady Fabienne rasch aus den Augen. Und jedes Mal, wenn er sie zufällig erspähte, tanzte sie mit einem anderen jungen Mann.

Sir Terence bekam vom König die Erlaubnis, sich bis zum Nachmittag zurückzuziehen. Er hatte sich durch den Gewaltflug mit dem Riesenpferd etwas Ruhe verdient.

Ein Wink zur rechten Zeit

Abseits vom Festplatz drosch Sir Felix mit der Faust auf einen Baumstamm ein, der nun wirklich völlig unschuldig an der vertrackten Situation war. Er hatte nicht bemerkt, dass Sir Terence seine Pause auf der Wiese liegend verbrachte.

„Braucht Ihr Hilfe?", hörte Felix nun Sir Terences Stimme und zuckte heftig zusammen.

„Nein!", würgte er zornig hervor.

Terence schüttelte mit zusammengepressten Lippen den Kopf, worauf sich Sir Felix in aller Form entschuldigte. „Bitte verzeiht mir, wenn Ihr könnt. Mir sind die Nerven durchgegangen. Ich habe einfach rot gesehen, als sich dieser Schleimer, Sir Peter, schon wieder an meine Schwester herangemacht hat. Ich weiß nicht, was los ist, aber ich möchte jedem den Hals umdrehen, der sich ihr nähert." Felix warf den Helm zu Boden und fuhr sich mit beiden Händen durchs Haar.

Terence richtete sich halb auf. „Ihr seid bis über beide Ohren verliebt in Lady Fabienne. Ihr möchtet sie mit jeder Faser Eures Körpers besitzen, zumal sie Euch stets ein Lächeln schenkt, das eher einem Liebsten zustände, als einem Bruder."

Felix wurde blass und griff nach seinem Schwert.

„Lasst den Unsinn", mahnte Sir Terence, sich ungerührt wieder hinlegend. „Setzt Euch lieber zu mir, damit wir wie Männer reden können."

Sir Felix ballte die Fäuste. „Verdammt!"

„Eben drum", erwiderte Sir Terence. „Kommt her!"

Felix nickte und ließ sich neben Terence nieder, wobei er die Finger beider Hände fest ineinander verkrallte, um nicht doch irgendwelchen Unsinn zu machen.

„Ist es so, dass Ihr sie liebt?!", fragte Terence, ihn fest anschauend.

„Ja, verdammt!", knirschte Felix.

„Dann haltet doch einfach um ihre Hand an, und wartet ab, was sie sagt", schlug Terence leise vor.

Felix fuhr auf. „Habt Ihr den Verstand verloren?! Sie ist meine Schwester!"

„Ist sie nicht", sagte Sir Terence ganz ruhig. „Ihr, mein Lieber, seid nicht das leibliche Kind von Lady Ariane und Sir Ben."

„Was?", entfuhr es Sir Felix völlig verblüfft, endgültig am Geisteszustand seines Freundes zweifelnd.

Der setzte sich auf, schaute Felix erneut fest in die Augen. „Ich breche keinen Schwur, wenn ich es Euch verrate, denn Eure Zieheltern wissen nicht, dass ich es herausgefunden habe. Bisher hatte ich auch keinen Grund, Gebrauch von diesem Geheimnis zu machen. Aber wenn ich sehe, wie Ihr leidet, muss ich es Euch verraten. Ihr könnt gern jeden Drachen fragen: Ihr seid ein Findelkind, das Lady Ariane zu sich genommen hatte, noch bevor sie Sir Ben das Jawort gab. Sie haben Euch immer geliebt und wie eigen Fleisch und Blut behandelt."

„Ja, das ist wahr", gab Sir Felix zu. „Sie nennen mich immer den Erstgeborenen."

„Das seid Ihr ja auch, nur halt nicht der leibliche, was für Eure Familie bisher nichts zur Sache tat ... ah, da kommt ja Euer Vater, fragt ihn am besten sofort!"

„Hier steckt Ihr!", stellte Sir Ben erleichtert fest. „Ihr seht sorgenvoll aus. Gibt es Probleme, über die wir reden sollten?"

Die Ritter nickten und Sir Ben setzte sich zu ihnen. „Worum geht es?"

Sir Felix atmete tief durch. „Was würdet Ihr sagen, wenn ich Euch um Lady Fabiennes Hand bäte?"

„Dass Ihr eine gute Wahl getroffen hättet, und ich würde sie Euch sogar zur Frau geben, wenn sie es auch wollte", erwiderte Sir Ben, ohne überlegen zu müssen.

„Dann hat Sir Terence recht und sie ist nicht meine leibliche Schwester?!", rief Sir Felix hektisch und sofort aufspringend.

„Sieht ganz so aus", murmelte Sir Ben schuldbewusst. „Wir haben es nicht übers Herz gebracht, Euch zu sagen, dass Ihr ein Findelkind seid, das wir wie einen eigenen Sohn lieben. Aber unter diesen Umständen ist es gut, dass Ihr es erfahren habt. Fragt Lady Fabienne. Meinen Segen bekommt Ihr jedenfalls und auch Lady Ariane wird glücklich sein, wenn es sich so fügt."

Da eilte Sir Felix auch schon davon, um Nägel mit unübersehbar großen Köpfen zu machen, wobei er sogar seinen Helm liegen ließ.

„Vielleicht wird er jetzt wieder umgänglicher", stellte Sir Terence nüchtern fest.

„Danke! Das hoffe ich auch." Sir Ben drückte die Hand des jungen Mannes, erhob sich und nahm den Helm Sir Felix' mit.

Ritter Felix fand die Damen im Gespräch mit den Königsfamilien. Ganz in der Nähe lungerte Sir Peter mit seinen Freunden herum, bereit, Lady Fabienne zum Tanz aufzufordern. Just in diesem Augenblick bemerkte Sir Felix das Fehlen seines Helms und machte auf dem Absatz kehrt, weil er so weder seinem König noch den Damen unter die Augen kommen wollte.

„Sucht Ihr den hier?", schmunzelte Sir Ben.

„Oh, heißen Dank!", strahlte Sir Felix. „Ich glaube, ich bin völlig konfus."

„Unübersehbar. Atmet tief durch, fasst Euch und stellt dann die Frage aller Fragen!"

„Das werde ich! Oh ja!" Felix nahm Haltung an und schritt fest auf das Ziel seiner Begierde zu.

„Wohin so eilig?", neckte ihn Lady Fabienne. „Wenn Ihr mit mir tanzen wollt, müsst Ihr Euch hinten anstellen, Sir Paul wartet schon eine kleine Ewigkeit."

Felix deutete eine leichte Verbeugung an. „Ja, ich habe vor, mit Euch zu tanzen. Durch das ganze Leben, wenn Ihr mir heute versprecht, die Meine zu werden."

Lady Fabienne riss die Augen auf. „Ist das ... ist das ... ist das ein Heiratsantrag?!"

„Ich möchte es gern genau so verstanden wissen", erwiderte Sir Felix mit einer erneuten Verbeugung, welche die anderen hellauf lachen ließ. Er kniete vor ihr nieder. „Wollt Ihr meine Frau werden?"

Lady Fabienne flog ihm in die Arme. „Ja, ich will! Ich dachte, Ihr fragt nie!"

Jetzt bekam Felix große Augen. „Ihr habt gewusst, dass wir keine Geschwister sind?!"

„Ja. Ihr etwa nicht?"

Felix schüttelte ganz langsam den Kopf. „Ich habe es eben erst von Sir Terence erfahren."

„Na, das erklärt so manches!", rief Lady Fabienne erleichtert.

Lady Ariane biss sich auf die Unterlippe. „Kann ich es wiedergutmachen?"

Sir Felix umarmte sie fest. „Zur Strafe müsst Ihr mir heute noch ganz genau erzählen, wie Ihr mich gefunden habt. Denn Ihr seid die beste Mutter, die man sich nur wünschen kann."

„Urteil angenommen!", rief Lady Ariane glücklich.

Dass sich Sir Peter zähneknirschend davon machte, nahm Lady Fabienne gar nicht wahr.

„Wisst Ihr was?", ließ sich König Vincent plötzlich vernehmen. „Wir sind doch gerade so richtig schön am Hochzeit feiern, wie wäre es, wenn wir die beiden auch gleich noch verbinden? Die kennen sich seit sechzehn Jahren und sollten inzwischen wissen, ob sie miteinander auskommen."

„Womit wir wieder bei den berühmten Doppelhochzeiten des Clans angekommen wären", schmunzelte Lady Brenda. „Kaum vorstellbar, dass ich auch diese noch erleben darf!"

In Windeseile wurde ein Brautzug zusammengestellt, und eine Stunde später fest zusammengefügt, was von klein auf wusste, dass es zusammengehörte.

Sir Felix schenkte Sir Terence, für den hilfreichen Tipp zur rechten Zeit, sein frisch errungenes Damaszenerschwert, was bewies, wie wertvoll der Rat für ihn gewesen war. „Ich hoffe sehr, dass Ihr bei uns auf der Weiherburg bleiben werdet, auch wenn ich mich in den letzten Jahren oft schlecht Euch gegenüber benommen habe", seufzte er.

Ritter Terence blinzelte. „Im Augenblick habe ich nichts anderes vor. Zudem weiß ich, dass Euch ein

Stachel tief im Fleisch saß, von dem Ihr nicht wusstet, dass man ihn entfernen konnte. Ich trage es Euch ganz sicher nicht nach."

„Hervorragend!" Sir Ben rieb sich die Hände. „Unser Küstenabschnitt weckt viele Begehrlichkeiten, schon wegen des Bernsteins. Da ist mir an einer fliegenden Patrouille sehr viel gelegen." Er legte den jungen Männern die Arme um die Schultern. „Und an dem, wie wir alle immer miteinander als Familie agiert haben. Denn Sir Terence hat immer mit dazu gehört, hatte fast gleiche Rechte und gleiche Pflichten. Ich möchte keinen von Euch missen."

„Ich auch nicht", schmunzelte Lady Fabienne. „Sir Terence war immer so eine Art großer Bruder für uns. Freut mich aufrichtig, dass sich das nicht ändert."

Lady Ariane lächelte stumm, aber jeder sah auf den ersten Blick, wie glücklich sie war. So konnte es gern bis zum letzten Tag ihres langen, langen Drachenlebens bleiben.

Lady Brenda schloss die Augen. „Ich muss mich setzen", murmelte sie tonlos.

Sir Felix rannte, einen Schemel zu holen, Lady Fabienne suchte Sir Oliver, Lady Ariane und Sir Ben stützen die betagte Dame solange. Aufgeschreckt versammelten sich alle Drachenfamilien um den Ort des Geschehens. Sogar die Wasserdrachen kamen aus dem Burggraben gekrochen.

„Ich habe gehofft, dass es nicht ausgerechnet heute sein wird. Aber da habe ich die Rechnung wohl ohne den Wirt gemacht", flüsterte Lady Brenda. „Es ist Zeit, Lebewohl zu sagen. Tut mir einen Gefallen: Feiert so fröhlich weiter, wie das Fest begonnen hat." Sie winkte Ariane und Ben heran, um beide gleichzeitig zu umarmen. „Ich habe ein kleines Abschiedsgeschenk für Euch."

Lady Brendas Haut begann grün zu leuchten. Der Schein hüllte Ariane und Ben ein, die zugleich einen deutlichen Wärmestrom spüren konnten. „Seid so lieb, Ihr beiden, mir einen Becher Wasser zu holen", bat Brenda, sie sacht von sich schiebend.

Als das Paar vier Schritte gegangen war, passierte etwas Merkwürdiges. Lady Ariane zuckte deutlich sichtbar zusammen, fasste nach ihrem Amulett und kippte vornüber. Doch statt mit dem Kopf auf dem Boden zu schlagen, federten kräftige Drachenbeine den Sturz ab, wobei sich das seltsame Flimmern auf ihrem Rücken zu großen Schwingen formte.

„Ich bin beeindruckt", flüsterte König Cedric.

Sir Ben hatte staunend zugeschaut. Ehe er sich von seiner Überraschung erholte, durchzuckte ihn ein Schmerz, als habe ihn ein Schwert durchbohrt. Auch er fasste nach seinem Amulett mit der Drachen-asche. Etwas schien seinen Körper von innen zerreißen zu wollen. Er stieß einen grauenvollen Schrei aus, der immer schriller wurde. Die Menschen mussten sich die Ohren zuhalten, während die Drachen ungläubig beobachteten, wie sich Sir Bens Körper umformte, einen olivgrünen Panzer und Schwingen ausbildete. Wobei jede Schuppe einen großen weißen Fleck in Zentrum trug – das Vermächtnis der sterbenden Drachendame Brenda.

Mit dem kaum hörbaren Hauch: „Es ist voll-bracht", sank sie leblos zusammen. Das glückliche Lächeln, das sie im Tod zierte, verriet, dass sie all ihre Kräfte nur für diesen einen Moment aufgespart hatte.

Lady Tessas Augen schimmerten feucht, als sie erklärte: „Uns hat einer der größten Zauberdrachen dieser Welt verlassen. Niemandem sonst wäre es gelungen, seine Kräfte so fein dosiert zu teilen, dass einem Drachenwesen die letzten Umwandlungsstufen geschenkt werden und ein neuer Drache beseelt wird. Ich empfinde tiefste Ehrfurcht vor solch einer Magie."

Sie nahm ihren Umhang ab und ließ darin Lady Brenda in die Burg tragen, wo sie aufgebahrt wurde und immer zwei Drachen für eine Stunde gemeinsam mit Sir Oliver Totenwache hielten. Die Ersten waren Lady Ariane und Sir Ben, denen niemand diese Ehre streitig gemacht hätte. Jeder wusste, dass Lady Brenda beide wie eigene Kinder ins Herz geschlossen hatte.

Auch wenn man draußen die Hochzeiten und die Drachenwerdung der Weiherburger feierte, wie man es Lady Brenda fest versprochen hatte, kamen unzählige Menschen herein, um der Toten die letzte Ehre zu erweisen. Ein denkwürdiger Tag, den der Geschichtsschreiber noch in der Nacht mit all seinen Geschehnissen in die Chroniken aufnahm.

Sir Timothy stand es zu, am nächsten Morgen die sterbliche Hülle des ersten weißen Drachens, der je gelebt hatte, nach Wildforest zu bringen, wo sie mit allen Ehren in der Familiengruft beigesetzt werden sollte. Jeder flugfähige Drache schloss sich dem Zug an, der in V-Formation dahinzog und sogar die Sonne verfinsterte.

Lady Brendas Leichnam wurde in einen prachtvollen Sarg gebettet. Die Herren Oliver und Ben verschlossen diesen in einem Marmor-Sarkophag in der Familiengruft der Wildforest-Drachen. Der lange Zug der Trauernden nahm endgültig Abschied von Lady Brenda und jeder legte einen Strauß aus Wildblumen nieder, das Totenhaus mit einem duftenden Blütenmeer füllend.

Als Sir Oliver nach der ergreifenden Zeremonie die Familiengruft schloss, atmete er tief durch. „Wenn ich Euch alle so versammelt sehe, eins in Gedanken und Handeln, dann kann ich nur die Worte meiner geliebten Brenda wiederholen. ‚Mir ist um den Clan nicht mehr bange. Er ist groß und kräftig geworden. Und wir werden noch viele fliegende Drachen willkommen heißen.‟ Er schaute jeden Einzelnen an. „Möge es für alle Zeiten so bleiben!‟

ENDE

Weitere spannende Bücher unter
www.sinas-drachen.com

Die Nebelwald-Saga Band 1 - 5

Die Aurëus-Saga Band 1 - 4

Der Nixen-Clan Band 1 - 5

Die Magier von Tarronn Band 1 - 5